周思源

著

现代白话小说语言艺术

从朦胧到自觉

海峡出版发行集团 | 海峡文艺出版社

图书在版编目(CIP)数据

现代白话小说语言艺术:从朦胧到自觉/周思源
著.－福州:海峡文艺出版社,2019.8(2024.3 重印)
ISBN 978-7-5550-1980-0

Ⅰ.①现… Ⅱ.①周… Ⅲ.①小说语言－小
说研究－中国－现代 Ⅳ.①I207.42

中国版本图书馆 CIP 数据核字(2019)第 168064 号

现代白话小说语言艺术:从朦胧到自觉

周思源 著

出 版 人	林 滨
责任编辑	刘小岳
出版发行	海峡文艺出版社
经 销	福建新华发行(集团)有限责任公司
社 址	福州市东水路 76 号 14 层
发 行 部	0591－87536797
印 刷	三河市兴博印务有限公司
厂 址	河北省廊坊市三河市杨庄镇大窝头村西
开 本	787 毫米×1092 毫米 1/16
字 数	190 千字
印 张	14
版 次	2019 年 8 月第 1 版
印 次	2024 年 3 月第 2 次印刷
书 号	ISBN 978-7-5550-1980-0
定 价	69.90 元

如发现印装质量问题,请寄承印厂调换

抓住大本、独树一帜的小说史研究

——周思源《现代白话小说语言艺术：从朦胧到自觉》序

◎杨天石

我的中学时代的老同学周思源君写了本书，题名《现代白话小说语言艺术：从朦胧到自觉》，研究百年前新文化运动初期的小说语言的发展及成熟过程，其时间段为 1917 年 1 月胡适在《新青年》发表《文学改良刍议》，继之陈独秀发表《文学革命论》起，至 1937 年，大约二十年光景。这是中国文学从古典向现代发展的二十年，是既继承传统，又广泛吸纳世界先进文化及其多种样式蓬勃发展的二十年。这一段时期，中国现代文学自出生、成长以至成熟，名家辈出，名作络绎，因而可以名副其实地称之为新时期。自此，白话文成为中国书面语言、文学语言的正宗，白话文学包括白话小说成为中国现代文学的正宗。思源此书，所研究的正是这一特殊时段的白话小说史，是一本抓住大本而又独树一帜、别开生面的小说史研究著作。

文学、音乐、绘画、舞蹈、雕塑、建筑等艺术门类各有自己的特殊表现手段。文学的特殊表现手段是语言。小说，作为文学品类之一，自然，其表现手段也只能是语言。但是，它较之诗歌、散文、随笔等其他文学品类，对语言运用有着更高、更全面的要求。通常，它要以叙述语言讲述故事情节，以人物语言表现人物性格，以肖像描写再现人物的容貌与体态，以心理描写呈现主人公的内心世界，以环境描写勾画景物和社会风情，以议论语言发表评论和见解。诸种语言手段，要求样样精通，运用圆熟。因此可以说，小说的大本是语言。思源此书称语言为"小说的生命所在"，这是十分准确的。离开了语言，小说作者无计可施，寸步难行。一部小说的水平，除了作者对所要表现的时代及其生活的理解水平外，其关键之处就在于作者运用语言、驾驭语言的能力。思源此书，着重研究随新文化运动兴起的现代白话小说的语言运用，因此，这就抓住了小说的大本。

小说，大都通过特定的人物的经历、命运，表现特定时代的社会生活，因此，既往的小说史研究首先要考察题材的社会意义、反映时代的深度、广度以及人物的典型意义及其性格特点等一类问题，这些考察都是必要的、有价值的，但是，既往的研究者相对忽视了或者说冷落了"主角"，即创作主体对小说语言运用的考察。思源此书，以语言运用作为考察重点，这就在众多的小说史研究著作中独树一帜、别开生面。

"五四"前后是中国文化史上一段飞扬奋发、群星灿烂的辉煌时期。思源从小说史的角度考察这一时期的众多作家，评述鲁迅、茅盾、巴金、老舍等大师和大家，介绍新潮社、文学研究会、创造社、太阳社等文学团体和流派，解析那一时期各具特色、各领风骚的小说家，如叶圣陶、沈从文、冰心、丁玲、蒋光慈、沙汀、艾芜、吴组缃、柔石等文学明星的语言风格，阐述京味、吴味、川味、徽味等"乡土文学"的不同，全面、深入、细致，时有准确、精到的论断，对于我们了解那个时代的文学风貌及其丰富多姿的作品，显然有其重要意义；对于那些正在写作小说的朋友或准备进入这一领域的朋友，显然也有指导和参考价值。

既做小说理论研究，也动手实践，亲自写小说，其效果常常迥异。记得我在北京大学念书的时候，听吴组缃老师讲《红楼梦》。吴老师是作家，有实践经验，因此，他的课常常能发人之所未发，启我心智。那时候，大学里盛行"拔白旗"，吴老师为人坦诚，爱发表不同意见，因此成为"老运动员"。其人其课，在我们这些自命为"无产阶级新兵"的眼中，自然属于"白旗"之列。上课时，由于我常开夜车，免不了像孔子的学生宰予一样，有时打起瞌睡来。但是，听着听着，听出趣味来了，于是，全神贯注，居然瞌睡全消，越听越有味。思源既长期讲小说，研究小说，而且本人也写小说，我读思源此书，至精彩处，不免会有当年听吴老师讲课时的感觉。

我和思源同是无锡市第一中学的学生，相识始于 1953 年。那时，我读高中，思源还在读初中。由于都爱好文学，一起组织"鲁迅文学小组"，共同研读中外文学作品，也间或面向外校，邀请文学爱好者共同举办"文学夜"一类活动。印象中规模较大的有两次，一次是讨论电影文学剧本《渡江侦察记》的成就与不足，由我代表小组出面作报告；一次是以"好啊，生活！"为题，举办以苏联诗人马雅可夫斯基作品为主题的诗歌朗诵会。小组成员虽然只有五个人，但在无锡中学里却颇有点名气。思源自称，他是参加"小组"之后才加强了对文学的爱好，确立了终身从事文学创作的志愿。他后来考入复旦大学中文系，毕业后，最初在一所中学里教语文，咬文嚼字，是该校的名师；后来，调入北京语言大学，为外国留学生讲授现代和当代中国小说。这一时期，他专力研究中国古典小说的艺术高峰《红楼梦》，出版过《红楼梦魅力探秘》《红楼梦创作方法论》《周思源论红楼梦》等多部有深度的论著。其间，也多次在中央电视台的"百家讲坛"开讲《红楼梦》《水浒传》《三国演义》等古典小说，成为家喻户晓的"名嘴"之一。俗话说，熟能生巧，或者说，熟而后技痒，在讲授、研究小说的过程中，思源渐渐地也自己动手，写起小说来，先后出版过《文明太后（上下）》（再版名《风华绝代冯太后》）、《吴大帝孙权》、《前秦天王符坚（上下）》、《魏孝文帝》（与单玫合作）等长篇历史小说，既是学者，又是教授、作家，成为集研究、授业、创作三位一体的著名文化人。
回首往事，思源将当年参加"鲁迅文学小组"视为一生事业的萌芽和
发端，有诗寄我云：

　　　　六十五春转眼间，

　　　　皓首何处觅当年。

　　　　搜寻经典争细阅，

　　　　指点文苑竞评谈。

　　　　小巷屐痕今安在，

　　　　二泉吟诵可依然？

　　　　回首昔日文学路，

　　　　怅然长啸问楚天。

　　从"鲁迅文学小组"成立至今，时光已经流逝了六十五年，思源
仍然不能忘情，可见其印象之深。

　　说来惭愧，我虽然是当年"鲁迅文学小组"的发起者，1955 年顺
利考进北大中文系，一度发疯地写诗，梦想成为诗人。但是，命运却
安排我最终走上了研究历史之途，以至于文学倒成了不敢沾边的外行
了。此次，当思源要我为他的小说研究作序时，我一面为老朋友的成
就高兴，但是，也为自己是否有作序的能力而踌躇。反复思虑，终觉
义不容辞，因鼓勇敲键，为文如上。

　　　　　　　　　2019 年 2 月 18 日，时在 83 岁庆生之后第三日

两个文学小组决定了我的人生路

（自序）

现代白话小说语言艺术：从朦胧到自觉出版，了却了我二十多年的一个心愿。

此书原是20世纪90年代初期北京某出版社派人来我家约的稿。时值新潮小说风生水起之际，他们打算出版一个评论与研究新潮小说的系列，十本的样子，约我写一本20世纪初新潮文学的书。我当时忙于教学和其他研究，还有许多杂事，好不容易把这本书写了个大概时，打电话对出版社说我还要几个月才能交稿。这才得知，他们已经出版了三本年轻作者的著作，反响不佳，便取消了这个系列！那时就是这样，没有什么合同，更无赔偿条款，全凭一句话。这样的事此前我已有过两次，都是约稿，有一本甚至都已经交了稿。计划有变，连个招呼都不打。都是熟人，还能怎么样！由于长了点记性，所以这回我提前打个电话。结果还是黄了！于是我就停下这个项目，好几年后才腾出手来将它写完。以后我一直忙于各种各样的事情，再后来索性主要精力用来写长篇小说，以圆少年时代的作家梦。

我之所以请杨天石兄作序，是因为我走上文学道路，与小说终生结缘，和他有些关系。1953年春在无锡市一中读初二的我，和杨天石、符丐君等四位高一同学组织了个"鲁迅文学小组"。五人经常在课余时议论中外名著，评点文坛。青石小巷、大运河畔、月下市体育场的草地，都留下了我们的身影与高谈阔论。时值肃反运动，以至于引起了无锡市公安局的注意，到学校调查。校领导笑道，五个都是团员，其中两个的父亲是延安出来的文艺部门领导，还有两个是团干部。1955年天石考入北大中文系，从而促使我最终决定弃理从文，并且要写一部反映解放前杭州地下党领导学生运动的长篇小说。1957年我进入复旦中文系。我们五人是终身好友，我与天石联系尤为密切。

由于我从鲁迅文学小组得益甚多，故而刚进复旦不久我就对四个文友倡议成立一个文学小组。大家推举吴立昌（后为复旦大学中文系教授）为组长，金子信（后为上海文艺出版社编审）为副组长。立昌建议小组名"原上草"。他说，某人也想加入，众皆相觑，我反对最强烈。我得罪了最不可得罪之人。时正"反右"高潮，上面显然怀疑我们搞"小组织"。"原上草"成立之日便寿终正寝，也成为我命运的转折点。由于我想写小说当作家，被迫写书面检查"名利思想"刊登在学校报纸上，并在全年级大会上检讨和接受大家批判"极端个人主义"。但我心中不平，于是进入恶性循环，愈演愈烈，并开始了自己长达近二十年的厄运。1961年冬我大学五年级时，请后来成为著名红学家的同学林冠夫兄刻了三方闲章，其中一枚即"有耻轩"，以示有耻当雪之志；另外两方一为"钱塘君"，因我是杭州人，且有敢直谏犯上之意；另一为"三间屋主"，戏言将来能够有草屋三间，藏书万卷。"三间屋"后来便成为我写作落款的堂号。"文革"中有人追究这三方闲章的含义，被我搪塞过去。改革开放之后，我决心不但要写出长篇小说，而且要发表出版研究小说的文字，以雪当年受辱受害之耻。

本来我一直希望能再用几个月把这些年来学术界对小说语言研究的最新成果，以及自己创作小说后对新文学小说的一些新看法补充到这本书里。但因病卧床已近三年，自知无力再作补充，所以只好就这样了。

此书得到北京语言大学出版基金资助，特此致谢。福建人民出版社社长房向东君上午看到我的邮件，得知我希望尽早出版，立即与他原任社长的海峡文艺出版社联系。海峡文艺社出过我的小说《魏孝文帝》（与单玫合作）和《中国文化史论纲》，马上答应。下午向东就给我回话，三十六小时内全部搞定。我感动莫名。责编刘小岳君出力尤多，应予标出。

周思源

2018 年 12 月 3 日初稿

2019 年 1 月 26 日定稿于北京语言大学三间屋

目　录

2　现代白话小说语言艺术：从朦胧到自觉

如果从宋元话本算起到清末，旧白话小说已经发展了七百余年。典范之作当然是《红楼梦》。比较一下，在相当长的时期内，小说的语言变化不太大。只是在19世纪末以后的三四十年，小说的语言变化超过以往的七百余年。不过《红楼梦》毕竟是18世纪中期的作品，而一百多年后，19世纪末的小说语言已经更加接近白话。从《老残游记》就能看出，此时小说语言更加生活化、口语化。而当时的某些言情小说则有许多方言，如运用吴语，以适应上海、苏州、杭州等地读者的需要。这是当时商品经济与市民文化蓬勃发展的结果，是《红楼梦》时代所没有的。20世纪小说语言的发展一开始是趋向于口语化，但是后来向三个方向发展：第一个是以鲁迅为代表的精练白话派，第二个是以老舍为代表的市民口语派，第三个则是以茅盾和巴金为代表的知识分子口语派。

| 第一章 |
语言——小说艺术形式的主角（绪论）

一　语言，小说生命之所在

语言在小说创作中的位置，或者说语言对小说是多么重要，这似乎是一个不成问题的问题，以至于提出它来都显得有些幼稚可笑，多此一举。之所以依旧从这里入手来讨论 20 世纪中国小说语言演变的一些问题，是有感于当代有些小说家还没有充分认识到语言对小说是如此重要，因此对小说语言缺乏那种千锤百炼的精神与功夫，急于把自己的故事、人物、思想推出去，结果由于语言功夫不到家，故事、人物、思想都平淡无奇；而另一些作家则似乎走向了另外一个极端，在小说语言上极尽精雕细刻之能事，甚至玩起了语言游戏，而对故事、人物、思想则未置以足够的重视，结果整个作品也并不出色。

小说对语言的依赖是无限的，没有语言，小说将不复存在。尽管我们也常说"音乐语言""绘画语言""舞蹈语言""电影语言"，甚至于"建筑语言""雕塑语言"之类，但实际上它们和小说语言具有本质上的不同。因为它们除少数或极少数成分（如电影的对白、旁白，绘画的标题、题辞，音乐的曲名、歌词等）之外，所有那些艺术"语言"都可以不依赖文字而继续存在，它们具有另外一套表现情感的符号系统组成的艺术形式。因此"语言"在这里只是借喻，人们在艺术接受（欣赏）中除了情感冲击外，还要用文字性语言去感受、思考、阐释，需要重新解码。以音乐为例：

它的组成因素不是词——带有约定俗成的规则的独立的组合符号。

只有在作为描写形式的意义上，它才被看成是一种语言。同时，由于它的任何组成因素不表示什么意思，所以它缺乏一种语言的基本特征——固定的组合，进而缺乏单一明确的关系。我们总是可以随意把某种与其相适合的含义，加入到它微妙的形式中。就是说，它可以传达其逻辑形象中可想象的任何东西的概念。所以，虽然我们承认它是一种有意味的形式，通过它可听的动态形式，可以领悟生命和感觉的过程，但它仍不是一种语言，因为它没有词汇。①

而小说语言则完全是词汇遵照一定语法规则的编组，并以文字即无声语言表现出来。即使作为一种民间说书、故事传说的早期小说，不见诸文字，人们在讲述时也离不开以词汇及具有组合规则为特征的真正的语言。因此语言对小说的重要有甚于任何其他艺术。不仅是那些不用文字的艺术，即使同是文字性语言的艺术样式，如诗歌、散文等，也不像小说那样，语言为它提供了如此广阔的表现空间。所以，提高小说艺术质量的基本途径就在于不断发掘语言潜力；而且小说的任何艺术技巧的使用与改进，最终都离不开语言这个载体的协助——通过语言才能显示出小说技巧来，而小说技巧的高超往往也表现为小说语言的出色。因此简而言之，广义地说，没有语言就不会有小说；狭义地说，小说语言技巧是小说一切技巧的根本。

按照当代美国著名文艺理论家詹姆斯·费兰（James. Phelam）的介绍，语言对小说创作的作用通常有两种观点：

（1）小说纯粹是一种语词的艺术，我们对它的各种反应都可以被解释为对语言的反应；或者（2）小说是一种语言创造的艺术，其艺术效果不仅应该用语言，而且应该用诸如人物、行动和情节这些非语言的要素来解释。

他比较了五部有代表性的小说，特别是同样获得巨大成功，拥有广大读者的纳布夫克的《洛丽塔》和德莱塞的《嘉莉妹妹》。批评界对于这两部"在

_____

①（美）苏珊·朗格（Susanne. Langer）：《情感与形式》，刘大基等译，中国社会科学院出版社 1986 年 1 版，41 页。

文学史上似乎都肯定有永恒价值的重要地位的"杰作的语言评价却大相径庭。前者因语言精美而广受赞誉，后者却以文笔拙劣而备受攻击。费兰说，近四分之三个世纪以来，德莱塞的小说一直受到读者的青睐，而德莱塞本人却因为语言差劲而被认为是"整个文学史上地位显赫的最糟糕的作家"。费兰认为，这里的关键在于作家在小说中的意图，不同的创作意图需要用不同的语言去实现。某种语言对某种创作意图是必要的适用的，对另一种也许就适得其反。费兰所说的"创作意图"包含着作者对题材、主题、人物典型意义等多方面的选择。因而他所指的不同语言显然是指作者选取以体现这一创作意图的语言形式与语言风格。

> 我们在小说中经验的种种世界，尽管由语言创造，但它们不仅是语词的世界：更准确地说，它们是来自语词的世界，包含着人物和行动这些要素的世界；这些要素本质上是非语言性的，而且比起创造它们的语言来说，它们对我们经验那些世界更为关键。因此语言始终是一种媒介，一种作家用以实现他们为表现行动中的人物这种意图的手段，而表现行动中的人物却是为了表现而表现，或者为了某种修辞目的而表现。但同时，这一媒介的作用并不是一成不变的：为了成功地实现某些意图，作家选用的特殊语言（文体）显得绝对重要；而为了成功地实现其他的一些意图，那种特殊的语言可能就不那么重要，抑或就无足轻重了。①

确如费兰所言，如果情节精彩，人物形象生动，甚至思想深刻，那么语言平常乃至平庸，出现一些错误，读者也不会太计较。许多通俗小说家正是靠讲述各色紧张、曲折、娓娓动听的故事，在出版发行的竞技台上将许多从事严肃文学的优秀作家打得天昏地黑，而从纯文学角度观照，它们的语言水准也许是平庸或低下的。当然也未必尽然，无论是言情小说、警匪小说还是武侠小说，除大量仅仅依靠情节取胜者外，过去和现在都不乏语言高手。正是这种出色的语言，使这些作品成为同类中的佼佼者。同样从事严肃文学，如果情节、人物、思想均达到较高水平，语言不仅适合其类型、题材和创作

---

① （美）詹姆斯·费兰：《来自语词的世界》，王继同等译，安徽文艺出版社 1992 年 1 版，4 页、8 页、76 页、131 页。

意图，没有失误，而且十分精彩，岂不更好？因此小说质量的高低虽然并不完全取决于语言水平的高下，但精彩耐读的语言显然是创作艺术精品的必要条件。此外，语言对于小说而言除了是媒介和手段外，也有可能在某种条件下成为目的本身。换言之，语言除了给"别人"以生命，有时自己也能获得某种独立的价值。

小说语言和诗歌语言、散文语言、戏剧语言在形态、功能、容量和在整个艺术样式中所占的位置都有所不同。小说语言最突出的优势是，它具有几乎是无限的自由度，它可以不受时间、空间的限制，甚至迅速变换语言主体，表现任何时代、任何地域、任何人物的事件；它可以精细地描绘任何仪器都无法窥探的人的心理变化与情绪流动；也可以在人物性格、环境描写等多方面以有限的文字为读者创造无限的艺术再创造的空间。正是这一无可比拟的语言优势，因而在所有借助于文字立命的文学样式中，近二百年来，无论中国还是欧洲小说都拥有最大的读者群。在中国自20世纪以来的一百余年中，小说无疑是所有文学样式中最为风光的一族。不必说那数千部长篇小说和数以万计的中篇和短篇小说，也不必说现代一流文学家多为小说家，最有生命力的传世之作多为小说，仅就小说被改编成其他艺术样式造成的社会、艺术影响而言，任何文艺样式都无出其右。尽管现代传媒手段和娱乐方式有了长足的发展，小说在人们精神生活中的比重下降了，但是它在各种文学样式中依然高居首位。由于它和语言、文字这种两位一体的亲缘关系，其语言的无穷表现力，即使电影、电视、网络也无法取代而更愿意与它结亲。许多影视片都源于小说，有的名著被多次改编。阅读小说几乎是所有识字者的共同爱好。而这一切，都是因为语言为小说提供了几乎无限的表现天地！

二 小说研究中被冷落的一位主角

20世纪的中国小说也如同社会本身一样，颠簸起伏，衰兴枯荣，历尽沧桑。小说无论是反映社会变化还是表现作者对人生的感受，自然必定要受到社会变动的影响。不过世界上大约很少有别的国家像中国这样，小说创作受社会的制约竟如此之多，以致迄今为止的绝大多数中国现代文学史（其主要样式是小说）和小说史都是主要从政治、历史、社会、文艺斗争的角度来编写的，其区别只是程度与结论不同而已。社会对文学的影响肯定是十分巨大的，但是文学发展定然还有自己的内驱力和内在规律，何况社会因素往往也要通过文学本身的条件变化来起作用。因此从文学自身和文学与社会的结合点切入，才能更好地认识文学的流变，小说亦然。最近几十年来现代①小说研究有了空前广泛深入的发展，除了难以计数的论文之外，还有一批作家评传、作品专论，而且出现了小说人物、美学、结构学、叙事学等专门著作。还有好几部规模宏大的现代小说史，对 20 世纪以来的小说创作进行了认真的梳理与分析。这些论著，特别是 20 世纪 80 年代后期以来的不少研究成果，在观念的开放、视角的拓宽、研究方法的改进和材料的发掘上，都有了较大的突破，提出了许多有别于几十年来几乎已成定论的新见解。但是令人遗憾的是，作为小说须臾不可离的躯壳——语言，却似乎尚未得到评论家、文学史家和大学中文系教师们应有的重视。在多数现代文学史和小说史中小说语言缺乏应有的地位。和长篇大论地介绍作品时代背景、作家生平及分析题材、主题、情节、人物等等相比，小说语言只不过是众多艺术分析中的一部分，略强于一贫如洗的乞丐。20 世纪 80 年代末以来这种情况有所好转，不过和其他方面专著专论迭出比较，语言研究仍然只能是叨陪末座而已。至于对小说语言进行动态研究，包括作家语言风格的变化，一个时期以来小说语言的发展，同一时期几种语言风格的竞争、互补与消长，即纵向和横向、历时与共时的研究，则更是凤毛麟角。

汉语是世界上历史最悠久、最富于表现力和潜能最大的语言之一。汉语小说之古老亦为世所罕见，仅从唐传奇算起便已逾千年。建立在这千年根基和以《红楼梦》为代表的中国古代小说基础上的现代小说语言，是一笔可观的财富，如果加以认真开发，对当今小说创作定然大有裨益。注意小说语言

---

①现在通常都将 1919—1949 年这个时期的文学称为现代文学，而将新中国成立后至今的文学称为当代文学。这样划分目前不会有什么困难，但时间长了就会有麻烦：中国有三千多年的古代文学，有越来越长的当代文学，而现代文学却只限于三十年——如今已经少于"当代"。所以我不主张将二者划开，应统称"现代文学"。只是在评论时可以将最近三十几年作为一个流动的"当代"。

的相对稳定性，是从事这项研究的一个重要的出发点。和题材、内容、主题的变化相比，小说语言的变化要缓慢得多，除了词汇以外，其他方面振幅较小。这也是小说语言研究特别是语言流变研究未能引起批评家和文学史家更多关注的一个重要的客观原因。但是如果我们自觉地将小说语言作为小说研究的一个重要方面去不断关注，那么就会发现，小说语言在 20 世纪几乎每一个十年中都发生了引人注目的变化，差不多都有一些值得大书一笔的重大事件或重要收获。而缺乏这种自觉的关注则是小说语言研究遭到忽视的主观原因。20 世纪 70 年代末以来小说创作空前繁荣，出现了一大批整体水平高、语言也别具风格的小说家。但是令人遗憾的是，有的作家错误地理解"超越自我"和"不断创新"，轻易地改变自己好不容易才初步形成的风格，结果是新的没有建立，旧的也从此失去。不仅作为整体风格核心的语言特色丢掉了，而且整个水平也因此明显下降。实际上任何一个作家一辈子能创造一种真正属于自己的语言风格，就应当说是极为难得的事了。因此从语言角度加强小说研究，揭示小说语言的变化规律、小说语言与写作技巧的相互关系、语言风格与作品整体风格的内在联系等等，必定会有助于作家更加娴熟地驾驭语言，促进小说创作的繁荣。

三　从语言学和文章学的结合点切入

从语言角度和从语言学角度是两种虽有联系却大不相同的研究路子，前者的视角要宽泛得多。我们通常说"从语言角度研究小说"，但不说"从语言角度研究小说语言"。从语言学角度观照小说语言，又可以从语义、语法、语用三个平面去审视，每一个平面又可以分解为若干方面，而且应从静态和动态分别考察。词汇是小说语言中反应最灵敏的一支，同一词汇在不同时代、不同语境，甚至在不同主体使用时，其语义也会产生细微的甚至是重大的差别。义项在发展，变化，引申，词汇、语汇的使用常常表现出鲜明的时代性。作家由于学养、环境、语言习惯所致，写作时对于语料及其结构方式往往带有某种选择指向。这种语言应用的惯性现象迄今尚未引起人们的重视。比如有些小说家特别喜欢用成语、四字语，有些则爱用极其简练、略带书面语色彩的词汇，有些却爱用市井俗语乃至不时用些痞语，从而形成截然不同的语言风格，却都能使作品臻于上乘。反语、方言语汇、生硬的或巧妙的新造词语、单音节词从减少到近些年有些作家又用得多起来，从语言学角度研究都能比一般的分析开掘出更多的新意。语法虽然比词汇要稳定得多，但小说语言中的语法现象却不能简单化地完全按语法学的框框去硬套。事实上自 20 世纪初以来小说语言一直在一点一点地挣脱当时的语法（"文法"）的束缚。当然，小说必须基本上（也许达到百分之九十九点九）遵守约定俗成的语言规则，否则就会失去读者，从而失去自我。但是特别杰出的小说又必定多多少少会对现行语言习惯甚至语法规则提出挑战，否则有时它就难以出色地表现独特的艺术世界和作家的个性。这种突破在传统语言学看来是一种离经叛道行为，无法容忍，往往责以"不懂语（文）法"。但读者尤其是年轻读者每每喜欢这些新颖的跳动着生命活力经得起咀嚼的句子。无可否认，小说中确实出现过一些违反语法而且毫无意味的句子，时间这位无情的裁判已迅速地将它们罚下场去。但也有不少当时"不合语（文）法"的词句终于为人们所接受，成为语言宝库中的新成员。只要比较一下 20 世纪 90 年代与 20 世纪初的语言就能发现，尽管语法方面的进步还有许多其他因素起了积极作用，但小说语言的突破创新作用，功不可没。我绝对无意提倡小说使用不合语法（或曰违反常规语法）的句子，语言教学更不必以不规范的句子为例，但对于艺术语言宜采取比较宽容的态度，允许有一些浮动权。当然，从语法角度研究小说语言，绝非仅仅指其对传统语法的冒犯，这只是其中的一小部分，而且是其中并不重要的部分，诸如语序变更，句型调整，简单句、复句、多重复句的使用频率，定、状、补语的多寡和位置，标点符号的使用方法，等等，都会影响作家的语言风格，为小说语言研究提供许多切入点。至于从语用平面观照，虽然在语义语法研究中肯定也会涉及语用，但仍有必要将其置于一个突出的位置。因为小说正是一种既广泛、复杂又充满创新的应用语言的艺术样式。小说语言既有常见的语言学中的规范的形式，又有一些非标准的违反常规的现象。小说语言为语言学研究提供了大量语料，从中会发现一些新的语言现象与规律。只有重视语用原则，才会对小说语言中的"怪异"现象持正确态度。因为"语用"不仅指社会应用，也包括艺术应用，二者并不完全重叠。

传统语言学研究大致到句为止，20世纪80年代以来越来越多的学者将研究范围扩大到句群乃至篇章。于是语言学与文章学开始越来越多地交叉。各学科互相渗透，交叉发展，是现代科学发展的共同规律。由于文章学范围广大，且不说题材、主题、情节、人物等几个"大户"，仅仅是文章技巧就有难以计数的题目。因而小说语言分析往往被各种技巧分析所掩盖甚至吞噬，显不出自己独立的清晰的形象。例如，人物话语往往被人物性格分析所代替。人物话语自然是表现人物性格的重要方面，但人们通常只是从人物呈显性的话语内容着眼，相对忽略了似乎不那么熟悉的话语形式的特点。20世纪80年代以来语言学界尤其是汉语教学界比较流行的话语分析研究，有助于推动小说人物研究。话语主体、话题范围、话题转换、语料选择、习用词语、句型特点、话语数量、句子长短及话语位置等，对于表现人物性格都有影响。不少人物的个性往往就生动地体现在说话方式上。比如王熙凤讲话喜欢突出自我，她的话语中"我"特别多；有些人的话语爱用疑问、反问、感叹句，有比较明显的情绪色彩，如林黛玉；而有些人则恰恰相反，如薛宝钗。（详见拙作《红楼梦魅力探秘》，文化艺术出版社，1994年，或《周思源论红楼梦》，文化艺术出版社，2005年）有人说话喜用短句，有的则爱用长定语、多状语，语气、节奏都有值得分析的地方。

叙事人称问题虽然早就为学者们所注意，但多从叙事学角度着眼，像徐岱《小说叙事学》那样用较多篇幅研究由于叙事角度引起的语言变化，还不多见。20世纪80年代以来出现了一些在一篇作品中同时有几个人都用第一人称的写法，有些作品叙述语言和人物话语的界限故意模糊，人物原话和间接话语的界限不清，大段大段的无标点语言的出现，故意制造出来的特长定语和特长状语……所有这些都为小说语言研究提供了许多新的十分有价值和有趣的课题。有意思的是，有些20世纪八九十年代作品语言的常见病，20世纪初就存在。或者说正因为没有从语言学角度去研究，所以有些并非疑难杂症的痼疾，无法对症下药，以致延误至今。比如"五四"时代广为流行且至今盛行不衰的第一人称写法，有一个极易产生的语言背反和人物形象分裂的老问题①，始终未能引起某些作家和评论家的注意，致使有的作品总体上堪称佳作而语言上存在严重缺陷。还有，人物话语和人物身份基因割裂——比如人物没有什么文化，但是话语却文诌诌，甚至非常高雅——在中国现代小说史的早期作品中屡见不鲜，情有可原。但到了20世纪八九十年代还作为优秀作品备受赞誉，就不免令人遗憾了。而这些现象如果从语言学角度切入，就比较容易揭示出其症结。最近几十年中国语言学研究彻底摆脱了以斯大林语言理论为核心的苏联语言理论体系，走上了健康发展的道路。研究方向迅速拓宽，取得了许多重要的新成果。一些新的语言学研究分支，诸如社会语言学、心理语言学、文化语言学、认知语言学、统计语言学等，对小说语言研究都有重要的参考价值。随着电脑技术深入到社会生活的各个角落，许多过去难以想象的课题变得现实可行了。小说语言研究与电脑联姻，正在取得许多重要突破。它不仅在迅速处理浩如烟海的语料上大大超过任何专家，而且可以通过大量统计将现在由学者们凭感觉和手工少量计算得出的结论，经过量化分析，准确定性，从而得到证明、修改或推翻。还可以凭借大量数据，极大地拓宽小说语言研究的范围，为研究家、评论家和作家发现许多原来不大为人所注意的有趣天地，并使小说语言的任何新创造都立即记录在案，报上户口，便于人们跟踪寻的，确定其价值与命运。

总之，通常的作家作品研究中对小说语言的分析，重点在于考察语言如何曲折地展开情节，描写细节，深刻地表现主题，生动地塑造人物，即语言如何为"别人"服务。而我希望通过这项研究，发掘一下语言形式自身的变化。因此，本书不仅仅是从一般意义上的语言角度研究小说，也是从语言学角度研究小说语言，而且还从文章学层面考察小说语言观念和表现的流变，从小说的生命载体和基本形态着眼来研究其语言发展的状况。

---

①周思源：《小说语言背反与形象分裂》，《文艺报》1989年11月4日。

| 第二章 |

语言艺术意识朦胧的前"五四"小说

新中国成立以来出版的中国现代文学史和 20 世纪 80 年代前期的中国现代文学史，由于几乎一律以 1917 年前后的"五四"新文化运动为近代文学与现代文学的分水岭，因而对晚清至"五四"前的这差不多二十年的文学（小说）现象，多作背景处理，将它看作是一个重大变革的酝酿、催生过程，而不具备独立的品格和独立的阶段性意义。对这个时期政治、经济、社会、思想动态关注得较多，而对文学作品本身往往是一带而过。这种情况到 20 世纪 80 年代中期有所改变。赵遐秋、曾庆瑞的《中国现代小说史》（上、下册，中国人民大学出版社 1984、1985 年），杨义的三卷本《中国现代小说史》（人民文学出版社 1986、1988、1991 年），特别是陈平原的《二十世纪中国小说史》（第一卷，北京大学出版社，1989 年），将较多的注意力转移到作品上，使读者对这个时期小说的总体面貌和一些名著的轮廓有了比较清楚的了解。但由于长期以来文学史家对于小说语言的研究不很重视，而前"五四"时期正处于辛亥革命前后，社会、观念急剧震荡变革，又没有产生丰碑式的作品，因此对这个时期的小说研究也多从题材、主题上着眼分析，较少涉及语言问题。这个时期小说语言面貌不清。下一个阶段，即"五四"新文化运动——而白话文运动是其中的一个重要组成部分——中的小说语言的来龙去脉便无法了解，一些长期形成的误解便无法消除。

其实，这个时期的小说语言还是很有特点的。

一　关于"现代白话小说"的歧义

在正式展开本章的论述之前，谨抄录几节出自不同时期的小说片断，请读者品味一下其语言风格，猜猜它们分别出于哪个时期：

1. "别给我蝎蝎螫螫的，那些个狼心猪肺狗肚肠，打量咱们照不透吗？从前在我爹那里调三窝四，甜言蜜语，难道是真看得起咱们吗？真爱上我吗？呸！今儿个推开窗户说亮话，就不过看上我长得俊点儿，打算弄到手，做个会说话的玩意儿罢了！姑娘从前是高傲性子，眼里那里放得下去！如今姑娘可看透了，天下爱情，原不过尔尔，嫁个把人算不了事。可是姑娘不高兴，凭你王孙公子，英雄豪杰，休想我点点头儿！要高兴起来，牛也罢，马也罢，狗也罢，我跟着就走。"

2. 再说王小五子起先听见余荩臣拿他数落，不禁脸上一阵阵的红上来，心头止不住必必的跳。后来又见他爬起，连忙和着身子去按捺他。无奈气力太小，当不住余荩臣的蛮力，按了半天按他不下，只得随他起来……连忙和颜悦色的自己分辩道："同乡有什么好假冒的。天生同乡是同乡，我不能拿他当外人看待……"

3. 朱先生在状元境里居住，是真正书香门第子弟，自幼聪俊好学，广闻博识。尝见金圣叹先生言，人生惟新婚及入泮二者为最乐。然老婆不好一娶再娶，只好拿入泮作文章，屡售屡黜，一再改名换姓应试。朱希声倾慕之至，自此留意"金学"，对贯华堂六才子书，无不烂熟于心。诚可谓眼前之金文，化为胸中之金文；胸中之金文，又流为笔下之金文。

4. 但这草木特别，无人能识得品类……其中一人却说："常闻大师能卜卦预测，不妨占这花将来能开几枝？"大师命另一人取一个字来，那人适持花工的剪刀在手，随口说出个"耳"字。大师说："花是奇花，当开四枝，但其景不久，必为尔所残也。"

这四节文字谁像 20 世纪八九十年代的近作？谁像八九十年前的旧作？

如果没有读过这几部作品，仅从字面判断，恐怕绝大多数人都会猜错。

事实上前两段文字出于 20 世纪初，与后两段相差几乎七八十年！第一段那一口干脆利索的京片子，出自清末民初著名小说家曾朴（1872—1935）的代表作《孽海花》第十六回，写于 1904 年。第二段那相当流利的白话叙述与人物话语，出自同时代以谴责小说大家著称的李宝嘉（1867—1906）《官场现形记》第三十二回。第三段书面语色彩很重，节选自《雨花》1987 年十二期薛冰的短篇小说《空白》（《小说选刊》1988 年四期选登）。第四段则节选自贾平凹写于 1993 年的《废都》，如果不熟悉者，告之曰出于 1893 年某人某书，只怕信者也大有人在呢。

当然我必须首先申明：这四部（篇）小说的语言并不能代表两个相距遥远时代的所有作品，节选的段落也并不能完全反映全书的语言面貌，何况选择总难免由于选择者的意图而使对象的代表性有所倾斜。但是，这几段文字却实实在在地表明：在 20 世纪初的小说中就已经存在着非常流利的白话，而在 20 世纪末的小说中还不时能见到一些书面语色彩很浓的段落。看来似乎有悖于常理，这也正是本书要探讨的问题之一。在不少人的心目中，似乎以提倡白话文为重要内容的"五四"新文化运动以后才有白话小说。虽然学过中国古代文学史者都知道有"古代白话小说"，但许多人往往将其视为半文言，并不认为是真正的白话。而将发表于 1918 年 5 月被认为是中国"现代文学的第一篇小说"① 的鲁迅《狂人日记》，当作是"第一篇现代白话小说"，如十四院校编写组编著的《中国现代文学史》就认为《狂人日记》是"新文学史上第一篇现代白话小说"②。

"现代"这个词首先是一个历史概念，它着重从社会政治的角度确立自己的范畴。中国现代文学史通常以"'五四'新文化运动和文学革命，是……伟大的开端"③。时间通常以 1917 年"文学革命"提出为分水岭。《狂人日记》由于是"我国现代文学史上第一篇猛烈抨击'吃人'的封建礼教的小说"④，从题材和主题上与旧小说划清了界限，成为现代文学史在创作上的一个标志，

①唐弢主编：《中国现代文学史》（一），人民文学出版社 1979 年 1 版，97 页、24 页。
②十四院校编写组：《中国现代文学史》，云南人民出版社 1981 年 1 版，33 页。
③唐弢主编：《中国现代文学史》（一），人民文学出版社 1979 年 1 版，97 页、24 页。
④《鲁迅全集》第一卷，人民文学出版社 1981 年 1 版，432 页注释。

所以称为"现代文学的第一篇小说"或"中国现代文学史上第一篇白话小说"①，是合适的。而称之为"第一篇现代白话小说"就容易引起歧义，因为它可以理解为"现代的白话小说"，也可以释作"现代白话的小说"。仿佛《狂人日记》中的白话才是"现代白话"，和前此白话小说的语言具有划时代意义的本质性不同。《狂人日记》在语言上确有不少创新，但它不像题材、主题的创新那样具有革命性意义，它在现代文学史上的地位主要不是靠语言的革新确立的。以前，有的学者如周作人也认为不同②。当代学者中也有人使用"现代白话"的概念，如张中行先生在他的《文言与白话》（黑龙江人民出版社 1988）中就有"现代白话"一节："现代白话，由'五四'时期起，到现在，时间不过六七十年……值得注意的是，这个时期的白话没有什么特点。"（237 页）张先生的看法颇有见地。"现代"是一个不断发展着的概念，既然发展，当然就有变化。20 世纪 90 年代的"现代白话"和五六十年代就有一些不同，不用说词汇，就是语气和某些常用的句型就有区别。但总体上还是差不

---

① 田仲济、孙昌熙主编：《中国现代文学史》，山东人民出版社 1979 年 1 版，107 页。
② 周作人 1932 年在《中国新文学的源流》中谈及"五四"前的白话时说："我认为那时候的白话和现在的白话文有两点不同：第一，现在的白话文，是'话怎样说便怎样写'。那时候却是由八股翻白话，有一本《女诫注释》，是那时候的'白话丛书'之一，序文的起头是这样：'梅侣做成了《女诫》的注释，请吴芙作序，吴芙就提起笔来写道，从古以来，女人有名气的极多，要算曹大家第一，曹大家是女人当中的孔夫子，《女诫》是女人最要紧念的书。'又后序云：'华留芳女史看完了裘梅侣做的曹大家《女诫注释》，叹一口气说道，我如今想起中国的女子，真没有再比他更可怜的了。'这仍然是古文里的格调，可见那时的白话，是作者用古文想出之后，又翻作白话写出来的。"周作人的这个结论似乎欠妥，类似的语言风格 20 世纪 90 年代仍可以见到，倒是他的"又后序云"是不折不扣的"古文里的格调"。周作人的第二个论据是"态度的不同"。即："'现在'作文的态度是一元的，无论对何人何事一律用白话。而'以前'的态度则是二元的。……只是为一般没有学识的平民和工人才写白话的……但如写正经的文章或著书时，当然还是作古文的。""总之，那时候的白话，是出自政治方面的需求，只是戊戌政变的余波之一，和后来的白话文可说是没有大关系的。"（岳麓书社 1989 年 1 版，52 与 53 页）其实这只能表明当时在写作时（不仅仅是小说）白话文与古文并存，白话不被重视。并不表明在语言形态、结构、功能上，"那时候的白话和现在的白话"有根本性的不同。语言随着社会生活的变化始终处于流动之中，但不能将语言的发展和根本变革相混同。如果不是长期以来白话显示出的强大生命力，就不可能启发后来的人们大力提倡开展白话文运动。所以周作人"没有大关系"的论断并不准确。

多。所以我倾向于，为了强调这种语言的现时性，说它是"现代白话"也可以，不过在谈论小说时，还是不将它作定语为好。

需要指出的是，"五四"时期的白话文运动从语言变革开始到结构、节奏、意象等等，从根本上改变了诗歌创作。尽管新诗究竟走什么道路的问题半个世纪以后也没有解决——这些年来诗坛似乎不再为此耗费精力，而去扎扎实实地写诗，实为大智之举。只要诗好，管它走的是什么道路！中国之大，诗歌何必非只走一条道路？几十年来我们常常做一些画地为牢的事，从文化心理上颇可作一些反思——但毕竟是诞生了在语言运用方式上与旧诗完全不同的新诗。"五四"白话文运动虽然也有力地推动了小说语言的发展，促进了现代小说的诞生和逐渐成熟，但现代小说并没有迅速产生一种和几年前有极大不同的语言运用方式。如果说语言（包括其格律）束缚了诗的解放，那么小说现代化的主要障碍却不是语言。这是二者在新文化运动中的主要区别。甚至可以说由于白话小说获得大量读者，正是从文体上启发了人们开展白话文运动的一个重要原因。换句话说，白话文运动对小说创作在语言上的影响要远小于诗歌。这是因为中国小说有悠久的白话文传统，产生过大批优秀的白话小说，白话本身也在随着时代不断前进，以致到了20世纪初已出现了运用白话相当熟练的作品。有些局部，如前面引用的《孽海花》片断，达到了极高的水平，和20世纪八九十年代某些京味小说的语言没有什么区别，完全可以与"现代"白话乱真。因此，"第一篇现代白话小说"的提法欠妥。

二 白话小说传统与时代、市场的新需求

为了弄清为什么20世纪初当文章诗歌都处于文言的一统天下时，小说创作却以白话为主，有必要对小说语言的历史沿革作一点简单的回顾。

中国古代小说到魏晋时期有了较大的发展，具有稍长的篇幅、比较动人的故事和初步成型的形态。无论是"张皇鬼神，称道灵异"的志怪小说，还是"以标格语言相尚"，"或者掇拾旧闻，或者记述近事"的轶事小说，都开

始"为赏心而作……远实用而近娱乐矣"。① 不少写人记言之作达到了很高的水平。明胡应麟（1551—1602）说："读其语言，晋人面目气韵，恍然生动，而简约玄澹，真致不穷。"（《少室山房笔丛》）正因为目的只是为了自己或少数文人圈子的"赏心而作"，其"近娱乐"基本上属于自娱性质，或者只在很小的朋友圈子里流传。因此题材、内容、语言都有很大的局限性。小说至唐代已初步成熟，具备了独立与比较完整的形态。"叙述婉转，文辞华艳，与六朝之初陈梗概者较，演进之迹甚明，而尤显者乃在是时则始有意为小说。"唐人在小说观念的建立，创作规律的掌握和语言技巧的熟练诸方面，取得了长足的进步。但文人创作的唐传奇用的还是文言，还只在文人圈内小量、缓慢地生长。与此同时，由于城市经济的繁荣（首都长安人口达三十余万户，一百余万人）和佛教讲经活动"俗讲"的影响，民间"说话"艺术正在兴起。至宋，"以俚语著书，叙述故事，谓之'平话'，即所谓'白话小说'者是也"②。作为小说的"话本""拟话本"在宋代和元代得到了巨大的发展。从小说本身的因素来说，最主要之点便是语言的根本性变革，由文言转变为白话。这一革命性变化标志着小说由文人圈内的自娱向全社会开放式的娱他性的转变，第一个证明了文化市场要求有与之相适应的文化形式。

　　由于商业经济发展，城镇增加，大中城市较唐代更多，市民阶层出现，队伍不断扩大。北宋京城汴梁（今开封）人口多达二十六万户。当时的杭州也"参差十万人家"③，宋室南渡后陡增至"近百万余家"④。市民的主要成分是手工业工人、店员、小商贩、独立手工业者。但是，较富裕的商人和手工业主，人数虽不多，在经济上和社会活动方面却有较大势力。此外，在宋代，因为有禁军制度，军人集中于京城及大城市。市民生活的多样性和对文化生活的需求，有力地刺激了艺术样式的变革与新生。他们"需要符合他们口味的文化娱乐生活。通俗的、内容丰富生动的说话讲唱，正适合他们的要求。

---

①鲁迅：《中国小说史略》，《鲁迅全集》第九卷 43、60、70、110 页。
②鲁迅：《中国小说史略》，《鲁迅全集》第九卷 43、60、70、110 页。
③（宋）柳永：《望海潮·东南形胜》。
④（宋）吴自牧：《梦粱录》卷十九。周按，此处应为全州即包括所属几个县的总户数，而
　非杭州一地的城市人口。当然杭州城也有几十万人。

他们的财力可以扶植这些伎艺；他们的意识也在内容和形式上不断影响这些伎艺，使它们日益提高。'说话'这种伎艺就在这样的基础上兴盛起来了"。①这些成分非常复杂的市民，其实多数都是进入城市不久的农民，他们的一个共同点是文化水平很低，缺乏起码的阅读能力。因而他们不能接受看的艺术，只能接受听的艺术。而且语言必须通俗易懂，使他们能听下去，下次还来。据记载，当时汴梁城内有杂剧、说话、弄影戏、小说、嘌唱、弄傀儡、打筋斗、弹筝、弹琵琶等各类艺人一百五十余家。② 据《武林旧事》《梦粱录》《西湖老人繁胜录》等记载，临安（今杭州）有南瓦、中瓦、北瓦、大瓦、蒲桥瓦。惟北瓦大，有勾栏十三座。瓦子也叫瓦肆、瓦舍，即游艺场所集中的地方，一个瓦子里往往有好几种演艺场所，即勾栏，又名"棚"，大的棚可容数千人。临安城里光文献记载有名有姓的"说话"人就多达一百一十人③。"说话"人如此之多，反映了人们对听"说话"这种娱乐需求的高涨，也表现出对"说话"艺术首先是语言艺术的激烈竞争。"说话"必须既通俗而又富于表现力，否则就不能使人们保持长久的兴趣和吸引新的听众。于是小说终于大规模开始了由看的艺术向听的艺术的转变。这是中国古代小说艺术史上的一场伟大革命。它使小说冲破了狭窄的文人圈子，走向全社会的广阔天地，在复杂诡谲的社会矛盾和多姿多彩的生活中汲取艺术养料，极大地拓宽了题材范围，大大丰富了小说语言的表现力，从而建立起长近千年的白话小说传统。以后虽然出现了文人加工整理的话本小说和后来创作的拟话本（吴小如认为应统称为"话本小说"④ ），但其白话个性并无大的改变。这是因为文化市场的需求决定了只有白话才能使小说获得广阔出路。艺术不能无视文化市场的需求，只能去适应它，引导它。认识这一点对我们理解后来特别是 20 世纪的小说语言变化会有启发。

在那以后虽然出现了由文人创作的纯粹为了看的小说，如《金瓶梅》《红

①胡士莹：《话本小说概论》（上），中华书局 1980 年 1 版，40 页。
②（宋）徐梦莘：《三朝北盟会编》卷七十七。
③胡士莹：《话本小说概论》（上），中华书局 1980 年 1 版，65 页。
④吴小如：《新注本〈三言〉题记》，《中国文化研究》1994 年春之卷，95 页。

楼梦》等，这一白话传统仍然维持着，并有了很大发展，语言水平有了极大提高。白话传统始终没有中断的主要原因就是，由于语言浅显，读者接受面较文言大得多。中国小说没有西方小说那样丰富的神话、史诗和悲剧传统，却在 10 至 14 世纪便发育成相当成熟的小说艺术，创作繁荣，并于 14 世纪（元末明初）至 18 世纪期间先后出现了以《水浒传》《红楼梦》等长篇小说为代表的一批优秀作品，早于西方一百至数百年。其中的一个重要原因便是，民间艺人和小说家们借助活在人们口头上的鲜活语言来"说话"（说书）与写作，因此它既富于现实生命力，又在不断进行着艺术加工。尽管这个时期文言小说依然存在并有了发展，出现了《三国演义》《聊斋志异》等优秀作品，但它们也从"说话"和白话小说中汲取了大量营养。白话作为小说语言的主要语言形式在近千年中保持了下来，并且不断发展。

小说在中国古代素来不能登大雅之堂，被排斥在正宗文学之外。鲁迅说："在中国，小说是向来不算文学的。"① "小说和戏曲，中国向来是看作邪宗的。"② "在中国，小说不算文学，做小说的也决不能称为文学家，所以并没有人想在这一条道路上出世。"③ 中国小说的这种长期受歧视的低下地位在某种意义上正是它的幸运。它虽然得不到政府的支持与保护，不时还遭禁毁，然而禁毁的毕竟不是全部，而且屡禁不绝，愈禁愈荣。在这种不支持、不保护的同时，小说就不像一些正统、应制的文体那样易受官方的控制与干预，具有较大的自由发展的空间。其中的一项重要自由便是允许街谈巷议的俚俗语言在小说中存在，而它恰恰是古代白话小说得以存活、成长、繁荣的基本条件之一。这个语言条件保证了它具有任何艺术都难以达到的众多的接受对象，从而反过来促进了小说艺术自身的成熟。

20 世纪初年的中国依旧是文言一统天下，主要标志是科举考试仍以文言为标准语体。光绪三十一年（1905）废科举兴学堂后，学习的仍是文言文，"正宗"文学作品也仍用文言。但白话小说却得到了更加迅猛的发展，小说中

---

① 《〈草鞋脚〉小引》，《鲁迅全集》第六卷 20 页。
② 《徐懋庸作〈打杂集〉序》，《鲁迅全集》第六卷 291 页。
③ 《我怎么做起小说来?》，《鲁迅全集》第四卷 511 页。

的白话本身也发生着引人注目的变化。除了白话小说传统以外，新的时代条件下的社会需求和文化市场需求，对小说以及小说语言的发展起了关键性作用。

1840 年鸦片战争的失败以及其后多次反对外国侵略者战争的失败，沿海、长江流域和一部分内地城市被迫开放为通商口岸。随着西方（包括日本）资本和技术的大量进入我国，西方的文化艺术，首先是小说，也被大量介绍进来。沿海和长江流域工商业迅速发展，城市化进度大大加快，出现了上海、大连、青岛等一批由渔村、小城镇快速膨胀起来的大城市，原有的较大城市如广州、汉口等也很快扩大。市民人数的大大增加和教育文化水平的相对提高，小说成为市民精神食粮的重要成分。从读者群最广大的部分来看，只有白话才能适应其阅读能力。从阅读心理来说，白话小说更贴近人们阅读古代白话小说形成的习惯。从创作而言则只有用白话才更便于叙述复杂事件，塑造众多人物，传神地表现对话。另外，只有用白话才能大量生产这类精神快餐。而现代化的印刷设备和更为快捷的交通条件，使小说得以广泛传播，各种报纸期刊为小说发表提供了前所未有的众多园地。而连载小说又为报刊打开销路，成为一些报刊的重要栏目。据著名近代文学史专家阿英《晚清文艺报刊述略》，20 世纪初仅在上海发表过小说的就有八种。为了争取粗通文墨的读者，这些报刊常常发表白话小说。有的报刊名字中就有"白话"二字，以广号召，如创刊于 1897 年、发表过描述鸦片战争的长篇小说《通商原委演义》（又名《罂粟花》）的《演义白话报》。发表过小说的期刊多达十二种，包括创刊于 1902 年、发表过《二十年目睹之怪现状》的《新小说》；创刊于 1903 年、发表过《文明小史》《老残游记》的《绣象小说》；创刊于 1907 年、发表过《孽海花》的《小说林》；以及创刊于 1910 年、当时还掌握在鸳鸯蝴蝶派手中的《小说月报》。这些期刊除少数在广州、汉口、香港、日本出版外，根据地均在工商业最发达、城市人口和新式学堂最多、对小说需求量最大的上海。质量最高的一些作品也几乎都发表在上海的几家刊物上。但是在报刊上发表的小说只是少数，多数是直接由书局出版。据阿英《晚清小说史》记载，总数逾一千种，其中三分之二是翻译小说。上海拥有占全国压倒多数的书局和印刷厂，因而这些书的出版发行的大本营也在上海。这种局面一直维持到 20 世纪 50 年代初。

另一方面，鸦片战争以后国难日见深重，尤其是 1894 年中日甲午战争惨败和随之而来的割地赔款，大大加强了许多知识分子对中国有可能被列强瓜分的危机感。在这种深重的危机意识驱动下，人们纷纷寻求挽救民族危亡的良策。一些先驱者逐渐认识到，只有唤起全体国民的觉悟，方能救中华之危急。戊戌变法前半年，康有为在一次会上大声疾呼：

> 欲救亡无他法，但激励其心力……果能合四万万人，人人热愤，则无不可为者，奚患于不能救！①

他注意到小说在上海各书肆中销路最畅，为经史八股所远不敌，故提倡以小说唤起民心。许多先驱者都从译著中汲取了思想养料，通过阅读西方小说开阔了眼界，认识到小说对影响人心的作用，因而将小说的地位大大提高，并强调用人民喜闻乐见的口语写作。

1896 年梁启超在著名的《变法通议·论幼学》中指出：

> 今宜专用俚语，广著群书（按指"说部书"）。上之可以借阐圣教，下之可以杂述史事，近之可以激发国耻，远之可以旁及彝情；乃至官途丑态，试场恶趣，鸦片顽癖，缠足虐刑，皆可穷极异形，振厉末俗。其为补益，岂有量耶！②

这段话精辟地阐述了他希望小说通过白话创造艺术形象，广泛地反映现实生活，达到揭露黑暗、激励民众、创造新生活的目的。翌年，著名启蒙思想家严复和另一位著名维新派文人夏曾佑又在天津《国闻报》刊载的《本馆附印说部缘起》一文中宣称：

> 欧、美、东瀛，其开化之时，往往得小说之助。

强调小说语言应当：

> 与口语之语言相近。

主张叙述细致，描写生动：

---

① 中国史学会主编：《戊戌变法》（四），上海人民出版社 1957 年 1 版，412 页。
② 梁启超：《饮冰室合集·文集》（一）。

衍一事为数十语，或至百语、千语，微细纤末，罗列秩然。①

他们所谓的"相近"，当是在口语基础上加以适当提炼，这就比单纯地"专用俚语"进了重要的一步，要求更高，须更加具有艺术感染力。而精细描写必然要求在语义上更加生动传神，注重选择、锤炼，以取得较好的艺术效果。他们在小说叙述语言的形态与功能的认识上显然有很大的提高，意味着小说语言艺术意识的苏醒。梁启超于 1902 年在《新小说》（创刊号）上发表了著名的《论小说与群治之关系》一文，指出"欲新一国之民，不可不先新一国之小说"。认为能否用通俗易懂的语言，是文学、小说成功的关键：

文言不如其俗语，庄论不如其寓言，故具此力最大者，非小说末由。

进一步强调了小说语言在社会进步中的重要作用。

严家炎指出，19 世纪末到 20 世纪初，一些思想家夸大了小说和小说家的作用。"可以说，这是一个变'小说'为'大说'的时期。小说从过去不登大雅之堂，一跃而为'文学之最上乘'。"人们"把小说地位抬得很高；另一方面又按传统观念将小说看作新的'载道'工具，片面强调小说的教诲作用，并不承认小说作为艺术的独立价值"②。

正因为没有将小说作为一种重要的艺术来看待，因此当时的进步文人关注的是，如何用广大民众容易理解的口语进行文艺性的政治宣传，而不是创作艺术品，更非艺术语言高超的艺术精品。所以他们虽然在小说语言观念上较以往有一些改变，但主要是在作品的口语化而不是在艺术化上，而且很不稳定。梁启超本人的小说就是一个典型的例子。

梁启超是一代语言大师。他写文章不喜欢用生僻冷奥的字，写得明白晓畅，汪洋恣肆，气势宏大，其政论文尤为时人所称道。他不但鼓吹小说对于改变人心的巨大作用，而且身体力行，亲自撰写。他的代表作《新中国未来记》构思达五年之久，终于在百忙中写出，1903 年于《新小说》发表。这部小说写的是公元 2063 年即距当时 160 年以后的事，实际是借未来宣传当时立

---

① 转引自阿英编《晚清文学丛钞·小说戏曲研究卷》。

② 《二十世纪中国小说研究之回顾与展望》，《文学评论》1993 年 6 期 43 页。

宪派改良主义的政治主张。作者在小说《绪言》中说："兹编之作，专欲发表区区政见。"小说不时借人物之口表现以他为代表的主张君主立宪、反对实行共和的维新派的政治观念，对以孙中山为代表的革命派加以攻击。因此语言的政治宣传味十分浓烈，谈不上用生动细腻的叙述、描写等手法来塑造艺术形象。作家、叙述人和人物三者在身份和语言上都不时给人以重叠的印象。作者自己在《绪言》中也承认，这部小说"似说部非说部，似稗史非稗史，似论著非论著，不知成何种文体"，"编中往往多载法律、章程、演说、论文等，连篇累牍，毫无趣味"。正因为小说作为一种独立的艺术的"文体"观念还没有得以确立，因此自然就不可能具有艺术的小说语言。换言之，小说语言的艺术意识还有待于小说的艺术地位的确立而觉醒。不过这部小说的语言倒也有可取之处：梁启超长于政论，词汇丰富，用语准确，文笔简练，注重文气的贯通与浩大。《新中国未来记》用的是当时流行的白话，但经他加工后显得简洁、雅致，叙述语言十分流畅，人物话语流利而有气势。如第二回的一段话便颇有演说特点：

> 那时孔老先生歇息片刻，重复登坛开演道："诸君啊，你道我们新中国的基础在那一件事呢？其中远因、近因、总因、分因虽有许多，但就我看来，前六十年所创的'立宪期成同盟党'算是一桩最重大的了。"

撇开这段话的具体内容不谈，单以类似的句式、情绪、气势和语言所要表现作者某种观念来看，那么，在它二十年后一些青年作家的作品中，不是还能见到么？在这种小说语言中，我们可以明显地看到时代的要求，发现文化市场的影响。从"你道"的"道"和"虽""创"等词看来，还有一些单音节词汇，还保留着一些古代白话小说语言的痕迹。

三　中西方文化撞击对小说语言的影响

整个 20 世纪的中国文化始终处于中国传统文化与以西方文化为主的外来文化的撞击状态中，并在这一撞击中孕育、生长、壮大着一种新的中国文化。所不同的是，各个时期中国文化的清醒程度、主体意识和消化吸收外来文化与自铸新文化的能力很不一样。20 世纪初，中国文化还没有找到自己发展的明确方向，传统文化中那些十分落后的部分，依然仗着专制政权维护着自己的统治地位，压制着对新文化的吸收。但外来文化的传入毕竟已经成为一种潮流，而且成加速度的态势。作为当时变得越来越重要和读者队伍不断扩大的一种文体，小说——包括创作观念、题材与主题的选择、结构方法等写作技巧和语言运用的手法——自然也受到很大影响。由于语言的稳定性大，因此变化相对小一点，不过仍然能够看出一些明显的变化。

清代中国留学生赴外国学习，虽然早在 1847 年（道光二十七年）容闳留美就已开始，但由于清政府顽固坚持闭关锁国的政策，抗拒几乎一切新事物，故而在很长一段时间出国留学的人数一直极少。这种情况直到清廷深感统治地位岌岌可危的 19 世纪末 20 世纪初才发生大的改变。至 1905 年和 1906 年时，光留日学生就有八千人左右，还有一些留学英、美、法、德者。这里既有官派的公费生，也有许多自费生。尽管这些学生差不多都是学习政治、经济、法律及理工农医的，但是他们在掌握外语的同时，接触到了大量的域外小说，无论是在写作方法还是在语言表达方面都受到西方小说的诸多影响。因为当时的日本也在大量吸收西方文化以加速自身的现代化，许多年轻的中国学子正是通过日文译作了解西方小说的。他们中有些人回国后办报纸、编杂志、办学堂，而更多的人则成为对语言尤其是对小说语言有新要求的读者。这种要求本身就对小说语言的革新具有促进作用。陈平原所著《二十世纪中国小说史（第一卷）》据阿英《晚清戏曲小说目》等资料的统计，1896 年至 1916 年译介的小说有 796 种，其中英国 293 种、法国 113 种、美国 78 种、俄国 21 种，这四国就超过 500 种，日本 80 种。"由于当年出版译作时所标作者国籍，颇多错误"，因此列入"其他"的 203 种中肯定还有不少西方国家的小说。有些小说作者在国外生活过，如梁启超；有些是留学生，如陈天华；有些虽然未曾留学，但自学过外语，如曾朴、徐念慈。有些作家本人就是翻译家，如恽铁樵、包天笑、周瘦鹃等。《老残游记》的作者刘鹗不仅学过日文，还两次赴日考察、游历。

这个时期的小说语言受西方小说的影响主要表现在以下几个方面：

一是议论语言迅速发达起来。议论语言在中国古代小说中很不发达，尤其是在叙述过程中极为少见。而在小说开头或结尾有时出现的几句议论又多为公式化的说教。西方小说中的议论语言往往多富于哲理性或思辨色彩，而这要求作者具有较高的思想认识水平、理论修养和文字提炼能力，并非想议论就能够议出精彩的文字来。结果这种特点被一些急于宣传自己政治主张的作者嫁接过来后成了简单的政治说教。

二是小说的心理语言有了很大的发展。心理语言不发达是中国古代小说的"说话"传统造成的，因为作为"听的艺术"的说书不可能细腻地叙述描摹人物的心理活动，必须尽快推进情节，以紧紧吸引住听众。而西方小说早就已经是"看（读）"的文学，心理语言作为"看"的内容往往可以写得淋漓尽致，非常吸引人。中国古代小说中"看"的作品如《红楼梦》就有较多的心理语言，也证明了这个道理。大量心理语言的出现，标志着中国小说由"听"到"看"过程的最后完成。

三是叙述语言和人物话语的界限进一步清楚，重视人物话语的性格化。过去由于受说书影响之故，人物话语有时混杂在叙述语言中，有时又往往具有较多的交代色彩，不但数量少，而且身份、性格以及语境的特点也不很突出。作家不大注意在人物话语上精心创作，只有《红楼梦》等极少数作品例外。至 20 世纪 20 年代，叙述语言的丰富性和人物话语的性格化取得了重大进展。

四是句式变得比较多样起来。由于语言趋于口语化，定语、状语、补语的形式与长度均有增加，位置也有变化，以利于表现比较复杂的事物与思想感情。人物话语不再是一气到底，话语中的插入成分开始出现。

五是新式标点大量使用。中国古代小说无标点，需读者自己句读，只起一个断句的作用。内容情绪的变化完全仰赖文字。在西方小说影响下，为了更好地表情达意，本世纪初开始使用新式标点的作者多了起来。尤其是引号、感叹号、问号、破折号与省略号的运用，使小说语言更加容易表现人物的情感变化。有些作家很爱用感叹号，有时甚至连用三个"！"，特别引人注目。

六是新词语的大量使用。这是小说语言的最大变化。新词语不断出现是任何时期都有的现象，本来不足为奇。但清末民初不仅也是个"信息爆炸"

的时期，而且汉语中现成的相应词汇十分缺乏，翻译词语的标准化根本谈不上。因此不仅不同作家对相同词语翻译各异，甚至同一作者在一本作品中的同一个词前后译得都不一样，有时找不到合适的汉语词汇，索性就直接用外文。

四 小说语言的几种过渡性现象

谈及清末民初的小说时，通常以题材分为谴责小说、鸳鸯蝴蝶派小说、黑幕小说、武侠小说等几类。不过从小说语言上看，前两类已可代表。

鲁迅在《中国小说史略·清末之谴责小说》中指出：

> 光绪庚子（1900）后，谴责小说之出特盛。盖嘉庆以来，虽屡平内乱（白莲教、太平天国、捻、回），亦屡挫于外敌（英、法、日本），细民暗昧，尚嗫著听平逆武功，有识者则已翻然思改革，凭敌忾之心，呼维新与爱国，而于"富强"尤致意焉。戊戌变政既不成，越二年即庚子岁，而有义和团之变，群乃知政府不足与图治，顿有掊击之意矣。其在小说，则揭发伏藏，显其弊恶，而于时政，严加纠弹，或更扩充，并及风俗。虽命意在于匡世，似与讽刺小说同伦，而辞气浮露，笔无藏锋，甚且过甚其辞，以合时人嗜好，则其度量技术之相去亦远矣。

鲁迅这段话不仅准确地点明了这类小说出现特盛的原因和内容特点，而且对其语言缺失的评论也很精当。谴责小说语言的主要问题就在于不讲究"技术"，缺乏小说语言的艺术意识。因此语言虽然由于需要达到某种针砭时弊和迎合时人的目的而浅显，但是却终于失之于浅薄无味，何况还有过于夸张的毛病。仅仅把语言当作表达故事内容和表现作者观念的载体，而没有把小说语言作为重要的艺术目标来追求，必定使小说语言在创作中处于一个很不重要的地位，并且不可避免地带有明显的随意性。因此语言整体水平低，作家发挥很不稳定，没有风格或风格不统一，成为这个时期小说语言的基本特征。

典型例子是清末四大谴责小说之一的《孽海花》。作者曾朴（1872—1935），江苏常熟人，1891年中举。小说发表时署名"爱自由者起发，东亚病

夫编述"。前者即金天翮（即金松岑，1874—1947），江苏吴江人。1903 年在
上海参加爱国学社，与章太炎、邹容等一起鼓吹革命。他写完前六回后交给
好友曾朴修改、续写，至 1907 年已刊出二十五回。问世后成为当时成就最高
影响最大的小说之一，两年内重印十五次，印数达五万之多。这在当时是一
个十分巨大的数字。这部小说反映的是 1904 年日本与俄国为争夺我国东北开
战后的一个爱情故事。本章开头节选的第一段话语即出自《孽海花》第十六
回。其流利生动、个性泼辣，置于 20 世纪 90 年代的某些小说中足以乱真，
即使与《红楼梦》中的赵姨娘、鸳鸯的有些话语相比，也未必逊色。但这段
地道的京片子却并非出于中国女性之口，而是俄国虚无党人夏雅丽所言。它
生动地表明，当时的小说家并非写不出相当口语化和性格化的语言，而是还
不懂得人物话语应当符合人物身份这一小说语言运用的基本原则，还没有解
决外国人物的话语表现方式问题，忽略了人物话语的地域色彩（如京味、吴
味）等某些非通用性特点。因此夏雅丽的这一口京片子孤立地看可谓精彩无
比，但若一旦暴露其俄国少女身份，便立即会显得不伦不类，有点滑稽。而
且同是俄国人，甚至同是这个夏雅丽，话语风格、用语基本方式，前后——
有时是临近段落——竟然大不相同。就在十六回那段话语稍前一点，她与虚
无党革命者克兰斯有一段对话：

> 姑娘道："说的是，前月接到你信，知道党中经济很缺，到底怎么样
> 呢？"克兰斯叹道："一言难尽，自从新皇执政，我党大举两次……虽都
> 无成效，却消费了无数金钱，历年运动来的资本，已倾囊倒箧了。敷衍
> 到现在，再敷衍不下去了。倘没巨资接济，不但不能办一事，连党
> 中……一切机关，都要溃败。姑娘有何妙策？"

夏雅丽所说的中间两个分句，由于"你的信"省略了一个助词"的"，变
得带有书面语色彩，加重了由"前日、党中"这些词造成的旧白话小说的味
道。而克兰斯的话单音节词较多，"办一事"省略了量词"件"，再加上"有
何妙策"，更像旧白话小说。当然，即使到了 20 世纪末期，叙述语言和人物
话语有时用两种语体风格，即前者多少带些书面语色彩，后者则由于人物身
份之故纯粹是口语，也是常见的。但在同一篇（部）作品中，叙述语言和人

物话语通常分别只用一种风格的语体。当时不少作家却忽略了这个问题，对白时相当口语化，但叙述语言则往往文言色彩很重，或者半文半白。总之差别很大。仍以《孽海花》十六回为例，在介绍夏雅丽时这样写道：

> 夏雅丽生而娟好，为父母所钟爱，及稍长，貌益妍，面形椭圆若瓜瓢，色若雨中海棠，娇红欲滴。眼波澄碧，齿光研珠，发作浅金色，蓬松披戍削肩上，俯仰如画，顾盼欲飞，虽然些子年纪，看见的人，那一个不魂夺神与？

这段肖像描写有两点值得注意：一是有一些典型的文言语句，和人物特别是夏雅丽一文一白的话语风格，完全不同。二是从面、色、眼、齿、发、神等几方面分别作具体描写，这与过去的大多数小说写肖像每每笼而统之甚至完全没有，是一个进步，显然是受了西方翻译小说的影响。当然，这个描写还比较简单，有的文字还属于旧小说描写少女的俗套。这种过渡性语言现象有待于进一步发掘和研究。

从叙事、话语、心理等多方面运用讽刺性、揭露性、夸张性语言，推动情节，表现题旨，鞭挞人物，是清末谴责小说的重要特点。鲁迅指出："其作者，则南亭亭长与我佛山人名最著。"

南亭亭长即李宝嘉（1867—1906），字伯元，江苏武进人。他的代表作《官场现形记》，诚如胡适所言："这部书是从头至尾诅咒官场的书。全书是官的丑史，故没有一个好官，没有一个好人。"胡适的评论不仅准确地概括了此书的内容，而且"诅咒"二字也点明了小说语言的基本特点。李宝嘉讽刺官吏可谓不遗余力，连位列中枢的军机大臣、内阁大学士以及总督这样的封疆大吏，在他笔下也丑态毕露，绝难超生。他比较注意通过叙述语言表现人物的心理活动，尤其是矛盾的心情写得比较生动细致。第三十八回写湖广总督湍多欢（按：谐音"贪多欢"，暗示其好色）新纳了十一、十二两妾，便打算将本欲勾搭的九姨太的大丫头以干女儿为名打发出去。九姨太原已失宠，现见湍制台有点回心转意，既想奉承，又想拿点架子；既不愿心腹丫环被遣，又怕留下日后成为第十三姨太太，左右为难的心理以及九姨太装死无效引起的一场闹剧，都写得十分生动。小官僚和妓女出身的姨太太之类的人物话语，写得也较流畅，有的也还有些个性。胡适说此书"写大官的地方都不见出色，因为这种材料都是间接得来的"，"写佐杂小官却都有声有色……倘使作者当日肯根据亲身的观察，或亲属的经验，决计用全力描写佐杂下僚的社会，他的文学成绩必定大有可观，中国近代小说史上也许添上一部不朽的名著了"。可见小说语言能否达到描写情景准确，场面生动，话语性格化，细节耐人寻味，基本的一点还在于作者有没有深切的生活体验。如若十分缺乏而硬写，无论是摹形绘心，遣词用语，都容易错位走样，浅薄无味。《官场现形记》中不少讽刺描写由于过于夸张，离开实际生活太远，令人难以置信。因为它是以实有其事的面目进行叙述的，人们在阅读时就会按生活的本来面貌（至少大体上）来进行衡量。夸张过分就容易引起读者的逆反心理。如果一开始就以荒诞手法出现，那么读者也许就会在另一种心理准备下予以接受——当然，这种叙述风格和语言风格应当是统一的。

小说中采用什么语言路子，应当是创作总体构思的一个重要组成部分，不能过于随意。语言风格的优劣和语言成就的高下，首先应当服从于小说主题、人物等主要元素，否则就可能帮倒忙。正如鲁迅在批评我佛山人（吴趼人）《二十年目睹之怪现状》时所云："描写失之张皇，时或伤于溢恶，言违真实，则感人之力顿微。"①

吴趼人名沃尧，以字行，生于1866年，卒于1910年，广东南海县佛山镇（今佛山市）人。《二十年目睹之怪现状》除官场外，还写到商界、洋场和文人圈。他有时将笔锋横扫"一班上海名士"，而且特别点出那些"古离古怪的别号"："一个姓梅的，别号叫做几生修得客；一个游过南岳的，叫做七十二朵青芙蓉最高处游客；一个姓贾的，起了个楼名，叫做前身端合住红楼，别号就叫前身端合住红楼旧主人，又叫做我也是多情公子。"（三十五回）这些别号之绕嘴、酸涩、故作多情，刻画得入木三分，充分发挥了语言的艺术夸张表现力。它讽刺那些文人的自以为是和不学无术，也是笔下无情。虽然这两部小说（《官场现形记》和《二十年目睹之怪现状》）的叙述语言和人物

---

① 鲁迅：《中国小说史略》，《鲁迅全集》第九卷，282、283、286页。

话语都过于夸张，在当时却都深受读者欢迎。这是因为在封建帝制行将崩溃、商品经济畸形发展和社会风气日见败坏的时期，人们需要有人出来替他们宣泄各种不满情绪，特别是他们自己还无权、不敢甚至还没有自觉认识到的时候，因而更看重小说中写到的事件、影射的人物和解恨解气的语言。从这个意义上来说，文化市场（读者）对小说语言的要求还没有达到较高的程度，人们更多地关注内容的尖锐，比较容易接受那些夸张性的语言。读者队伍的构成主要是文化程度不太高的市民，他们一开始对小说语言也没有更多的审美意义上的要求。当时真正文化水平高的文化人往往由于封建正统观念而看不起甚至厌恶这类小说，而既有新思想又有新文化的读者队伍尚未形成——这要在新式学堂大量创办后才出现。这是这类小说在当时风行一时的根本原因。

20 世纪 80 年代之后出现了一种"纪实小说"，有一段时间相当流行。所写内容说它实事吧，人家明言"小说"，可以虚构，让你不敢不信又不敢相信，也无从指责；说它是"小说"吧，可它又标榜"纪实"，仿佛确有其事，令人欲疑又信，无所适从。这类小说绝大多数语言都很平常，但由于题材往往比较吸引人而且纪"实"，所以读者甚众，正由于它们适应了人们的这种心理需要。这两部谴责小说就有点这个意思。鲁迅说《官场现形记》"臆说颇多，难云实录，无自序所谓'含蓄酝酿'之实"①。这些谴责小说作家"过甚其辞，以和时人嗜好"的毛病，不仅在当时带有普遍性，而且至今具有现实意义，而这一点常为人们所忽视。它深刻地表明时代和文化市场以及读者心理对小说语言的选择，也显示了作家在包括小说语言在内的创作因素上对上述诸方面的适应乃至迁就。

如果说这种选择、适应、迁就是主观向客观，作家向读者和社会靠拢的话，那么清末民初小说中前所未有的发达的议论语言，则是作家主动向读者和社会推销自己。从总体上看，中国古代小说中的议论语言很不发达，即使有也往往采取回前或回末用"赞曰"之类表示。像《红楼梦》中贾雨村等的

_____

① 鲁迅：《中国小说史略》，《鲁迅全集》第九卷，282、283、286 页。

大段精彩议论极为罕见。议论语言作为人物话语的重要组成部分正式大规模地出现在小说创作中，是在清末民初，这是这个时期小说语言的一个重要发展。当时，特别是一些思想比较进步的作家，常常情不自禁地借人物之口或者干脆叙述人直接出面，宣传自己的政治、社会、道德主张。曾朴就在《孽海花》第二回从纵论"迷信"开始，用一千多字的篇幅对比外国人"死争自由"而中国人却依旧迷信科举制度、专制政体，严厉批判了中国人不觉悟的错误态度。吴趼人则在《二十年目睹之怪现状》二十一回借"我"姐姐之口猛烈批判"女子无才便是德"，认为那样"岂不是误尽了天下女子"。议论语言大量登堂入室，构成了20世纪初小说语言的一大特色，对"五四"时期的作家无疑是有积极影响的。

文言与白话并存，官话中夹杂大量方言，散文中掺入骈体，在当时的小说中都比较常见（这些情况与后来的白话中存在某些书面语，有极少的方言词汇或用法及个别的骈体句是不同的）。它表明，小说家们还没有真正认识到白话的艺术潜力，没有认真去开发白话的众多功能，以致不得不在某些方面求助于文言。当然另一方面也在于这些作家们自身的修养与习惯的局限。这些现象在鸳鸯蝴蝶派作品中表现得更突出一些。这是20世纪初一个颇有影响的小说流派，因不少小说发表于《礼拜六》周刊，故又称"礼拜六派"。此派发端于清末，大盛于民初，故有些文学史家称之为"民国旧派文学"。1914年6月《礼拜六》创刊《出版赘言》中说，平日人们忙于工作，唯礼拜六方得闲暇。而"买笑耗金钱，觅醉碍卫生，顾曲苦喧嚣，不若读小说之省俭而安乐也"。将读小说与买笑、觅醉相提并论，便不难理解其题材语言的某些特点。其著名代表作是张春帆的《九尾龟》。作者不厌其烦地写上海、广州、南京的妓院，北京、天津的窑子，完全以欣赏的笔调叙述、描写各种畸形的两性关系。胡适在指出这类小说叙述的一些公式化描写后尖锐地批评道：

> 此类文字，只可抹桌子，固不直一驳。

他认为《九尾龟》之类"都只刚刚够得上'嫖界指南'的资格，而都没有文学的价值"①。由此可见如果作家缺乏社会责任感，不仅会使题材卑下，语言也会变得庸俗不堪，甚至肮脏下流。

这类小说多种类型和风格的语体混用的现象也颇可注意。范伯群指出：

> 《九尾龟》的语言是三分法，一类是妓女的苏白；一类是记事和其他人的对话，用普通白话；一类是性描写，用文言四六对仗。②

这种现象，尤其是前两点，在谴责小说中也常见。如《孽海花》，嫖客平时用普通白话，而与妓女交谈则用苏白。《官场现形记》第八回后的几回中有一个跟局娘姨"新嫂嫂"是个重要人物，话语很多，全是苏白。有的从字面上可以看出大概，有些若非吴语区人恐怕就颇费思量了。这不仅是由于当时上海高等妓女以苏州地区人为多，而且鸳鸯蝴蝶派作家中不少人也来自这一带。《孽海花》的作者曾朴是常熟人，前几回的作者金松岑是吴江人，均属苏州府。《官场现形记》的作者李宝嘉是常州人，也在苏州西边不足百公里处。许多文人、作家本人就是妓院常客。包天笑说："当时在张园中所见花界中人，无一不认识李伯元。"③寻花问柳者居然也成一界，今人听来真是匪夷所思。而"花界"常客中就有一些名作家。这种情况由来已久，在当时有一定的普遍性。以写《海上花列传》著名的韩邦庆（1856—1894，字子云，今上海松江人），就经常出入花界。"所得笔墨之资，悉挥霍于花丛。阅历既深，此中狐媚伎俩洞烛无遗。"（蒋瑞藻《小说考证》引《谭瀛室笔记》）这是一部完全用苏州话写成的小说，以至于人民文学出版社 1982 年整理出版时编写附录了一个多达四百五十条的"《海上花列传》方言简释"，成为出版史上的一小奇观。显然，作家本人的经历，特别是对生活和艺术的审美态度，对小说语言的形态具有重大影响。

由于小说中的白话往往流于浅显无味，而且有时文不文、白不白，风格不一，因此有些文人仍然用文言创作小说，也有很大的市场。在小说语言中形成了白话、半文半白、文言等多种语言形态并存的局面。被公认为鸳鸯蝴

---

① 胡适：《建设的文学革命论》，《新青年》四卷四期，1918 年。
② 范伯群著：《礼拜六的蝴蝶梦》，人民文学出版社 1989 年 1 版，101 页。
③ 魏绍昌编：《李伯元研究资料》，上海古籍出版社 1980 年 1 版，27 页。

蝶派小说鼻祖的徐枕亚于 1911 年出版《玉梨魂》，连同四年后出版的以前书主人公日记面目出现的姐妹作《雪鸿泪史》，轰动一时，再版数十次，印数达数十万册，这在当时可谓天文数字。《玉梨魂》完全用文言写成，词藻华丽，大量的四六句对偶工整。这部描写一个青年才子和美貌寡妇恋爱悲剧的小说，从内容上来说并没有什么积极意义，语言也有卖弄才学、堆砌造作之嫌。但是这部小说当时却大受读者欢迎。除了故事、技巧等原因外，语言比较有味是成功的一大因素。当时一般白话小说在语言上的粗制滥造，有时连白开水都不如——甚至有的作家在报纸上连载小说，边写边登，前后语体不一，以致有的报刊在"稿约"中不得不将同一部作品使用一种语体作为一个要求郑重提出——相比之下，《玉梨魂》的不少文字漂亮而耐读。在中国还处于文言一统天下的情况下，人们习惯视文言为正宗和上品。《玉梨魂》恰恰是利用了这个心理惯性，发挥了文言的优势。与此情况相近的是苏曼殊（1884—1918），他用浅近文言写的小说在当时也颇受欢迎。唐德刚说："那时的中学生几乎是人手一册，绝对是一部'畅销书'。"① 除了其作品具有一定的反封建礼教追求进步理想的因素外，其语言浅近而优美，富于理趣诗情，符合时人的审美心理，也是一个重要原因。苏曼殊使用浅近文言，正是注意到文言的艰涩与表现力的严重受限制，而一般的白话又平淡无味，因而在小说语言上采取了折衷路线。这也恰好从一个侧面证明，当时的中国知识分子已经在认真思考并探索小说语言的出路，力图寻找到一条既能够体现文言精练、优美，又便于表达作者意图和广大读者喜欢阅读、易于欣赏的小说语言路子。我们应当重视这种过渡性现象。大体上说，当时除个别作品如《老残游记》外，还缺乏精练的富于表现力的白话名著，因此白话在小说创作中尽管在数量上明显地占优势，但还不能牢牢地确立主导地位。

五　卓然不群的《老残游记》语言

　　鲁迅在《中国小说史略》中评论清末四大谴责小说时说，《老残游记》

---

①唐德刚译：《胡适口述自传》，华文出版社 1992 年版，201 页。

"叙景状物，时有可观"，而没有单独的批评性的话，这和评论其他三部小说相比较是很不寻常的。晚于鲁迅的评论两年，即 1925 年，胡适在《〈老残游〉记·序》中对其写人写景的语言作了"前无古人"的高度评价：

> 《老残游记》在中国文学史上的最大贡献……在于作者描写风景人物的能力。……无论写人写景，作者都不肯用套语滥调，总想熔铸新词，作实地的描画。在这一点上，这部书可算是前无古人了。①

《老残游记》的作者刘鹗（1857—1908），字铁云，别号洪都百炼生，江苏丹徒人。他出身封建官僚家庭，博学多才，阅历丰富。由于受到西洋文化的影响，对医学、数学、水利都下过功夫，均有造诣，也从事过商业。由于治理黄河有功，被河南巡抚吴大澂提升为知府。后又应湖广总督张之洞之邀协办洋务。1899 年在河南安阳小屯村殷墟发现刻有文字的甲骨时，"许多学者都不信龟甲兽骨能在地中保存几千年之久。刘先生是最早赏识甲骨文字的一位学者。他的一部《铁云藏龟》要算是近年研究甲骨文字的许多著作的开路先锋"。（胡适语，同上）由于他知识渊博，游历广泛，又在总督、巡抚这样的封疆大吏手下任过大员，因此他对当时的社会矛盾、官场黑暗和各地风物，都比一般作家体验得更为真切深刻，因而小说较有深度。但是刘鹗小说的主要贡献是在小说语言上大大拓宽了功能面，尤其是在语词的使用、描写角度的创新和意象的营造方面，极大地丰富了汉语的艺术表现力，为白话小说语言的准确、生动、精练、雅致，作出了开拓性贡献。《老残游记》是《红楼梦》诞生一百四十年来小说语言的一座丰碑，刘鹗是曹雪芹和鲁迅两位大师之间值得从语言上大书一笔的优秀小说家。

在《老残游记》中刘鹗善于用看似平常、毫不华丽却十分准确形象而富于新鲜感的词语，分层次地写景状物，使描写对象具有具体的质感、动感和方位性。如十二回老残来到黄河大堤上：

> 见那黄河从西南上下来，到此却正是河的湾子，过此便向正东去了。
> 河面不甚宽，两岸相距不到二里。若以此刻河水而论，也不过百把丈宽

---

①黄保定、季维龙选编：《胡适书评序跋集》，岳麓书社 1987 年 1 版，153、157 页。

的光景。只是面前的冰插的重重叠叠的，高出水面有七八寸厚。再望上游走了一二百步，只见那上流的冰还一块一块的漫漫价来，到此地被前头的拦住，走不动，就站住了。那后来的冰赶上他，只挤得嗤嗤价响。后冰被这溜水逼得紧了，就窜到前冰上头去。前冰被压，就渐渐低下去了。看那河身不过百十丈宽。当中大溜约莫不过二三十丈，两边俱是平水，这平水之上早已有冰结满。冰面却是平的，被吹来的尘土盖住，却像沙滩一般。中间的一道大溜却仍然奔腾澎湃，有声有势，将那走不过去的冰挤得两边乱窜。那两边平水上的冰被当中乱冰挤破了，往岸上跑。那冰能挤到岸上有五六尺远。许多碎冰被挤得站起来，像个小插屏似的。

刘鹗完全改变了中国古代小说不重视写景或写景公式化的旧传统（只有《红楼梦》例外），充分发挥汉语同义词、近义词多，词汇丰富的优势，不仅从空间上而且从时间上，从动和静结合的角度，从视觉和听觉的不同感受上，写出景物的特殊神韵与人物的独到体验。尤其是他在动词的运用上富于变化，准确生动，令人读后叹为观止。他写黄河的水与冰，连用了"下、插、拦、走、站、赶、挤、逼、窜、压、结、跑"等十几个不同的动词，个个贴切新鲜，平易传神。由于连用了好几个拟人修辞手法，景物被赋于一种充满生命力的动态，更给人以仿佛身临其境耳闻目睹心绪震撼的感觉。类似的出色写景文字在此书中很多。如上述打冰后写月色中的山和云，由于月光明亮，又有白雪的反射，给人一种富有层次的奇特的美感。第二回写大明湖，先用平均七八个字的十几个短句描写了享堂、荷池、回廊、圆门、旧房、匾额、对联、水仙祠、历下亭等。然后写坐游船所见：

　　　　过了水仙祠，仍旧上了船，荡到历下亭的后面。两边荷叶荷花将船夹住，那荷叶初枯，擦的船嗤嗤价响；那水鸟被人惊起，格格价飞；那已老的莲蓬，不断地绷到船舱里面来。

刘鹗用的全是朴素平实的常用词，毫无冷僻、生涩的字眼。但由于用词恰到好处，绘声绘色，做到了情景交融。句子比较短小，九个分句总共只有五十七字，平均每句不足六个半字。其中仅一句九个字，两句八个字，给人以一种悠闲轻松之感。用平常语写不平常之景物，给人以不平常之感受，这就是刘鹗这位语言高手给人们留下的宝贵经验。

《老残游记》在文学语言上最大的贡献是，刘鹗成功地大量连续多种类地用比，通过比喻写声音和感觉。其中最突出的是写明湖居听书：

> 只见那后台里，又出来了一姑娘……（只见白妞）立在半桌后面，把梨花简丁当了几声，煞是奇怪：只是两片顽铁，到他手里，便有了五音十二律似的。又将鼓捶子轻轻的点了两下，方抬起头来，向台下一盼。那双眼睛，如秋水，如寒水，如宝珠，如白水银里头养着两丸黑水银，左右一顾一看，连那坐在远远墙角子里的人，都觉得王小玉看见我了；那坐得近的，更不必说。就这一眼，满园子里便鸦雀无声，比皇帝出来还要静悄得多呢，连一根针跌在地下都听得见响！……声音初不甚大，只觉入耳有说不出来的妙境：五脏六腑里，像熨斗熨过，无一处不伏贴；三万六千个毛孔，像吃了人参果，无一个毛孔不畅快。唱了十数句之后，渐渐的越唱越高，忽然拔了一个尖儿，像一线钢丝抛入天际，不禁暗暗叫绝。那知他于那极高的地方，尚能回环转折；几转之后，又高一层，接连有三四叠，节节高起。恍如由傲来峰西面攀登泰山的景象：初看傲来峰削壁千仞，以为上与天通；及至翻到傲来峰顶，才见扇子崖更在傲来峰上；及至翻到扇子崖，又见南天门更在扇子崖上……愈翻愈险！愈险愈奇！
>
> 那王小玉唱到极高的三四叠后，陡然一落，又极力骋其千回百折的精神，如一条飞蛇在黄山三十六峰半中腰里盘旋穿插，顷刻之间，周匝数遍。从此以后，愈唱愈低，愈低愈细，那声音渐渐的就听不见了。满园子的人都屏气凝神，不敢少动。约有两三分钟之久，仿佛有一点声音从地底下发出。这一出之后，忽又扬起，像放那东洋烟火，一个弹子上天，随化作千百道五色火光，纵横散乱。这一声飞起，即有无限声音俱来并发。那弹弦子的亦全用轮指，忽大忽小，同他那声音相和相合，有如花坞春晓，好鸟乱鸣。耳朵忙不过来，不晓得听那一声的为是。正在撩乱之际，忽听霍然一声，人弦俱寂。这时台下叫好之声，轰然雷动。

胡适对这段文字十分推崇，有一段精当的评论："音乐只能听，不容易用文字写出，所以不能不用许多具体的物事来作譬喻。白居易、欧阳修、苏轼都用过这个法子。刘鹗先生在这一段里连用七八种不同的譬喻，用新鲜的文字，明了的印象，使读者从这些逼人的印象里感觉那无形象的音乐的妙处。"①

刘鹗的这段文字不仅比喻数量多，类型多，比得形象、贴切、新奇，而且充分发挥了汉语的优点和传统表现手法的长处，利用排比（"……像……无一处……不……；……像……无一个……不……"），使比喻不仅鲜活形象，而且有气势，有节奏感和音乐性。他的比喻不但有单词单句比，更多更精彩更难得的是，用复句分层次地将比喻不断具体化来写感觉，从而使抽象的不易把握、传达的形象或体验，变成易于理解的感受。例如，恍如由傲来峰登泰山之比，共由"初看……以为""及至……才见""及至……又见"三个类似句型组成一个递进关系，很自然地将前面"节节高起"的唱腔和后面的"愈……愈……愈……愈……"的感觉，传达给了读者。他用人们常有的极普通的感觉写对象（人的或艺术的）魅力的手法，也很值得称道。

此外，有必要一提的是，在明湖居听书这部分中，刘鹗恰当地使用了许多四字语，而且往往是前后两个采取相同结构。如写黑妞说书时："忽羯鼓一声，歌喉遽发，字字清脆，声声宛转，如新莺出谷，乳燕归巢。"由于结构相同，节奏感强，读来琅琅上口，富于音乐性。《老残游记》的肖像语言比较具体，议论语言虽不很多，却每每画龙点睛，颇有精彩之处。十六回关于"赃官可恨，人人知之；清官尤可恨，人多不知"的一段作者原评，鲁迅赞为"言人所未尝言"②。

《老残游记》用的是比较精练紧凑的略带书面语色彩的白话，叙述语言尤其如此。在中国古代白话小说创作中，这个路子至《红楼梦》集大成，陡成高峰，但后来很长时期缺乏丰碑式作品，至此再次突兀群丘，成为一座山峰；至鲁迅则是一座奇峰。直至今日，不少小说家依然在这条路子上发展着自己的语言风格。刘鹗善于以常用的字词构造新的词语和意境、意象，这方面后来的老舍与他颇有相似之处。刘鹗由于在政治上比较保守，《老残游记》的思

---

① 胡适：《（老残游记）的文学技术》。
② 鲁迅：《中国小说史略》，《鲁迅全集》第九卷 289 页。

想性并不很强，所以历来在文学史上地位不高，甚至还不如另外几部谴责小说。但我以为从文学艺术的绝对价值来衡量，《老残游记》比那些作品要强得多，它在小说语言史上的地位更是高得多，它在小说语言方面进行的探索和取得的成就，还有待于我们去进一步开发。

总的看来，20世纪初十几年的小说语言，正处于从以古代白话小说为代表的旧白话，向"五四"新文化运动后出现的新白话的过渡时期。封建帝制行将灭亡前夕的极度腐朽丑恶与帝国主义列强的不断入侵、控制下商业经济的畸形繁荣，造成某些文人的不健康心态；市民娱乐要求对小说题材情节的影响，以及许多作家不严肃的生活与创作态度，使得极少传世好小说出现。小说语言的艺术价值从总体上来看不高。对许多作家来说，语言只是讲述故事或传达观念的工具与奴仆而已，本身并不存在什么独立的价值。这和长期以来中国文学传统中的"文以载道"观是一脉相承的，只不过现在的"文"除了"载道"外还要讲故事罢了。因而绝大多数作品的语言虽通俗而肤浅，未经营造与锤炼，缺少内涵，往往字面意义便是其全部，谈不上隐喻、暗示和各种修辞手法的运用，句式变化少。总之除个别作品外，距离《红楼梦》已经达到的语言高峰相去甚远。白话与文言不仅在全社会并存，而且在小说领域甚至同一作家作品中共处的现象也不少见。小说虽然有悠久的白话传统，但至此尚未得到正宗地位，因此一些进步青年还不习惯用白话写小说，有些语言高手则由于观念陈旧而不用白话。以翻译小说著称的林纾（字琴南，1852—1924），本人不懂外文，全靠别人逐字逐句地从外文口译、讲解原意，再由他以文言"译"出。二十多年译书多达一百七十一部，文笔流畅，风行一时，时称"林译小说"，成为中国小说史上的一大奇观。"林译小说"受到广泛欢迎的事实，一方面固然反映了处于大变革时期的中国人对于了解外部世界的渴望，另一方面也表明当时的白话小说艺术水平不高，不能满足人们的欣赏要求。周作人指出："林纾译小说的功劳最大，时间也最早。"但是林纾认为那些西方小说的笔法有些和司马迁像，有些与韩愈像，也只有用文言译才合适。所以其"基本观念是'载道'，新文学的基本观念是'言志'，二者根本上是立于反对地位的"。因而林纾等人后来都"看出了文学运动的危险将不限于文学方面的改革，其结果势非使儒教思想动摇不可，所以怕极了便出面反对"。① 由此可见，小说语言不仅仅是语言的问题，也不限于小说观念，而是人的、社会的和文体的众多因素综合作用的结果，归根结底是人的观念所致。而 20 世纪初那个时期，一些作家的语言修养和实际能力未必不高，主要是缺乏先进的思想认识和小说观念以及自觉的小说语言艺术意识。所以除个别作品外，小说语言的艺术水平上没有取得重大的突破。

---

①《中国新文学的源流》，岳麓书社 1989 年 1 版，46、54 页。

| 第三章 |

小说语言艺术意识的觉醒与小说
现代艺术语言的诞生

　　前面论及"五四"白话文运动对小说语言不像对诗歌那样带有根本性的改变，但是这并不意味着"五四"时代的小说语言只是以往白话的简单继承和一般发展，"五四"这个产生全新观念和巨人的时代，促使了小说语言艺术觉醒，从而促进了现代小说语言的诞生。这里所说的现代小说语言是指"现代的"小说语言，而不仅仅是"现代小说的"语言。因为从理论上说，1918年5月《狂人日记》发表后出现的小说，都因现代文学阶段开始而被划入现代小说范畴。特别是一些题材、主题、人物形象上有所革新的作品更是如此。但有些作品的语言和过去相比却没有什么变化。白话小说进入现代，成为现代小说。但用白话不等于就是用体现现代艺术意识的小说语言。它有一个从诞生、发展到成熟的过程。它与以往的小说语言的主要区别是：

　　1. 有自觉的小说语言艺术意识；2. 小说语言功能的多方面扩大；3. 小说语言的创新成为非偶然现象；4. 小说语言具有某种独立价值与生命。

　　这四个标志是就现代小说的总体而言，并非每一位作家、每一篇作品都应达到，更非已经达到这一水平。另外，特别需要指出的是，"现代小说语言"本身也是一个动态范畴，它永远不停地在发展。尽管从创作方法来说，西方产生并已传入我国的"主义"在 20 世纪已有多种，包括 20 世纪后期以来轰动一时的"后现代主义"，但作为小说语言，我认为并没有超出"现代小说语言"的范畴。

一 学者型理论家和小说家为小说语言带来新的生命力

当我们回顾"五四"前后与20世纪初这两个时期的小说创作时，我们总是习惯于从社会、时代条件的变革去分析作品在题材、主题、人物、环境等方面的重大区别。这自然是完全必要的。但至少同样重要的是应当看到，正是这样的时代、社会条件造就了一批和前一时代大不相同的人。他们主要是一些直接受过西方（包括日本这样的可以称之为"类西方国家"者）教育，具有全新观念和新的艺术修养的学者型文人。他们成批地进入文化理论、艺术批评与小说创作领域，开始改变包括小说与小说语言在内的整个艺术面貌。前"五四"的小说家中虽然也有些人留过学，但比例很小，而且除个别人如梁启超外皆非学者。虽然不乏才华横溢之士，但多数思想认识平平，极少高水平作家，还有一些失意政客、落魄文人、花界褻友、文商、文丐混迹其间。这些新型作者则完全不同。他们的抱负、经历、体验、观念（世界观、价值观、艺术观）、艺术素养和生活圈子都带有明显的现代标记，和过去那些文人有着重大区别。其中坚分子几乎是留学生：陈独秀、李大钊、鲁迅、钱玄同、周作人、郭沫若、郁达夫，这些"五四"大将都曾留日；而被陈独秀尊为"文学革命……首举义旗之急先锋"① 的胡适，在新诗、散文、小说创作上做出重大贡献的冰心，都是留美的；刘半农是留法的。叶圣陶虽未留学，却通过学英文直接阅读过原版小说，了解了西方进步观念与写作技巧。他坦言："如果我不读英文，不接触那些用英文写的文学作品，我决不会写什么小说。"② 他们几乎都是当代最著名的学者：陈独秀是北大文科学长（文学院院长），李大钊是北大图书馆馆长，鲁迅、胡适、冰心、叶圣陶、郁达夫、周作人、刘半农等都担任过北大、燕京等名牌大学的教授、讲师，郭沫若是著名

---

① 《文学革命论》（1917），《中国现代文学史资料汇编》（上），河南人民出版社1979年1版，52页。
② 《叶圣陶选集·自序》，《中国现代作家谈创作经验》（上），山东人民出版社1982年1版，133页。

历史学家、古文字学家。这是前"五四"作家所没有的。由于当时翻译水平较低，而影响最大的"林译小说"是文言，因而外国小说艺术上的特点包括语言风格，更易为这些能够看懂原版书或较好的英译本、日译本的留学生学者和作家所掌握，更方便他们学习其技巧上、语言上的长处。鲁迅说，他在写《狂人日记》前"大约所仰仗的全在先前看过的百来篇外国作品和一点医学上的知识"，"回国以后，就办学校，再没有看小说的工夫了"。① 鲁迅和周作人还翻译出版了一部《域外小说集》。郁达夫也曾说过外国小说对他创作的重大影响：他在日本留学的最初四年中"共计所读的俄德英日法的小说，总有一千部内外"②。这批学者型文化人写作态度严肃，对小说创作和小说语言面貌的改变起了关键性的作用。

应当着重指出，以鲁迅为代表的这些留学国外或通晓外文的小说家，都有非常扎实的旧学及中文功底。因此他们并不是生硬地照搬外国小说的语言方式，而是在学习外国语言长处的同时，从一开始就注意和生活中的白话以及传统白话小说的语言相结合，从而很快就创造了小说语言的新面貌。白话小说能够在全社会迅速站稳脚跟，文言小说终于逐渐退出文化市场，除了题材、主题等一些因素外，小说语言的新面貌、新水平也是一个重要原因。也就是说，白话已不仅仅只是通俗平易，而且已经具备高雅的品格和丰富的表现力，文言的凝练、精彩、韵味，白话都能够做到；而文言则无法克服自身的根本性弱点，不能适应时代的要求，于是终于从总体上退出了小说创作领域。

小说语言水平提高的另一个不可忽视的重要原因是，小说阅读对象发生了重大改变：由旧市民为主转变为以学生和学生出身的新市民为主。所谓"旧市民"主要是指没有多少文化的市民以及受的是中国传统旧式教育、读经书、用文言的那些人。而 1905 年（光绪三十一年）废科举、兴学堂之后，新式学堂在全国尤其是沿海一带迅速发展起来。辛亥革命后这一速度大大加快。几年之内，数以万计的学习过地理、历史、自然、数学，不同程度地具有一

---

① 《我怎么做起小说来？》，《鲁迅全集》第四卷，511—512 页。
② 《五六年来创作生活的回顾》，《过去集》，开明出版社 1996 年 1 版。

些新观念的学生，以及由这些学生转化成的新市民出现在中国的大地上，成为全社会最有生气的一支力量。这里自然包括数以万计的回国留学生。之所以在市民前冠以"新"字，不仅因为这些学生出身的人知识新，观念新，而且他们之中有不少从事着旧市民所没有或极少从事的职业，如新式学堂的教师、报馆记者、书局编辑——1901 年、1911 年、1921 年全国报刊分别为 124种、500 种和 1104 种（转引自陈平原《二十世纪中国小说史（第一卷）》66页）——医护人员、公司职员等等。由于新式学堂初办，不少已有一定旧学基础的人也上小学或中学，因此当时即使小学生的阅读能力也相当强，这些人也进入了"新市民"的主体。他们对新小说不仅希望有精彩的故事，生动的人物和先进观念、积极意义，而且在语言上也要求能具备文言的高雅，总之，对白话有较高的要求。此外，在上海、汉口、天津、青岛等工商业较发达的城市，一些粗通文墨的店员、商人和产业工人也受到新思潮的影响，成为新市民的一部分。正是包括小说创作与评论队伍在内的整个文学界以及整个读者队伍向新"学"——学者和学生——方面的转变，导致了新文化运动、白话文运动和现代小说及其语言的一系列变化。

　　胡适（1891—1962）在包括小说语言在内的文学语言的革新上贡献特别突出。胡适，安徽绩溪人。1910 年赴美留学。1915 年起他就和一些留美学生研究中国文学问题，多次提出"文学革命"，主张用白话代替文言。1917 年元旦《新青年》二卷五号发表了他的《文学改良刍议》一文，正式举起了"文学革命"的大旗。他指出"言文学改良，须从八事入手"。这就是：

　　一曰，须言之有物。

　　二曰，不模仿古人。

　　三曰，须讲求文法。

　　四曰，不作无病之呻吟。

　　五曰，务去滥调套语。

　　六曰，不用典。

　　七曰，不讲对仗。

　　八曰，不避俗字俗语。

　　特别值得注意的是，这"八事"中至少有六事是针对语言的。翌年即1918 年 4 月，胡适在《建设的革命文学论》①中将一、三、五条分别改为：

> 不做"言之无物"的文字；
>
> 不做不合文法的文字；
>
> 不用套语滥调。

　　连同原来的五条以"不"字开头的主张，通称为"八不主义"。在很长一个时期内，大陆对胡适在"五四"新文化运动中的作用，评价有失公允。这种情况 20 世纪 70 年代末以来已经有了很大的改变，趋于客观和公平。

　　胡适的"八事"或"八不主义"几乎处处与文学语言的革新相关，他是从改造社会着眼，通过革新语言来革新内容。所以他在分别论述"八事"时开宗明义指出，所谓的"言之有物"的物并非"文以载道"，而是指情感与思想。他强调：

> 情感者，文学之灵魂。
>
> 思想不必皆赖文学而传；
>
> （而）文学以有思想而益贵，思想亦以有文学的价值而益贵也。

　　他反对模仿古人，鼓吹"今日之中国，当造今日之文学"，主张"不作古人的诗，而惟作我自己的诗"。他反对用陈词滥调，认为"最可憎厌"，主张根据亲身体验观察自己铸词以形容描写之；但求其不失真，但求能达其状物写意之目的，即是工夫。

　　他高度评价《水浒传》《红楼梦》等作品，认为这才是文学正宗。他断言白话文学必将成为中国文学的正宗②。胡适这篇文章虽然题名"改良"，20 世纪 50 至 70 年代由于上纲为"改良主义"而备受批判，其实当时的"改良"就是"改革"，与"革命"的界限远远不如后来那样壁垒分明，水火不容，不少人都经常混用。因而"高张革命文学"的陈独秀立即表示"甘冒全国学究

---

① 《中国新文学大系·建设理论集》，上海良友图书印刷公司，1935 年。
② 《文学改良刍议》，同上书。

之敌……以为吾友之声援"①。也是胡适最早（1918 年 3 月）对短篇小说下了一个就是在今天看来也依然有相当科学性的定义："短篇小说是用最经济的文学手段，描写事实中最精彩的一段，或一方面，而能使人充分满意的文章。"他在这篇演说中将旧小说的陈词滥调挖苦了一番。对小说手段的"最经济"，他解释为：

> 须要不可增减，不可涂饰，处处恰到好处，方可当"经济"二字。因此凡可以拉长演作章回小说的短篇，不是真正的"短篇小说"；凡叙事不能畅尽，写情不能饱满的短篇，也不是真正的"短篇小说"。②

胡适不仅尖锐地批评了旧小说语言上的积弊，而且指出了新小说的语言即新小说的白话应当精练和注意提炼这个关键性问题。他的这些意见对当时包括小说创作在内的整个文学创作都产生了重大影响。在以后的半个多世纪的中国复杂的政治斗争中，"五四"时代的风云人物分化、对立、沉浮，学术评价又往往取决于政治需要。或为神，或为鬼，或近于完人，或似乎未曾有过此人，20 世纪 70 年代末以来终于渐渐在恢复其本来面目。胡适不仅是第一个发出文学革命宣言者，而且在新文化运动的先驱者中也是他最具体、最详备地论述语言形式与内容不可分割的关系，内容革新必须从语言革新入手。他从文学和语言本身来谈文学革命，而不是首先就革命来谈文学。这大约和陈独秀、李大钊最后成为革命家而胡适主要还是以学者的身份终了一生不无关系。胡适对文学改革尤其是语言革新的卓越见解所产生的影响，在当时无出其右。1919 年 10 月他在《谈新诗》一文中进一步总结了欧洲文学史的发展规律，指出：

> 我常说，文学革命的运动，不论古今中外，大概都是从"文的形式"一方面下手，大概都是先要求语言文字和文体的解放……这一次中国文学的革命运动，也是先要求语言文字文体等方面的解放。

胡适关于文学革命的主张，特别是其"八不主义"，虽然所指整个文学，

---

① 《文学革命论》（1917），《中国现代文学史资料汇编》（上），河南人民出版社 1979 年 1 版，52 页。
② 《中国新文学大系·建设理论集》，上海良友图书印刷公司，1935 年。

尤其是诗，但对现代小说语言艺术意识的诞生，同样起到了催生的作用。对作为形式主体的语言，他从语言与思想感情的关系，语言的创新，文学语言吸收民间口语，对古代语言的吸纳与排斥等多方面都作了精辟的论述。既有尖锐的批评，也有建设性的主张。这样我们就不难理解，为什么白话小说在清末民初数量众多，可谓相当繁荣，但现代小说却在 1918 年才出现，除了大的时代背景社会呼唤之外，革命性的文艺理论的指导也是一大原因。胡适在唤醒文学语言——小说语言艺术意识这一点上，功不可没。

在《新青年》二卷六号上，即胡适《文学改良刍议》发表后一个月，陈独秀便在《文学革命论》中大声疾呼：

> 高张"文学革命军"大旗……旗上大书特书吾革命军三大主义：曰推倒雕琢的阿谀的贵族文学，建设平易的抒情的国民文学；曰推倒陈腐的铺张的古典文学，建设新鲜的立诚的写实文学；曰推倒迂晦的艰涩的山林文学，建设明了的通俗的社会文学。

陈独秀的三大主义不仅旗帜鲜明地指出了新旧文学在性质、对象、创作方法上的根本区别，而且也从形式、风格和语言上划清了界限。他批评的这几类旧文学在语言上都存在着严重的缺陷，而他在提倡的几类新文学中都同时提出了语言方面的要求。陈独秀严厉批评了某些古代文学"颂声大作，雕琢阿谀、词多而意寡""板滞而堆砌""纤巧堆朵""深晦艰涩""其形体则陈陈相因，有肉无骨，有形无神"的形式主义。指出"此等文字……惟在仿古欺人，直无一字有存在之价值"。相反，他对于古代文学中与那三大"建设"相通者则予以高度评价：多用"里巷猥辞"的《国风》，"盛用土语方物"的《楚辞》，都认为"斐然可观"；尊施耐庵、曹雪芹为"盖代文豪"。显然，陈独秀三大主义中的三个"推倒"和倡导的三大"建设"的定语部分，重点都在文学语言。[①] 和胡适一样，陈独秀也强调语言革新对文学革命的重要作用。

钱玄同也立即出来声援胡适，称赞他的《刍议》陈义"精美"，批判一些旧文人无铸造新词之材力，乃竟趋于用典，以欺世人。

---

① 《文学革命论》，《中国新文学大系·建设理论集》，上海良友图书印刷公司，1935 年。

他认为"小说诚为文学之正宗","其无'高尚思想'与'真挚感情'者,便无价值之可言"。① 1918 年初钱玄同化名王敬轩与刘半农合作在《新青年》上唱了一出双簧,刘半农在《复王敬轩书》中,将那些反对新文学的种种谬论一一批驳,讽刺挖苦,强调"作文的时候,但求行文之便于不便,适当之于不适当"。指出文字"以适于实用为唯一要义,不是专讲美观的陈设品",并提到了单音字的局限。周作人于 1918 年 4 月 19 日在北大小说研究会的讲演《日本近三十年小说之发达》中,明确指出包括小说语言在内的形式革新的重要性:"新小说与旧小说的区别,思想果然重要,形色也甚重要。旧小说的不自由的形式,一定装不下新思想。"(《中国新文学大系·建设理论集》)

总之,"五四"时期的主要代表人物几乎都强调语言文字革新对文学和小说革命的重要作用。这些著名学者的理论批评与建设正是小说语言艺术意识觉醒的首要标志,新的具有划时代意义的小说语言就是在这样的时代背景和理论指导下诞生的。

鲁迅小说的辉煌成就,是和他自觉的小说语言艺术意识分不开的。他于 1922 年写的《呐喊·自序》② 中讲到当初他如何在时任《新青年》编辑的钱玄同的动员下写了《狂人日记》:

> 但既然是呐喊,则当然须听将令的了,所以我往往不恤用了曲笔,在《药》的瑜儿的坟上平空添上一个花环,在《明天》里也不叙单四嫂子竟没有做到看见儿子的梦,因为那时的主将是不主张消极的。

在《〈自选集〉自序》③ 中说:

> 我的作品在《新青年》上,步调是和大家大概一致的。

> 自然,在这中间,也不免夹杂些将旧社会的病根暴露出来,催人留心,设法加以疗治……是必须与前驱者取同一步调的,我于是删削些黑暗,装点些欢容,使作品比较的显出若干亮色。

> 我所尊奉的是那时革命的前驱者的命令。

---

①《寄陈独秀》,《中国新文学大系·建设理论集》,上海良友图书印刷公司,1935 年。
②《呐喊·自序》,《鲁迅全集》第一卷。
③《〈自选集〉自序》,《鲁迅全集》第四卷。

这里涉及"将、主将、前驱者"三者是谁或包括哪些人的问题。

"主将"自然只能是一人，由于陈独秀、胡适长期以来被打入另册，有的人似乎又分量不足。鲁迅虽然后来被毛泽东称为"中国文化革命的主将"，但鲁迅在这里称别人为"主将"，那么肯定不会是他自己，"主将"当另有他人。以前的现代文学史往往回避这个问题。也有的著作如赵遐秋、曾庆瑞《中国现代小说史》则明确指为陈独秀。以《新青年》在"五四"新文化运动中的大旗作用，则主编陈独秀作为"主将"似乎比较恰当。至于"将"和"前驱者"当不限于一人，应当是以《新青年》为中心的好几个人，自然包括胡适、李大钊、钱玄同、刘半农等人，实际上也包括鲁迅自己。鲁迅所讲的"听将令""步调……一致""同一步调"，也不仅仅限于思想内容，还应包括语言和其他艺术形式方面的因素。

因此鲁迅在小说语言方面取得的突破，固然主要源于他本人长期以来对中国命运和文学艺术的思考以及他深厚的文学语言功底，但在白话文运动的大背景下，胡适等人在理论上对他的影响显然也是不容忽视的。

二　鲁迅全面拓宽了小说语言功能，使小说语言具有了某些独立生命力

一篇优秀的小说除了应当有新鲜的题材、动人的情节、深刻的思想和成功的艺术形象外，还应当有精彩的经得起咀嚼的语言。如果没有这样的语言也很难实现其他目标。但是中国古代小说自《红楼梦》以后，除个别作品外，语言上没有明显的进步，甚至还有所倒退。《红楼梦》的优秀语言传统没有很好地继承下来。到了近代，小说大量出版，但小说语言从总体上看在萎缩。直到鲁迅才根本扭转了这个局面。鲁迅在小说语言的现代化上，主要贡献不是在理论建设方面，而是在创作实践上。这一点在新文化运动初期尤为明显。鲁迅的小说语言不仅在叙述情节、描画场景、刻画人物、表现主题上充分显示了不凡的身手，而且鲁迅还使语言摆脱了仅仅作为情节载体、故事附庸、单纯工具的境地，全方位地拓宽了语言功能，不仅使小说成为更加"有意味的形式"，而且使小说语言本身也变得更有意味。这里包括两层意思：一是由于语言的十分有意味而使它所负载的情节、人物、思想变得更加丰富深刻和

意味深长；二是作为小说一部分的语言由于具有高度的生活概括力和艺术表现力，其艺术生命已经超越了这篇小说的情节、人物和情景本身，甚至超越了文学艺术的范畴，具有了一定程度的独立生命力。

　　鲁迅不单是继承了由曹雪芹集大成并发展到光辉顶点的中国古代小说和小说语言的优秀传统，以现代意识发扬光大，而且学习了外国小说的语汇和语言技巧，融会贯通，有所创新。这两位文学大师在小说语言上的一个共同点就是高浓度。鲁迅小说的传世之作的语言都是经过反复提炼的，不仅唯冗言之务去，挤出一切可有可无的"水分"，而且将语言的各种成分、配比调整到最佳状态。从而使小说语言经得起反复品味，依赖其存在的情节、环境、人物、思想，读者可以不断咀嚼，有时还非得反复研究不能透彻理解其深层内涵。他说：

　　　　写完后至少看两遍，竭力将可有可无的字，句，段删去，毫不可惜。宁可将可作小说的材料缩成速写，也不将速写材料拉成小说。

　　　　不生造除自己之外谁也不懂的形容词之类。①

　　　　力避行文的唠叨

　　　　我做完之后……一定要它读得顺口。②

在《关于翻译的通信》中他还谈到：

　　　　没有法子，现在只好采说书而去其油滑，听闲谈而去其散漫，博取民众的口语而存其比较的大家能懂的字句，成为四不象的白话。这白话得是活的，活的缘故，就因为有些是从民众的口头取来，有些是要从此注入民众里面去。

　　鲁迅的这些话虽然讲于 20 世纪 30 年代，但其形成却显然在创作小说之前，是这些思想观念使得他的小说语言成为这个样子而不是别的模样。正是这种对小说语言极其严肃的态度，精益求精，反复提炼，注重语言的平易和流畅，使他从《狂人日记》发表开始便确立了一种精练雅致的白话语体风格。它是白话，但并非市井口语，也极少用俗语俚语，而是在口语基础上经过提

---

①《答北斗杂志问》，《鲁迅全集》第四卷 364 页。
②《我怎么做起小说来?》，《鲁迅全集》第四卷。

炼、浓缩，略带书面语色彩的语言，姑称之为文人口语式白话文（后来老舍用的则是经过提炼过的平民口语式白话文）。这种以简练、晓畅、味浓、义远为特征的语体风格，影响了一代又一代小说家。

《狂人日记》在语言上的成就是全面的，创造性的。它无论是在叙述语言、心理语言还是人物话语上，都令人耳目一新。沈雁冰写于 1923 年的《读〈呐喊〉》回忆道：

> 这奇文中的冷隽的句子、挺峭的文调，对照着那含蓄半吐的意义，和淡淡的象征主义的色彩，便构成了异样的风格，使人一见就感到不可言喻的悲哀的愉快。

> 在青年方面，《狂人日记》的最大影响却在体裁上；因为这分明给青年们一个暗示，使他们抛弃了"旧酒瓶"，努力用新形式，来表现自己的新思想。[1]

《狂人日记》创造性地使用了大量的短小句、段，以表现"狂人"怀疑、思考、顾虑多的性格和情绪，句子的形式作用得到了前所未有的发挥。由于句子短而且分节多，使得读者放慢了阅读速度，在心头造成一种局促、断续和引发人们思索的感觉。从单纯了解故事转变为在品味语言的同时，琢磨人物心理、作者意图，探究字里行间的深层意义。《狂人日记》语言上最突出的贡献是，在《红楼梦》之后小说语言重新获得了某种程度上的独立的生命力。诸如：

> 凡事须得研究，才会明白。

> 我翻开历史一查，这历史没有年代，歪歪斜斜的每叶上都写着"仁义道德"几个字。……仔细看了半夜，才从字缝里看出来，满本里都写着两个字"吃人"！

> 从来如此，便对么？……吃人的人，什么事做不出；他们会吃我，也会吃你，一伙里面，也会自吃。

> 要晓得将来容不得吃人的人，活在世上。

---

[1]《时事新报·文学副刊》，1923 年 10 月 18 日。

　　救救孩子……

　　这些话简明易懂易记，富含哲理，是全篇主旨所在，犹如诗眼，是最提气、提神的精彩之处。它们往往被人们广泛引用、引申，具有某种独立欣赏与研究的价值。在欧洲古典小说（还有诗歌、戏剧）中，往往有一些十分精练、警策、富于哲理的语言。只有勤于并善于思考而又富于语言提炼能力者，才能将常人多有却又容易忽视的人生体验以警语的形式在小说中自然地表现出来。鲁迅显然是有意识地在运用西方小说中这一比较普遍的形式。他不是生硬地照搬，更非如某些后来者——从 20 世纪 20 年代至 90 年代——那样，用一些半生不熟、自以为高雅而实际上散发着一种伪贵族味的、貌似深沉实则平庸的欧化语言。而是以平易的文字、简短的句子，在貌似平常的语言中表达了十分深刻的思想。因而他的不少作品中都有这种生命力远远超过作品本身的警句：

　　　　他们忘却了纪念，纪念也忘却了他们。（《头发的故事》）

　　　　希望是本无所谓有，无所谓无的。这正如地上的路；其实地上本没有路，走的人多了，也便成了路。（《故乡》）

　　　　爱情必须时时更新，生长，创造。

　　　　人必生活着，爱才有附丽。

　　　　倘使只知道捶着一个人的衣角，那便是虽战士也难于战斗，只得一同灭亡。（《伤逝》）

　　鲁迅小说中许多精辟的语言至今仍给人以深刻启迪，甚至还有新鲜感，依然不时被引用，其生命力之旺盛与长久，令人赞叹。

　　小说语言在鲁迅笔下大大提高了艺术表现力，在同量文字中比他人作品具有多得多的信息。高度的浓缩性是鲁迅小说语言的基本品格。这是因为当学者型小说家出现的同时，小说对象也发生了重大改变。鲁迅小说创作的目的是为了疗救病态的社会，慰藉奔驰的猛士；唤起"也如我那年青时候似的正做着好梦的青年"，去毁坏那令人窒息的铁屋子。（《呐喊·自序》）他的小说读者主要是青年学生、年轻知识分子以及有一定文化的职员和工人。这些渴望从新小说中得到审美享受并增长见识的新读者群，他们的思想境界与文化品位不断提高，与前"五四"时期以市民为主以消闲为目的的小说读者们很不一样。鲁迅小说的深刻思想性和精心塑造的艺术形象正是浓缩在这些看似平常却耐人咀嚼的语言中。一组文字不但表达了某个情节点，而且包含了多层次的时代信息、社会信息和人际关系信息。《祝福》开头写"我"与鲁四老爷见面：

> （他）是一个讲理学的老监生。他比先前并没有大改变，单是老了些，但也还未留胡子，一见面是寒暄，寒暄之后说我"胖了"，说我"胖了"之后即大骂其新党。但我知道，这并非借题在骂我：因为他所骂的还是康有为。

这段不足百字的叙述，不仅绝无胡适讽刺的旧小说描写人物那种千篇一律的公式俗套、陈词滥调，人物具有独特的面貌描写和出场方式，而且以类似顶真的修辞手法（寒暄，寒暄；说我胖了，说我胖了），赋予丰富深邃的内涵以一种绘声绘色的动态形象。读者如无一定的文化水平并仔细地研读体味，很难领略作者浓缩在这短短的文字中的独运匠心。仅从浅表层面观照，这里介绍了鲁四老爷的信仰、身份、大致年纪、政治态度，内容已经不少。深入思索一下便会感到他骂的竟然还是康有为这样的维新派而非"我"这样的革命党人，这里定有文章。原来是表明鲁镇之闭塞、辛亥革命影响之微。以至连这位有文化的老监生都还停留在骂康上。再深一层分析，鲁镇所在的绍兴乃经济文化相当发达的沿海地区，那里尚且如此，山区、内地、边远地区当可想而知。如果再联系《阿Q正传》第八章《不准革命》，"革命党虽然进了城，倒还没有什么大异样"，那么这里的"没有什么大改变"云云，便大有深意存焉。类似这样叙述、描写的语言，在鲁迅许多小说中都可以看到，其中不少已经成为经典性段落。如《药》中夏瑜坟上的那个花圈，为读者进一步理解人物、思考主题、预测前景提供了重要线索；《一件小事》开头关于六年来脾气变化的叙述，为读者认识那段历史以及进步知识分子的苦闷心情指出了一条思路；《阿Q正传》那个语言风格别具一格、前无古人后无来者的序等等，不胜枚举。总之，语言在鲁迅小说中已经由单纯表现情节转变为"情节—意蕴"综合体。

　　在鲁迅小说中，语言的功能面大大拓宽，功能分类明晰起来，且都有出色的表现。和传统小说主要靠人物话语叙述事件、塑造人物不同，鲁迅小说主要依靠叙述语言，而且多以第一人称出现。有的看来是主人公说话构成主要内容，实际上这是一种以主人公讲述面目出现的叙述语言和第一人称变体，不属于人物话语范畴。在《呐喊》十四篇和《彷徨》十一篇共二十五篇小说中，以"我"为主要人物或重要人物的多达十二篇：《狂人日记》《孔乙己》《一件小事》《头发的故事》《故乡》《兔和猫》《鸭的喜剧》《社戏》《祝福》《在酒楼上》《孤独者》《伤逝》。此外，作者在《阿Q正传》的序中强调了"我"对阿Q的了解与思考，"我"始终隐隐约约地伴随着人物，引导着读者。这类第一人称叙述方式由于与读者是近距离的"我—你"关系，比"他—你"的第三人称显得真实而亲切，是"五四"时代作家最喜欢用的一种叙述方式。鲁迅小说中"我"的语言通常都比较客观、冷静，即使"狂人"亦属"文疯"。除《伤逝》外"我"更多地处于陪衬者、见证人的地位。这种客观、普通、平静的态度，——即使是涓生也没有大声疾呼——以及"我"不时处于无奈（《故乡》《祝福》等）、自责（《伤逝》《一件小事》等）的情况下，语言的情感色彩比较温和而深沉，也更加有味。其中一些略带自传色彩的作品，由于作者的伟大人格魅力，使得那些警策性语言就具有更不一般的艺术感染力。

　　鲁迅小说语言显著地拓宽了在环境描写和肖像描写方面的功能，以其富于特征性、性格化、点睛式的文字，改变了绝大多数古典小说不重视描写环境与人物肖像或语言雷同的模式化倾向。鲁镇小酒店的格局（《孔乙己》），静修庵外的景色（《阿Q正传》），鲁镇年底的景象（《祝福》），看社戏路上的夜景（《社戏》）等等，语言朴实却绝非无华，而是极有文彩。往往只是寥寥数笔便勾勒出极具地域色彩的景象，而且常常是视觉、听觉、味觉、感受一同写出。它不仅是人物活动的特色鲜明的舞台，本身就是一幅优美的风俗画，有时还对小说主人公命运有所暗示，对情节起铺垫或推进作用。其文字的准确、简洁与生动，他人绝难重复。鲁迅云：

要极省俭地画出一个人的特点，最好是画他的眼睛。①

"极省俭"实际上是鲁迅小说语言的一个基本特征，它意味着文字的提炼、精练、含蓄和高浓度。鲁迅小说的肖像描写语言确实称得上是惜墨如金，总是以"极省俭"的文字去"画出"人物的最能体现其个性、命运的特点，而决不去写那些与主题、与人物基本性格和命运无关的肖像。只要写到，就必有作用或寓意。祥林嫂初到、二来鲁四老爷家和"我"于年底见到她的三次肖像（含打扮）描写，形象地写出了这个不幸的女人在封建礼教的压榨与摧残下，一步步走向死亡的悲惨命运。尤其是第三次，作者用的是"全白""全不象""消尽了""纯乎"等全称性词语，大大加重了人物急剧衰老、濒临死亡的悲剧性。阿Q头上那平日发亮、一怒便全疤通红的癫疮疤，以及懒洋洋瘦伶仃拖着一根黄辫子。孔乙己"身材很高大，青白脸色，皱纹间时常夹些伤痕；一部乱蓬蓬的花白胡子。穿的虽是长衫，可是又脏又破，似乎十多年没有补，也没有洗"。文字不多，无一处闲笔。这些肖像描写语言不仅告诉读者，人物"是什么样的"，而且往往为情节展开提供了一些契机，还隐藏着人物过去的经历，暗示着命运与肖像的某种内在联系。即它还昭示或启发读者，人物"为什么是这样的"和"将会怎么样"。总之，每一个分句甚至不少词语都有值得咀嚼并经得起分析的东西，短短几句话就使这个主要人物的肖像具有了某种"专利"性，令人难忘，不可重复。

心理语言介于叙述语言和人物话语之间，视其叙述方式而定。中国古代小说的人物心理活动主要通过话语及动作、表情的变化来表现，很少直接书写。《红楼梦》有了重大突破，宝、黛、钗、凤等主要人物都有一些对显示个性、凸现主题有重要作用的心理描写。但是这个传统没有被很好地继承下来。以鲁迅为代表的留学生作家由于直接从原文或其他外文阅读西方小说，因此很容易受到注重心理描写的影响。这一点在第一人称叙述时尤为方便。鲁迅小说的心理语言多姿多彩。叙述方式、人物身份、作者态度，决定着心理语言的时间（长度）、空间（场所）、色彩（情绪）和纯语言特征。这里既有涓

①《我怎么做起小说来?》，《鲁迅全集》第四卷。

生手记式的长篇曲折的心理倾诉，语言中带有某种人生哲理的概括和诗味；也有"我"虽然同情祥林嫂却又怕惹麻烦的不安和厌恶鲁四老爷家想尽快离开的心情，近义词变化较多，显示出心绪波动的层次丰富；还有《在酒楼上》这样以人物向另一个人物直接倾诉，貌似话语的大段心理活动；也还有《幸福的家庭》那样，以一个作家构思内的矛盾及构思中的理想与作家自身的生活现实构成尖锐矛盾的令人啼笑皆非的心理语言。

　　人物话语比重特小，名篇尤其如此，是鲁迅小说语言的一大特点——个别作品如《在酒楼上》的人物话语实际上是叙述语言，而非一般意义上的对话——这大概和他"对话也决不说到一大篇"（《我怎么做起小说来?》）的观点与习惯有关。《阿Q正传》全文约两万字，对话仅一百三十句左右，且多为不足十字的短句。但鲁迅小说的人物话语虽少，却往往耐人寻味，不乏点睛之笔。人物的貌似平常、短而且不多的话语中，每每凝聚着丰富的个性因子与社会历史文化积淀。如《故乡》中闰土见到阔别多年的"我"：

　　　　他站住了……分明的叫道："老爷!"

　　作者接下去写道：

　　　　我似乎打了一个寒噤。

　　读者每读至此，心灵常被深深地震颤。因为人类最纯洁高尚的童年的真挚情感被无情的社会扭曲竟至于此。"老爷"二字，力重千钧。若没有闰土这一声叫，《故乡》的主题深刻性将大为减色。鲁迅常常是这样，不是仅仅将人物话语简单化地用来表现某一部分内容，而是让人物在这短短的话语中将其灵魂或个性来一次爆光，甚至使主题的核心成分浓缩在一两句话语里。如《阿Q正传》中赵太爷见阿Q高呼"造反了"，就改叫他"老Q"；《风波》中赵七爷的大讲"燕人张翼德的后代"等，不胜枚举。人物话语惯性在相当程度上反映了人物的思维定势或当时的思考热点。鲁迅十分注意写出人物的习惯用语，通过人物多次使用同一词语来强化或揭示其政治态度、命运遭遇的变化。赵七爷出场次数很少，但给人印象深刻，不仅在于他自己的辫子盘起放下又盘起，而且在于他和七斤一家讲话时，两次厉声责问七斤的"辫子呢，辫子"，并威胁说"没有辫子，该当何罪"。从而有力地突出了这场由辫帅统领辫子兵在北京演出的复辟闹剧，给几千里外的鲁镇某些农民因剪了辫子而带来的惊恐。祥林嫂的四个"我真傻，真的"（后两字三次），不仅突出了她的不幸和不善言辞，还表明她由于精神上深深的创伤造成的某种语言惯性。

在人物话语中鲁迅十分重视发挥新式标点的作用，使它不仅表现停顿和语气，而且突出人物的个性和教养。新式标点在社会上逐渐使用虽然已经有了十几年的历史，不过在相当长的时期内，主要使用的只是逗号、句号、顿号和引号，功能和作用还不大。在小说中充分发挥新式标点的作用，使它为塑造人物性格服务并取得显著成绩，鲁迅乃第一人。他的作品使用的标点类型多，用法讲究，让人读了回味无穷。闰土在谈及这些年的光景时说：

> 非常难。第六个孩子也会帮忙了，却总是吃不够……又不太平……什么地方都要钱，没有定规……收成又坏。种出东西来，挑去卖，总要捐几回钱，折了本……不去卖，又只能烂掉……

十三个分句中有九个是三至五字的短句，最长的一句也仅十个字。这段不长的话语中竟用了四个省略号，和这些短句相配合，增加了停顿的次数与时间，更显得闰土生活艰难、心情沉重、话难成语。这些省略号也给读者提供了更多的思考机会，有助于人们了解闰土的深层心理。四个省略号都出现在叙述生活贫穷、社会动荡和苛捐杂税之后，表现出对生活的失望与无奈。其实孩子多也是导致他穷困的原因之一，这里却没有省略号，因为当时闰土不仅没有认识到这一点，相反，是把它作为生活应当比较宽裕的理由来看待的。《长明灯》中郭老娃的一段话共五十九个字，用了四种标点，竟停顿了十九次，生动地写出了老人说话上气不接下气的特点。鲁四老爷在《祝福》中是仅次于祥林嫂的主要人物，但他在小说中总共只讲了五句话，这五句话对刻画人物起了很大的作用。其中三句是："可恶！然而……""可恶！""然而……"三句话总计八个字，仅仅由四个不同的字组成。由于两个叹号和两个省略号，使这四字三句表达了超乎寻常的丰富意蕴：人物的陈腐观念、冷酷心态、欲言又止的话语习惯，假道学在廉价劳动力好处前的溃败，顿时跃然纸上，入木三分地刻画出人物的伪善与伪理学的虚弱。也正是这四个字最终导致了一个善良妇女在饥寒交迫中死亡。鲁迅小说彻底改变了晚清以来许多小说的同类人物话语模式化、腔调雷同的局面。同类人物的话语表达方式具有鲜明的时代、环境、身份和个性的印记，为数不多的话语往往成为塑造人物和凸现主题的点睛之笔。同样是愚昧、麻木的农民，闰土的话语从内容到形式都还比较完整，而且如何表达是经过思考的，比如叫"老爷"，更多地显示出痛苦与无奈，心情特别沉重；而阿Q的话语则突出了他的无赖、无知，不会而且懒于思考和什么都无所谓的"理直气壮"。因此他在关键时刻表达的意思往往不很清楚，容易引起别人的误会，甚至被人利用——如找假洋鬼子"要投"和在县衙审问时说"要投"就是。同样是豪绅地主，而且同样是厉害，赵太爷话语的厉害表现为蛮横，而赵七爷则在厉害中夹着貌似博学的无知。两人同样都老奸巨滑，但前者前倨后恭，在谦卑中察颜观色；后者则在凶狠中留有余地，继续等待时机。所以鲁迅笔下的人物尽管话语都不多，但往往都极富个性，而且主要人物（有时甚至是一般人物）通常都有自己语言平常而意蕴独特的一两句话或某种特别的话语表达方式。人们只要想起这一两句话，眼前就会立即浮现出这个人物，以及和他（她）有关的内容来。除了上面提到的几个例子外，孔乙己的"多乎哉，不多也"，九斤老太的"一代不如一代"等都属于这种情况。这些话语几乎已经成为人物的重要标志。

　　议论语言在清末民初的小说中有很大的发展，除了前面已经谈及的时代社会因素外，翻译小说中议论语言的魅力也是一大原因。中国古代小说的议论语言并不发达，有些还是以"赞曰"之类的形式出现在作品之后，小说叙述过程中无论是人物或作者的议论语言都很少，只有《红楼梦》等个别例外并成功者。不过，清末民初的小说虽然注意到发挥议论语言对刻画人物和凸现主题的作用，但作家们过分着眼于借人物之口宣传自己的观点，因此往往离开情节主干和人物性格逻辑大发议论，使小说政论化；有的虽然与情节、人物有关，但是或失之于繁冗，或失之于平淡，更谈不上深刻。这些小说的议论语言在言路未开、思想闭塞、观念落后，但是人们迫切需要新观念渴望新思想的时候，还有一定的市场。不过由于其对情节、人物的游离和语言本身的缺乏艺术提炼，因此不仅这些语言没有什么生命力，而且也降低了整个作品的艺术价值。鲁迅突破了这些难题，成功地处理了议论的抽象性和语言的有味性，思想的深刻性和文字的简约性，议论的必要性和情节的合理性之间的关系，因此从根本上改变了中国小说议论语言落后的局面，使议论语言成为鲁迅小说的一大特色与优势，极大地影响了现代小说的发展。《阿Q正传》的序，思想深邃，耐人寻味，很重要一点就在于其语言的精彩。其基本形式是议论成分很重几乎是以议为主的夹叙夹议：

> 从来不朽之笔，须传不朽之人，于是人以文传，文以人传——究竟谁靠谁传……

叙述中闪烁着智慧与幽默，议论中却又富于形象性。四字语和带有对偶色彩的语句，为本来很容易写得枯燥乏味的议论增添了音乐性和幽默感，琅琅上口，易懂易记。而"列传"么，"自传"么，说是"外传"，倘用"内传"等句子，带点排比色彩，不但读起来抑扬顿挫，而且在貌似严肃的议论中透出睿智与风趣，令人读来津津有味，还颇长知识。在清末民初的谴责小说以及更早的《儒林外史》等作品中，讽刺通常是通过情节细节来进行的，语言本身的作用很不明显。鲁迅则不然。他第一个将反语大量引入小说，正话反说，反话正说，或用被批判者的口气说。他的议论从不摆出一副一本正经的教训面孔，反而往往故意在貌似严肃中令人感到被讽刺者的滑稽可笑。他在议论语言中有机地掺入幽默成分，虽讽刺挖苦，却绝不肤浅浮露，反而使深刻变得平易近人，易为读者所接受。这是鲁迅小说尤其是《阿Q正传》的一大发明。如《阿Q正传》第三章阿Q挨打后仿佛格外受尊敬与祭孔的太牢相比的议论，第四章关于"中国精神文明冠于全球"的文字，特别是阿Q欺负小尼姑后满脑子"女人"时那段关于女人祸水的高论，都在凝练、隽永和诙谐中包含着深刻的思想：

> 即此一端，我们便可以知道女人是害人的东西。中国的男人，本来大半可以做圣贤，可惜全被女人毁掉了。商是妲己闹亡的；周是褒姒弄坏的；秦……虽然史无明文，我们也假定他因为女人，大约未必十分错；而董卓可是的确给貂蝉害死了。

这里毫无夸张浮饰，更无剑拔弩张，而是看来十分真诚、客观、冷静，甚至似乎有点义愤填膺的样子，真令人忍俊不住。"闹亡的""弄坏的"两个对称句，显得熟练毋庸置疑，实际上恰恰暴露出他们的封建意识，同时也给句型增添了变化；"秦……"这个省略号造成的停顿，让人看到"思考者"挖空心思找根据而终于无着的一本正经的伪道学面孔，再加上"也假定……大约未必十分错"这个堪称黑色幽默的假设句，更加发人深省。鲁迅表达这些思想不像别的小说议论语言那么直白、繁琐，而是调动言语主体、句型、语气、分节、标点等多种手段，从而创造性地使这段议论生动形象，经得起反复体味，对刻画人物和凸现小说主题具有很重要的作用。鲁迅小说议论语言的一大特点是警策性强，其中一些特别精彩的已经成为格言、警句，获得了独立的艺术生命力。

现代小说对现代汉语的建立与发展起了重要作用，鲁迅的贡献尤著。他将一些新的修辞手法引入小说创作，适当地打破传统语法规则，词性活用，创立新的句型，根据人物身份与环境以"不合理"表现合理。鲁迅的小说语言充满了创造性。鲁迅似乎特别喜欢打破习用的动宾关系，以一种具有新鲜感的搭配来突出某种效果：

我也渐渐清醒地读遍了她的身体，她的灵魂。（《伤逝》）

以一个动宾似乎很不搭配的结构（类似的用法直到 20 世纪 70 年代末以后才较多地出现），将灵与肉的热烈交流这个本来很难描述得体的难题，写得高雅、美好，意蕴丰厚，而且符合言语主体的身份。在写阿 Q 被枪杀前看到周围大批看客的眼睛时：

这些眼睛们似乎连成一气，已经在那里咬他的灵魂。

以"眼睛"代人，并作主语，这种用法 20 世纪八九十年代相当普遍，但在"五四"时期小说中却是首创。一个"咬"字，不仅活画出那些麻木看客们毫无同情心的灵魂，也表现出阿 Q 终于明白自己已经死到临头的极度恐惧。鲁迅善于用略加改动或稍事增减的词语或新鲜的比喻来增强语言活力和幽默感，加强内容的深刻性和文章的可读性。他不用"众油鸡"或"那（这）些油鸡"，而用"油鸡们"（《伤逝》）；用很小的小孩说话的口气道："伊和希柯先（周按：指'爱罗先珂先生'），没有了，虾蟆的儿子"（《鸭的喜剧》）。将已埋到层层叠叠的穷人的丛冢比喻成"宛然阔人家里祝寿时候的馒头"。

（《药》）鲁迅有时还故意利用某种句型构成某种语段来表达情感，营造气氛。《社戏》中写到"我"本来就不爱看京戏，被人动员说了些名演员叫天不可不看之类的话后，终于延宕到晚上九点钟才入场。好不容易看老旦唱完了：

> （接着又）看小旦唱，看花旦唱，看老生唱，看不知什么角色唱，看一大班人乱打，看两三个人乱打，从九点多到十点，从十点到十一点，从十一点到十一点半，从十一点半到十二点，——然而叫天竟还没有来。

鲁迅显然是有意识地用了六个"看"字打头的句子，其中四个是整齐的"看……唱"，两个整齐的"看……乱打"，再加上四个"从……到……"的表时间的句子（字数基本相同），以三种单调、重复的语言形式，令人深深体会到"我"当时那种因漫长的等待而焦急、厌烦和失望的心情。这就比传统写法从几点到几点，看这旦那旦这生那生唱或打，而叫天仍未来，要有味得多。乍一看似乎写法重复，但稍一琢磨便会发现作者的幽默与高明。这样不仅生动别致，而且过程中充满人的情绪流动变化。有的运用文字的细部极其讲究，四个"从（几点）到（几点）"就有所变化：前两个基本上相隔一个小时，后两个则只有半小时，反映出"我"已经越来越不耐烦的心情。

鲁迅善于以极简洁的笔墨勾勒人物的主要特征，并以新颖贴切的比喻将人物形象、个性一并表现出来。《故乡》这样写杨二嫂：

> 两手搭在髀间，没有系裙，张着两脚，正象一个画图仪器里的细脚伶仃的圆规。

这个比喻本身已经十分生动，更妙的是后来索性以"圆规"称之，令人解颐。杨二嫂这个人物笔墨很少，但形象鲜明，给人留下深刻印象，其中一个重要原因就在于这个比喻的用法。后来再没有作家以"圆规"喻人，可见这个比喻的成功和影响之大，已无法重复。小说语言在鲁迅的调色板上变幻莫测，屡呈新意，每每令人赞叹不已。

谈到鲁迅对小说语言的开拓性、创造性贡献，还应提到其出色的标题性语言。中国古代小说历来不大讲究标题的设计，语言比较一般化，每以"……记""……传""……史"或者"……演义"为题，主要从题材着眼，也有不少以人物或事件作标题。绝大多数都比较直露，缺乏含蓄和深刻的意蕴。

鲁迅不少小说的标题都新颖、醒目，发人深思。"狂人日记"和"狂人记"大不相同，前者是以狂人为叙述主体，写狂人所见、所闻、所感；而后者狂人则成了叙述客体，是记狂人的事迹；而且以"日记"为题在当时就是一种创新。《祝福》的内涵无论从广度、层次还是深度上都远远超过《祥林嫂》，其隐喻、象征手法的运用给人颇多启迪。《阿Q正传》的"正传"二字初看令人诧异，一读方知大有深意存焉，以致竟成为"序"的主要内容。而且"阿Q"作为名字本身就格外引人注目。《药》则貌似平常，乍一看仿佛是写华老栓买人血馒头作药给儿子治病；实则表明进步知识分子和革命先驱者一直在寻求救国之药，而救国则需救人灵魂之药，改变国人愚昧麻木的精神面貌。由于辛亥革命者忽视了宣传与发动群众，结果一个青年志士的鲜血竟成为另一个无知青年的治病之药，双双成了乱葬岗上客。但是那个花圈则表明革命者前仆后继，仍然在继续寻找疗救中国之药。《药》这个单音节词的标题以其多层次内涵概括了人生悲剧、社会悲剧和辛亥革命的悲剧，也暗示着中国的出路。如此精心地设计标题语言，同时代作家无人能与其比肩。即使是后来者，有不少人也由于对标题语言缺乏足够的重视或主题本身肤浅，难以提炼出寓意深刻语言上又不同流俗的标题来。

　　鲁迅说，他努力"画出这样沉默的国民的魂灵来……竭力想摸索人们的魂灵"[1]，正是这种崇高的使命感与探索精神促使其小说语言精益求精，反复提炼。鲁迅的小说语言之所以能够达到这么高的艺术高度，除了他的伟大天才、扎实深厚的语言功底和使命感驱使下的自觉探索精神外，在具体的语言功能运用即手法上，他显然受到了西方小说的重大影响。当然，这种影响在当时所有留过学或读过原版小说的作家身上或多或少地都存在，但是鲁迅和其他人的一个主要不同是，他的小说语言没有任何生硬的欧化痕迹——而这是当时的流行病——在语言上他有许多创新，学习了不少西方的东西，但是在总体风格上却明显地是中国的。他更多地是受到中国传统美学观念的影响，或者说是继承了中国几千年来文学艺术特别是写文章的表现手法的精髓，因

---

[1]鲁迅：《中国新文学大系·小说二集导言》，上海良友图书印刷公司，1936年5月3版。

小见大，以约求博，以简洁质朴为美，因此具有很高的艺术浓度和艺术感染力。鲁迅的小说语言是中西方文化撞击的一个成功的结晶。

三　由幼稚到局部可观与个别成熟

鲁迅的白话小说一开始就以完全成熟的面貌跃登中国文坛，其中一些精品，与世界小说巨匠们的杰作相比，毫不逊色。无论是其小说的整体水平还是小说语言所达到的绝对高度，都远远超出了同时代的作家——他们中的几乎所有人的小说语言如同整个写作技巧那样，都还在经历着学习、摹仿、成长、创造到成熟的过程。

许多文学家都是从爱读诗、写诗开始进入创作园地的。绝大多数人碰壁后知难而退，去干别的行当，少数登上文坛者继续写诗的也不多，大都改写其他文体。这个现象在"五四"时代也许比以后几十年更为突出。因为以青年学生和青年知识分子为主体的文学爱好者在社会总人口中虽然比重极小，却是最活跃的一个社会群体。他们关注民族危亡，热心社会变革，迫切希望以文艺形式表达心声，阐发救国疗民的主张。这种极具普遍性的心态，既表现在文艺样式的选择上，在小说语言上也有反映。在当时的文艺样式中只有诗歌——自然是刚兴起的白话诗，看起来最容易掌握，似乎是一学就会。连大名鼎鼎的胡适都在"尝试"，水平也不过如此，初涉文苑者"尝试"的勇气自然便大增了。而小说却难写得多。当时许多大小城市甚至南方有的镇上的学校都纷纷组织文学社团，发表白话诗文的报刊数以百计，但发表小说的却极少。这是因为敢于问津者寡，好作品更是凤毛麟角。连高举文学革命大旗，因发表《狂人日记》《孔乙己》《药》等小说而更加名声大振的《新青年》，"比较旺盛的只有白话诗"，除了鲁迅，"此外也没有养成什么小说的作家"。①尤其是1917年至1921年这个通常被认为是中国新文学史上第一个十年的前半期，小说创作更是如此。茅盾指出，当时不仅作品极少——著名的革新后的《小说月报》收到的创作小说稿，至1927年春时，每月"至多不过十来

①鲁迅：《中国新文学大系·小说二集导言》，上海良友图书印刷公司1936年5月3版。

篇，而且大多数很幼稚，不能发表"，"那时常有作品发表的作家亦不过冰心、叶绍钧、落华生、王统照等五六人"。他引用郎损（茅盾笔名）的一篇文章批评了当时绝大多数小说的两个共同缺点：一是几乎都把恋爱作为中心；二是观念化，即我们后来所说的公式化、概念化。"人物都是一个面目的，那些人物的思想是一个样的，举动是一个样的，到何种地步说何等话，也是一个样的'。这些恋爱小说的主角大抵不是作家自己就是他的最熟悉的伴侣，可是一搬上纸面尚不免观念化，无怪那极少数的描写农村生活和城市劳动者生活的作品更其观念化得厉害！"对生活观察、体验的肤浅，题材范围的狭窄，再加上"当时青年的创作家或有志于创作的青年却不耐烦下那样的水磨工夫，当时一般的风气是灵感一动振笔直书，而且认为既是灵感的产物就一定不会不好"。

随着这些青年作者年龄的增长，阅历的丰富和对生活认识的加深，包括语言功夫在内的艺术修养的提高——其中一个十分重要的因素是翻译作品数量的大增和译文质量的改善，使年轻人得以学到更多的域外小说技巧和语言艺术手法——这种情况发生了很大的变化，"使得新文学史上第一个'十年'的后半期顿然有声有色"[1]。茅盾所说的"有声有色"，是相对于前半期即1917年至1922年那个阶段总体上相当幼稚和概念化而言，后五年的水平有了明显的提高。不过由于新小说的历史还较短，当时小说作者的构成，普遍受心态，视野与题材的局限，再加上缺乏精益求精的"水磨工夫"，这样就决定了当时小说语言的某些基本特点，和鲁迅小说语言所达到的水平有很大的差距。

研究新文学史第一个十年的论著，历来着眼于文学研究会、创造社以及一些较小的文学社团不同的文学主张与作品。有的将这一时期的小说分为鲁迅的"呐喊小说"，文学研究会探索人生的"问题小说"，创造社表现自我的"身边小说"，流寓者植根乡野的"乡土文学"，以及其他一些小类。这样以文学创作主张、流派、题材分类，对于一般文学史、小说史研究显然是有必要

---

①茅盾：《中国新文学大系·小说一集·导言》。

的，但对于小说语言和小说语言史研究则不尽相宜。这是因为许多语言形式、手段、风格的服务与适应范围并不专门对应某一艺术主张与流派，有些属于不同流派的作家，其某些小说的语言特征惊人的相似。而有些同一流派的作家语言风格上却大异其趣。从整个中国现代小说史观照，以语言为主划分流派的情况极少，出现也比较晚。因此本节分析时顾及流派，但主要着眼于作品语言本身。

（一）小说语言上也"很有点希望"的新潮社作家

新潮社是新文化运动的一个重要社团，对新文学作出过重大贡献。据胡适说："那时在北大上学的一些很成熟的学生，其中包括文化界知识界的领袖们如傅斯年、汪敬熙、顾颉刚、罗家伦等人，他们在几位北大教授的影响之下，组织了一个社团，发行了一份叫《新潮》的学生杂志。这杂志的英文刊名便名'Renaissance'（《文艺复兴》）。"① 初期成员还有杨振声、康白情、潘家洵、叶绍钧、俞平伯等，后来又有周作人、孙伏园等人加入，阵容强大。1919 年元旦问世的《新潮》是个政治、社会、文学的综合性刊物。鲁迅在1919 年 1 月 16 日给许寿裳的信中对其第一期颇有好评，说它出现于当时"暮气甚深"的北大，"颇强人意"。② 由于 1920 年起该社骨干先后出国留学，不少成员或从政，或搞学术；周作人、叶绍钧等又于 1921 年 1 月参与发起成立文学研究会，因此《新潮》出至三卷二期（1922 年 3 月）便停刊。

新潮社存在的时间虽然不长，但它与《新青年》互相呼应声援，鼓吹白话文学，提倡文学是人生的表现和批评，为两年后文学研究会与创造社成立进行了理论、组织和刊物上的准备与实验。新潮社成员中写小说的不多，但在当时白话现代小说诞生不久作者寥寥可数的情况下，这些作家与作品便显得十分显眼与可贵了。1919 年 4 月 16 日鲁迅在给傅斯年的回信《对于〈新潮〉一部分的意见》中说："《新潮》里的《雪夜》《这也是一个人》《是爱情还是苦痛》（起首有点小毛病），都是好的。上海的小说家梦里也没有想到过。

---

① 唐德刚译：《胡适口述自传》，华文出版社 1992 年第二版，192 页。
② 《鲁迅全集》第十一卷 357 页。

这样下去，创作很有点希望。"① 因此研究小说语言，不可埋没这些拓荒者的功劳。

俞平伯写于 1919 年 4 月的《花匠》，是一篇这个时期从写法到语言都很有代表性的小说。全文仅两千字，写"我"于一个初春的星期天到花厂去赏花，见花匠正在修剪与扎花，有一个阔老带着女儿也来看花。小说写景以简洁而有特征的文字从声、色、感几个不同方面写得很有层次：

> 到了一家花厂门口。栅栏虚掩着，我用手一推，呀的一声露出一片平地。紧靠西墙，有三间矮屋。旁边有口井，上面安着辘轳，栏口现出几条很深的凹纹，是吊桶绳子磨的。场上收拾得非常干净，一排一排摆列许多花盆，是些山茶、碧桃、金雀、迎春、杜鹃之类，轻风掠过，一阵阵花草的香气。冰哩！我不多时还看见你们。花开这般快呀！

小说中的"我"崇尚自然之美，不愿花木被修剪，被绑扎。由于移情作用，原先十分可爱的花木在主观感觉改变了的影响下，形象也发生了变化：

> 但花开得虽是繁盛，总一点生趣没有；垂头丧气，就短一个死。我初进来觉得春色满园，及定睛一看，满不是这么一回事。尽管深红浅紫鸭绿鹅黄又俏又丽的颜色，里面总隐着些灰白。仿佛在那边诉苦，又象求饶意思，想叫人怜他，还他的本来面目。那种委屈冤屈的神情，不是有眼泪的人能看的。

这些文字现在看起来简直稚嫩与平常得如同一般初中学生的作文，丝毫没有什么值得称道的地方。但是历史地观照，它在运用流畅的白话和拟人等新的修辞手法方面，在当时均属于凤毛麟角，具有一定的开拓性意义。当时白话文运动开展不久，不少文化人对于白话文的作品还抱有偏见而认为不屑一写；而那些拥护者由于从小学的都是文言，还不大习惯以白话文写作，写出来往往文白夹杂，不伦不类。像这样流利的白话小说，实属罕见。显然是出于这些考虑，鲁迅先生才将它选入自己主编的《中国新文学大系·小说二集》。

---

① 《鲁迅全集》第七卷 226 页。

　　孤立地看，像俞平伯这样年轻的学生作者，在驾驭语言的能力方面并不比某些具有深厚旧学功底的文人强。那些旧文人不仅文言功夫好，有的在运用京白、苏白方面也颇有造诣。但是，他们却不善于用第一人称和拟人等新的修辞手段，以及某些便于抒情的描写和语言，而这些正是受到新式教育，读了大量西方小说，甚至懂外文能够阅读原版作品的新式文人的长处。

　　被鲁迅评为"好的"《是爱情还是苦痛》，是那个时期不可多得的一篇佳作。罗家伦写于1919年3月的这篇小说即使在今天读来，有些段落依然能令人感受到其深度。它在题材与叙事方式上并不新鲜，是当时常见的第一人称（主体部分换成了主人公）讲一个封建礼教破坏婚姻自由的故事。其特色与长处恰恰是在语言比较精彩上。主要人物叔平左右为难极度矛盾的心理，不仅写得层次丰富、细腻，多次反复，而且语言富有张力：

　　　　想爱，忽而又不敢爱；但是不容我不爱。

　　　　有几次走到他门口，重新回转。回转以后，又悔不该。

　　中国传统小说语言中最发达的是叙述语言，其次是人物话语，再次是议论语言，不过多为充满封建意识的枯燥呆板的说教，心理语言最不发达。现代小说创作中，鲁迅是改变议论语言呆板啰嗦、枯燥、说教为简练、隽永、发人深省的第一人。罗家伦通过人物之口表达的一些思想，语言自然、简洁而有味，经得起思考与回味。可以明显地看出，中国的青年作家受到西方小说家通过精彩的人物话语或直接议论表现思想的影响，他们努力提炼出一些具有普遍意义的语句来：

　　　　天下爱情都是苦痛。

　　　　世间最苦痛的，是有爱情而不得爱。

　　　　世间极苦痛的事，就是强不爱以为爱！

　　针对许多父母自以为最替儿女的幸福着想，实际上却在真诚地亲手断送他们的幸福，制造着一个个悲剧，作者借叔平之口悲愤地喊出："父母这样就是爱我吗？"确有振聋发聩之力。叔平接受朋友的劝告，以牺牲自己的爱情来避免使这个自己不爱的女子受到伤害。作者用"死人造爱法"来概括，这种简洁鲜明的文字，十分有力地控诉了封建礼教的罪恶，突出了这篇小说"诗礼"扼杀"人性"的主题。

汪敬熙（1897—1968，浙江杭州人）是最早在《新潮》发表小说者。从他被收入《中国新文学大系·小说二集》的两篇作品中，我们可以清楚地看到，他和其他现代小说的拓荒者们是如何一步一个脚印地在驾驭小说语言的崎岖山路上艰难跋涉的身影。发表于 1919 年 2 月的《一个勤学的学生》，讽刺了丁怡在高等文官考试发榜前后的迷恋仕途的复杂心态：头天夜里失眠，次日清晨即醒；坐车嫌车慢，发榜前求签，回忆答卷自觉欠妥而后悔，看榜时又未看清……叙述语言清楚，心理活动写得真实。尤其是结尾写丁怡在梦里被将军委任为简任官①，手中有了几十万元，便用三万元买了个妾。迎妾那天，衙门失火……交代得一清二楚。虽无半句讽刺文字，却从潜意识层面将一个充满旧意识的大学生的卑俗心理巧妙地揭示了出来。但是总的说来，这篇小说的语言比较平直，缺乏精彩的令人回味的文字。鲁迅在《中国新文学大系·小说二集·导言》中对《新潮》的作者有个总的评价：

　　技术是幼稚的，往往留存着旧小说上的写法和情调；而且平铺直叙，一泻无余。

这个论断应当说是相当精辟的。不过这种情况在汪敬熙 1925 年写的《瘌子王二的驴》中已经有了很大的改变，语言上的进步尤其明显。人们嘲笑瘌子王二骑着那匹他千辛万苦省吃俭用花了四十串钱买来的皮包着骨的小毛驴，但是，

　　你们笑你们的，王二是不在乎此的。王二只是加意喂养他那头小驴。三个月的好喂养，那驴就长了膘，半年那驴就完全改了样，一年那驴就成了一匹刮刮叫的走驴……王二骑着这匹快驴赶集，赴会，回家，在路上"得得"地快走，好不快活杀人也。旁人没有不羡慕他这匹驴的。人以驴名，渐渐的有人叫王二为快驴王二。

这段文字前面连用三个"时间词（三个月、半年、一年）＋就"的结构，写出王二的辛劳与出成绩之快——实际上是王二喂养有方。作者接着连用

①1949 年以前政府官员分四个大的等级：特任（部长、省长级）、简任、荐任和委任。

"赶集"等三个动宾结构的双音节词，用逗号断开，显著增强了节奏感，并配以"得得"蹄声，不仅写出了驴行之轻快，也暗示了王二的快乐与得意心情。而"好不快活杀人也"这种标准的古典式小说语言，表明作者确实是有意识地在学习民族语言。这篇小说在人物话语上也比较讲究，注意从用词、长短、语气、节奏上表现人物身分与性格，富于民族风格：好几个富人、官员要买那驴，有人劝他：

> 快驴王二！一百串你还不卖么？你不卖，你就是个傻瓜！
> 这驴是我的命，我不卖。卖驴，就是龟孙！

这种富有个性的流利的市民口语，在 1919 年前后的小说中几乎看不到。那时小说语言具有明显的学生腔，显得十分稚嫩，缺乏阳刚之气，从前面所引的几个段落中就能见到。这篇小说中几个军官和士兵的话写得各不相同，有的蛮横残暴，有的人性未泯，没有简单化。这些都显示出青年作者们在改进小说艺术手法的同时，对语言技巧的刻意追求。他们不仅很注意人物话语符合其身份教养，使其性格化、口语化，而且努力发挥汉语在节奏、音韵上的优势——"得得"就有利用谐音暗示得意之意——使语言本身也成为了审美对象。小说的语言艺术意识正在越来越多的作者身上觉醒。

回顾"五四"时期的小说创作，杨振声显然是不可或缺的一位。他的情况在小说创作特别是小说语言艺术上有相当的代表性。杨振声（1890—1956），山东蓬莱人，"五四"时曾被北洋军阀政府逮捕。1919 年至 1924 年在美国哥伦比亚大学和哈佛大学攻读心理学与教育心理学。1925 年中篇小说《玉君》一出版立即引起轰动，多次重印。陈源在《新文学运动以来的十部著作》中将它与《沉沦》《呐喊》《女神》等并列。女主角周玉君是一个追求"真爱"，决心冲破封建牢笼，"自己去造生活"的新女性。林一存从小就喜欢她，但离家十余年后回到故乡，发现她已与自己的好友杜平夫相爱。杜赴法留学前托林照顾玉君，因此林始终克制着对她强烈的爱。后来杜误听传言，伤害了玉君的感情，玉君爱上了一存。但他为了玉君的安全与前途，还是将她送上了赴法留学的轮船。除了题材与思想的因素外，技巧与语言的成就使林一存（"我"）形象塑造的成功也是一大原因。这与杨振声的艺术观有直接关系。他在《〈玉君〉自序》中道：

> 说实话的是历史家，说假话的才是小说家。
>
> 小说家取的是艺术态度，要忠实于主观……他是勤苦的工蜂，从花中偷出花蜜，酿成他的蜂蜜。花是天生的，蜜是他酿的，没花他酿不成蜜，但蜜终非花。

他认为要以"感情引导着理想"。因此《玉君》的叙述语言、人物话语、心理语言都带有鲜明的情感色彩。但它不是冲动爆发式的，也不是沉郁忧伤式的，而是清丽、流畅、舒缓，有些散文化。由于他在国外主攻心理学，因而当时西方哲学、美学盛行的强调直觉和精神分析对他的创作显然产生了影响。《玉君》常常通过写人物感觉和心理的律动、颤动来刻画人物的性格，而且把握得准确，语言上分寸感强。小说写"我"少年时悄悄爱她，幻想在一个黑夜发生了"英雄"为救"美人"而死的事，便带有一个受武侠小说影响的少年心理特征。《玉君》中有多处写"我"的矛盾心理，细腻感人。尤为难得的是，杨振声注意描写人物潜意识的变化，将人物复杂的深层情感揭示出来。理智上林一存始终不让自己的感情流露，而是自觉地去促成杜平夫与玉君的结合，但是内心深处对玉君的爱丝毫没有减少。他在梦中仿佛去了埃及，为野人所绑，而贵如王子的杜平夫不救他，说："玉君已经嫁了你，我有什么辜负她的地方？"这个梦境生动地写出了林一存潜意识中因受好友之托照顾其恋人而自己又依旧暗暗恋她而产生的负罪感。有意思的是，林一存舍不得这个据说玉君已经嫁给了他的梦，于是"我把身子转了一转，背着阳光，又闭上眼去默坐"。接着作家用了几个"仿佛、猜想、想起"，又写了一个幻觉，似乎是少年时大家说要让他与玉君定亲。写出了人们明知实际生活中不可能实现的愿望却每每仍愿通过幻想得到慰藉的普遍心理。

情景交融本来是中国传统美学追求的一种境界，但是小说中大体缺乏那种"感时花溅泪，恨别鸟惊心"式的景物描写。王国维在《人间词话》中提出"有我之境"和"无我之境"，不知是否启发了杨振声。不过主攻心理学的杨振声显然是有意识地在写景语言中运用移情手法。第十节开头玉君得救后，"我"的心情改变，景色鲜艳、明亮，富有生机，描写景物所用的比喻也反映了他潜意识中对自己暗恋的少女的爱。而十七节玉君受了杜平夫极大的委曲，"我"深感误会皆因自己而起，"真是……罪人"。这时他进退两难：

> 举目四顾，山则岸然昂然，对我睥睨，像似我对它有所求，他傲慢不理我。海则挤眉弄眼，对我巧笑，像似它见我被人拒绝，在一旁笑我。

由于心理、情绪的突变，潜意识中的负罪感使景物人格化。这种拟人手法和情景转移的语言方式，虽然俞平伯几年前就已经用过，但是一般作家还不大习惯使用，大量而且成功地运用以《玉君》为突出，因而杨振声在小说语言功能的拓宽上有自己的贡献。《玉君》的人物话语也比较注意符合人物的身份、教养、场合、对象，市民、农（渔）民的话语相当口语化，俗语用得也比较得当。尤其是第八节采果子的场面写得有声有色，颇有《红楼梦》遗风。

不过《玉君》语言的主要缺点也在人物话语上。杨振声也像"五四"时代的许多作家那样，有时忍不住要借人物之口长篇大论地宣传自己对某些社会问题的见解。由于这些议论与情节多无关系，对表现人物性格也没有什么好处，令人不免有蛇足之感。

由于新潮社一些主要成员政治上倾向于当局，他们后来办的杂志《现代评论》发表过一些此类言论，鲁迅与之笔战甚烈。可能与此有关，鲁迅对新潮社成员小说的总体评价偏低，尤其是对《玉君》持基本否定的态度："不过是一个傀儡，她的降生也就是死亡。"20 世纪 80 年代以来文学评论家多以为此说不妥。

（二）"为人生"的基本态度相同而语言大异其趣的文学研究会小说家

文学研究会是中国现代文学史上第一个成立的纯文学团体，时间是 1921年 1 月 4 日。由周作人、郑振铎、耿济之、孙伏园、沈雁冰、叶绍钧、郭绍虞、许地山和王统照等十二人发起。茅盾后来在《中国新文学大系·小说一集·导言》中强调：

> 文学研究会这个团体自始即不曾提出集团的主张，后来也永远不曾有过。它不像外国各时代文学上新运动初期的一些具有确定的纲领的文学会，它实在正像它宣言所"希望"似的，是一个著作"同业公会"。

　　从来不曾有过对于某种文学理论的团体的行动。

　　他指出，《文学研究会宣言》中关于"将文艺当作高兴时的游戏或失意时的消遣的时候，现在已经过去了"这句话，不妨看成——

　　　　人们的共通的基本的态度。这一个态度，在当时是被理解作"文学应该反映社会的现象，表现并且讨论一些有关人生的一般的问题"。这个态度，在冰心、庐隐、王统照、叶绍钧、落华生，以及其他许多被目为文学研究会派的作家作品里，很明显地可以看出来。

　　文学研究会宣言中的这句话和茅盾对此的说明，后来被文学史家概括为"为人生"的文学主张。很显然，"这个态度"是着眼于文学的创作动机和社会功能，主要体现在题材的选取、主题的表达和思想感情的倾向方面。简单地说就是对内容的要求。它对艺术手法和语言固然也会有影响，不过毕竟不那么直接、明确、具体和统一。因此这些在文学"为人生"上态度一致的作家，由于修养、气质和艺术观的不尽相同，语言风格上竟大异其趣。不过作者在作品中对于人生问题要"讨论"，即采取一种比较积极和直接的方式，这对小说语言是有影响的。

　　冰心（1900—1999）虽然以其小诗《繁星》《春水》和散文《寄小读者》名世，影响了几代读者，特别是对许多文学青年走上创作道路起了重要的引路作用。其实她的小说在当时也曾产生重大影响，只不过后来被其诗歌散文成就的光辉掩盖了罢了。她在 1919 年至 1921 年间就发表小说二十余篇，在当时是少有的高产作家。其代表作是《超人》（1921）。和她写于前两年的作品相比，技巧和语言都有了明显的进步。小说主人公何彬本来是个看透了一切的"冷心肠的青年"职员，由于楼下一个穷人的孩子十二岁的禄儿摔断了腿痛苦地呻吟，使他晚上难以入睡，不禁想起自己的慈母。后来何彬拿钱帮禄儿治好了病，但对他仍很冷淡。禄儿来谢他，他都不见。这时他因调动要搬走，禄儿又来看他，见他睡着了，就留下了自种的鲜花与一张字条：

　　　　……我有一个母亲，她因为爱我的缘故，也很感激先生。先生有母亲么？她也一定是爱先生的。这样我的母亲和先生的母亲是好朋友了，所以先生必要收母亲的朋友的儿子的东西。

何彬看了深为感动，也给禄儿留下了一封信，承认了自己这十几年来，错认了世界是虚空的，人生是无意识的。

> 不错的，世界上的母亲和母亲都是好朋友，世界上的儿子和儿子也都是好朋友，都是互相牵连，不是互相遗弃的。

故事情节就这么简单，用现在的标准衡量，语言很平常，有的甚至要算"病句"。"牵连"也许就是"牵挂"，"无意识"大概就是"无意义"。但是我们将它置于小说语言史和现代汉语发展史中来看的话，就能正确看待它们作为一个必不可少的过程的价值。由于受西方哲学、文学作品的影响，一些新词语不断进入，极大地丰富了中国的小说语言，现代汉语也正是在这样的情况下发展并走向成熟。如果缺乏这样一种历史唯物主义的态度，我们就无法理解这篇小说发表后产生的惊人影响。当时刚刚接手编辑《小说月报》的沈雁冰化名"冬芬"在《超人》后面加了一个"附注"："雁冰把这篇小说给我看过，我不禁哭起来了！谁能看了何彬的信不哭？如果有不哭的啊，他不是'超人'，他是不懂得罢！"小说发表后引起轰动，许多文学青年给予极高评价。王统照（剑三）的评论最为精当：

> 此篇的思想，看去似乎单纯，然实是包含尽了现代青年烦闷的问题，至于轻灵的描写，与带有诗意的句子，艺术上的美丽，也是读之令人怡悦的。①

冰心的作品，无论是诗歌、散文还是小说，都很善于捕捉最能打动读者心灵的感情因子，将它融入字里行间，成为符号的生命、语言的灵魂。《超人》中不少叙述语言以及何彬给禄儿的信中的一些文字，简直就是感情浓郁的散文诗。有些话，如：

> 人和人，和宇宙，和万物的聚合，都不过如同演剧一般，上了台如父子母女，亲密得了不得；下了台，摘了假面具，便各自散了。

在平易而带哲理的议论中道出了人们的普遍感受。小说开头，冰心从何彬不爱与人交往，不理人家，没有信件，与同事房东都只应酬几句，屋里无

---

① 转引自卓如《冰心传》，上海文艺出版社 1990 年 1 版，154 页。

一点生气等多方面渲染其"冷"。后来他终于被世间相通的母爱所融化，相信人间仍有真情。这些内容在 20 世纪末的读者看来，也许显得过于浅薄、矫情，不少文字甚至不符合话语主体或对象的身份、教养与场合。很难设想何彬会对房东程姥姥大谈"宇宙、聚合"以及尼采这样即使今日都有许多人不知的西方哲学家；禄儿也不大可能写出那样的字条。但是《超人》在当时的广泛影响却是真的。这个看似矛盾的现象其实十分正常。首先是由于这篇小说的内容体现了鲜明的时代需要，而一定的内容则必然会对包括语言在内的艺术形式产生重大影响。这在新小说诞生的初期尤为突出。小说反映了当时一部分青年对时代社会的失望和迷茫。那时候广大青年还没能从政治上、观念上解决"人生是什么"这个普遍关切的问题。无法找到更加积极的答案来解脱自己对社会与人生的失望和苦闷，而伟大的母爱和友爱的确是能为人们广泛接受的一种高尚情感。尽管当时就有一些批评家指出这种夸大母爱作用的不足取，但是大多数读者都备受感动。其次，白话文运动开始还不久，现代汉语还处于草创期，一些后人觉得生涩、别扭的文字，当年却正是充满新鲜感的语言。那样的语言形式最适合负载那样的内容，而且特别适应当时读者（主要是知识青年）的需要。冰心的小说在用词及其组合上非常讲究，给人以突出的新鲜感。如"虚无、无意识、宇宙、假面具"等许多在当时比较新鲜的词汇，不少带排比色彩的句式，诗化或散文诗式的语言，多分段形式，以及对于社会上刚刚倡导推行的新式标点的创造性应用。四千字中仅破折号便多达十四个，还有许多叹号、省略号，从而强化了思考、感慨的情绪，使《超人》产生了强大的艺术感染力。在现代汉语的发展成熟过程中，中国现代文学特别是读者最多的小说语言的巨大作用，功不可没，冰心是其中突出的一位。

有必要提一下被茅盾称为《超人》的姐妹篇或补充的《悟》。一般文学史与小说史通常都未顾及这个短篇，至多是一带而过。但是作为研究小说语言，它却具有某种代表性。《悟》虽然仍未跳出以"爱"来解决"人生问题"的圈子，但是写于 1924 年的这篇小说，和三年前的《超人》相比，情节比较合理，人物认识转变写得自然，描写细腻动人，情感真挚充沛。尤其是在语言上已经几乎完全褪尽了《超人》中尚存的稚气与习作式的痕迹，叙事、抒情、议论、写景、状物，都秀丽、精致、流畅、圆熟，标志着冰心小说语言的成熟与风格的确立。但是《悟》的影响却远远小于《超人》。这是由于小说数量大增，整体水平迅速提高，读者选择范围扩大，类似题材的吸引力已大不如前。更重要的是，正如茅盾所言，三年来中国社会形势和青年们对时代人生的认识"已经起了很大的变化，一部分的青年已经不愿再拿这个问题来自苦，而另一部分的青年则认明了这个问题的解答靠了抽象的'爱'或'憎'到底不成"。① 这个现象生动地表明，小说语言在总体上对于题材、思想具有相当的依赖性。如果题材显得陈旧，或者思想缺乏深度，那么再好的语言也只是一件穿在相貌平常、为人平庸者身上的漂亮外衣而已。

被夏志清用"相当拙劣"② 四个字就草草概括了的庐隐（即黄英，1894—1934），之所以能在"五四"时期女作家中几乎与冰心齐名，其小说语言颇有特色并达到了较高水平是一大原因。庐隐的代表作《海滨故人》写了露沙等几个女学生对人生意义的探索与追求，着重表现了这些"热情的然而空想的青年在那里苦闷徘徊"以及"他们的脆弱的心灵"。③ 因而调子比较低沉。这个四万字的中篇结构有些松散，人物不够集中，性格欠鲜明。但是如果将它置于历史中观照，那么庐隐本人或是这篇小说在现代小说发展史上自有其贡献。《海滨故人》的题材和某些思想颇有可观之处，而其语言则留下了明显的历史辙痕。当时由于基本上都是男女分校，长期同学形成的女性友谊在各人婚、恋之后，往往迅速淡化甚至消失。这篇小说就否定了"同性的爱和异性的爱是没有区别的"这种观点。不少男女相知相爱，但一方或双方已经婚嫁，而离婚不仅极其困难，还会给第三方带来巨大的痛苦。小说中的露沙得知梓青拟与妻子离婚而与她结合时劝他道：

　　　　身为女子，已经不幸！若再被人离弃，还有生路吗？况且因为我的

---

①茅盾：《中国新文学大系·小说一集·导言》。
②《中国现代文学史》105 页，台湾传记文学杂志社 1985 年 11 月新版。全文是："黄庐隐，一个相当拙劣的短篇和长篇小说作家，同时也是《小说月报》上常见的投稿者。"
③唐德刚译：《胡适口述自传》，华文出版社 1992 年第二版，192 页。

缘故，我更何心？……好在我生平主张精神生活，我们虽无形式的结合，但两心相印，已可得到不少安慰。

当梓青要远去南方工作，露沙思想斗争后支持他去发展事业：

　　……爱情也当有所寄托，若徒徒相守，不但日久生厌，而且不是我们的夙心。

从这几段颇有代表性的文字中可以看出，这篇小说的词汇和句式带有某些书面语色彩，风格上比较接近民国前后的旧白话小说。人物话语中的"若、徒徒、夙心"等非口语词汇，反映了一些早期现代小说家还没有将叙述语言和人物话语区分开来。由此可见，从旧白话小说到现代白话小说的转变，语言与题材、思想往往并不同步，通常是要落后一些。

和鲁迅一样叶绍钧（圣陶，1894—1988）早在"五四"前好几年就用文言写过小说。1919 年，正在苏州乡下教小学的叶绍钧经在北京大学读书的同乡顾颉刚介绍加入新潮社，1921 年与沈雁冰、郑振铎等共十二人发起组织文学研究会。他的小说一向关注他熟悉的普通人的命运，对他们倾注着深沉的爱。不论是"他以为'美'（自然）和'爱'（心和心相印的了解）是人生的最大意义"（茅盾：《导言》），还是随着他对生活认识的深化，更多地以揭露、讽刺、批判的态度来展开情节与塑造人物，他的小说语言都和以冰心为代表的某些青年作家热情奔涌的风格大不相同，而是冷静、客观地叙述与描写。虽有讽刺、挖苦却不过于夸张、丑化，即使是愤怒也不取咒骂痛斥的直白方式，而是通过富有表现力的细节描写或典型话语，给读者以回味或思考的余地。他的小说语言特别简练，很难找出多余的文字来，而这种毛病在当时的作家中并不罕见；也没有流行的学生腔和观念化倾向，看不到那种不分对象、场合滥用的新名词和欧化的绕嘴句式。总之颇具文彩，质朴有华。他那篇写于 1921 年表现农村小学教员与农民一样在天灾人祸前毫无保障的《饭》，以一句故意模糊主体的话语开头，不仅使开篇别具魅力，而且为后面揭露学务委员的虚伪、贪婪、狡诈，作了别致的铺垫。叶绍钧注意将这个学务委员的丑恶心理与行为都以正经、严肃的语言写出，反而更加入木三分。1924 年发表的《潘先生在难中》，表现出叶绍钧小说语言功能的扩大和在驾驭语言的整体能力及炼字上的进步。这篇小说反映军阀混战中广大百姓动荡不安、四出逃命的情形，着力刻划小学教员潘先生自私卑琐的灵魂。他注意以人物的心理活动来带动叙述，以新颖贴切的比喻和此时此刻的感觉来同时写环境和人物心理的变化。当潘先生好不容易从苏州乡下挤上火车，逃到上海。下火车时：

> 他居然从车门里被弹出来了。旋转身子看，后面没有他的儿子同夫人……他走前去，几次被跳下来的客人冲回。

> 一阵的拥挤，潘先生如在梦里似的，出了收票处的隘口。他仿佛急流里的一滴水滴，没有回旋侧向的余地，只有顺着大众的势，脚不点地地走……只见数不清的灯光耀得发白的面孔以及数不清的提箱与包裹，一齐向自己这边涌来。

> 到了四马路，一连问了几家旅馆，都大大地写着"客满"的牌子；而且一望而知情商也没有用，因为客堂里也搭起了床铺，可知确实是住满了。最后到一家也标着"客满"。

由于是一个客人刚走才有一间空房，伙计也是"懒懒地开口"。作家完全通过具体细致的叙述与描写，将人物遭遇、事实与环境摆到读者面前，作家不予评论，更无大段的抒情呼喊，也不让人物替自己发表什么高论。即使偶有观念性的文字，也是人物自身的，且仅一两句而已。总之由读者自己从字里行间、从形象中去体味或感悟。这种写法也可谓"不著一字，尽得风流"。中国现代文学史上，小说语言成就较高而且独特风格形成最早的极少几位作家中，叶圣陶是一个。除了他深厚的文字功底以外，主要是由于他有十分严肃认真的创作态度和明确的小说语言艺术观。他说：

> 我常常留意，把自己主张的部分减到最少的限度。我也不是要取得"写实主义""写实派"等的封号；我以为自己表示主张的部分如果占了很多的篇幅，就超出了讽他一下的范围了。

> 在我，写小说是一件苦事情。下笔向来是慢的；写了一节要重复诵

读三四遍，多到十几遍，其实也不过增减几个字或者一两句而已。①

　　讲究的内容唯有装纳在讲究的语言里头，才见得讲究。

　　我的期望常常包含在没有说出来的部分里……我很有些主观见解，可是寄托在不著文字的处所。②

很显然，对作品语言精益求精的创作态度，以反复"诵读"的方法来感受文字魅力和删削冗言，追求小说语言艺术含量的写作要求，使叶圣陶的小说形成了一种简约、精练、客观、含蕴、讲究意在言外的语言风格。这些归根结底是由于他具备自觉的小说语言艺术意识，并受到我国古代文论的重要影响。

被茅盾称作"有诗人气质"（《导言》）的王统照（1897—1957）也是当时屈指可数的著名小说家。他在写于1937年的《王统照短篇小说集·序》中说：那时北京上海的新刊物很多，像他那样的知识青年——

　　杂乱地读着种种书籍：文学的，美学的，社会学的，生吞活剥，想尽力消化在求知的脑子中。创作的欲望也颇丰富。自己的生活经验十分狭窄，只是用不结实，不生动的文字写青年，恋爱，虚浮的幻想（我到今相信在那个时候由真切体验生活中而写出作品的是鲁迅与叶圣陶兄）。下笔是那样容易……只凭一点简单的幻想与浅薄的文字点缀热闹而已。③

这段文字很真实地反映了当时小说创作的普遍状况。《中国新文学大系·小说一集》选入王统照小说四篇，除《遗音》(1921) 的情节略曲折外另外三篇故事都很简单。看来他不太注重情节与细节的营造，但是在语言上则比较精心，而且几年中有较明显的进步。写于1922年的《一栏之隔》，开头那段点明司法部街的优雅别致与森严惨酷，然后将铁栏内外的多种景物与声音、人物对比，突出其不协调，写得层次分明，有动感和乐感。写于1923年的《技艺》主要成就是，三个清早就来练武术的人物话语的京味很浓，比较符合

---

①《随便谈谈我的写小说》(1933)，《中国现代作家谈创作经验》（上），山东人民出版社 1980年1版，130页。

②《叶圣陶选集·自序》(1951)，同上书133页。

③《王统照短篇小说集·序》147页。

地域和身份特点。看得出来，这位来自山东诸城年方二十六岁的王统照在进行某种创作尝试。这篇小说注意运用标点来表现语气、状态、心理、性格，摆脱了流行的用学生腔写一切人的模式。《车中》（1926）写三个年轻的知识分子——其中两个是大学教授——假期从北京乘特快南下，途中发生了撞车事故，不过没有造成大的损失。作家将事故放在小说的末尾，也没有设计什么惊险情节，而是将叙述重点放在主要人物云生的意识流动上："他想人各在做着一个'梦'，长，远，短，小，变易，苦与乐，失望与满足，都在各人的梦迹中蹈碎了自己的足迹，渐渐的听着远了更远了的自己的歌声。谁不是一样呢？"这篇小说无论叙述、议论，还是抒情、写景，都很注意句式和节奏以及择词上的营造与变化，五六年前作品中语言运用上的习作式幼稚病，不同身份经历的人物众口一腔的情形，基本上看不到了。

以笔名落华生著称于世的许地山（1893—1941）出生于台湾，在福建龙溪长大，年轻时便受到基督教的影响，入燕京大学后尤甚。1923 年至 1926 年先后在美国和英国留学。他的某些小说中带有宗教意识，因而在议论语言上具有较浓的思辨色彩和哲理性。但是这些并不是靠理论性文字或议论式话语来表达而是通过平易朴素的叙述，利用比喻或形象来体现的。他的代表作《缀网劳蛛》写尚洁被其事实上的丈夫疑为不贞而刺伤，两人分开三年后，其夫在牧师的讲道下彻底悔悟，得到她的宽恕。故事洋溢着基督教的博爱精神。语言方面比较突出的是尚洁的几段议论与比喻，尤其是小说结尾：

> 我像蜘蛛，命运就是我的网。蜘蛛把一切有毒无毒的昆虫吃入肚里，回头把网组织起来。他第一次放出来的游丝，不晓得要被风吹到多么远；可是等到粘着别的东西的时候，他的网便成了。

> （那网）一旦破了……等有机会再结一个好的。……人和他的命运又何尝不是这样？所有的网都是自己组织得来，或完或缺，只能听其自然罢了。

最后两行写那玫瑰花上的蜘蛛：

> 从叶底出来，向着网的破裂处，一步一步，慢慢补缀。他补这个干什么？因为他是蜘蛛，不得不如此！

既表现出自我牺牲的献身精神，又显示了对命运的无可奈何与听天由命的平静态度。尚洁的不少语言都看似平淡无奇，并无理念色彩，却包含着带有某种宗教情绪、博爱精神的意味，颇耐咀嚼。这些话语既是人物的观念体现，也是作家向读者表达的思想。但在许地山笔下表现得毫不生硬、做作，没有丝毫故作高深的姿态，非常口语化。这种平静、流畅而蕴涵比较丰富的叙述语言风格，构成了许地山小说的一大特色。

（三）重在表现自我、喜欢"喊叫"的创造社小说家语言风格

和文学研究会几乎同时成立并在现代文学史上齐名的创造社的小说家，其主要人物作品的语言风格相对来说就比较接近。这和他们一开始就高标鲜明的文学主张是分不开的。创造社于 1921 年 7 月由一批留日学生郭沫若、郁达夫、成仿吾、张资平、田汉、郑伯奇、穆木天等十一人发起成立。郁达夫强调"文艺是天才的创造物，不可以规矩来测量的"，而且"世人的才智，大约都是在水平线以下，或与水平线齐头的。中国的古人也说，天才必五百年一生"。[①]

郭沫若说：

> 我自幼嗜好文学，所以我便借文学来以鸣我的存在。
>
> 我对于艺术上的见解，终觉不当是反射的（Reflective），应当是创造的（Creative）……我以为真正的艺术，当是属于后的一种。所以锻炼客观性的结果，也还是归于培养主观，真正的艺术品当然是由于纯粹充实了的主观产出。

他认为，个人的苦闷可以反映出社会与全人类的苦闷，只有"由灵魂深处流写出来的悲哀，然后才能震撼读者的魂魄"[②]。这种特别强调文艺表现自我的艺术主张，其根源之一与创造社几个主要成员的气质、性格有关。在上面引述的那篇文章中，郭沫若就宣称自己"是一个冲动性的人"。在大约二百字的一段文字中，他五次谈到自己的"冲动"。郁达夫也属于这个类型，有过之无不及，而且比较任性。这样的个人气质和文学主张对小说语言风格自然

---

① 《艺文私见》（1922 年 3 月），《创造社资料》（上），福建人民出版社 1985 年 1 版，11 页。
② 《论国内的评坛及我对于创作上的态度》（1922 年 8 月），同上书，14—15 页。

会产生重要影响。

郑伯奇为郁达夫小说写的评论《〈寒灰集〉批评》中的一段话，很有代表性：

> 现在还是呐喊的时代，我们应该大家一齐站起来，狂人一般地喊叫！不，不，我们不仅应该喊叫，我们也应该低诉，我们也应该呻吟，我们也应该冷嘲热骂……喊叫，低诉，呻吟，嘲骂，这是时代对于我们的要求，也是我们应该掷于时代的礼物。[①]

可以说，强烈的主体意识和倾诉、喊叫的表现方式，是创造社作家小说语言的基本特征。

创造社小说家中影响最大的当推郁达夫（1896—1945）。他是浙江富阳人，1911 年赴日留学，1922 年回国。在新文学史的第一个十年，小说创作除了鲁迅就数他声誉最隆。他的中篇小说《沉沦》出版于 1921 年 10 月，较 1923 年 8 月结集的《呐喊》早近两年。《沉沦》问世，轰动一时，毁誉参半。由于小说大胆地写了主人公的性苦闷，手淫，窥视房东女儿的沐浴，不经意地听到两个男女野合等，有些人批评这是一部"不道德的小说"。当时的文坛大家周作人力排众议，为之专论进行辩护，称赞小说对于"青年的现代的苦闷……描写实在是很成功了"。他表示要"郑重地声明，《沉沦》是一件艺术的作品"。[②] 在众多的评论文章中，成仿吾写于 1923 年 2 月的《"沉沦"的评论》一文尤其值得重视。他对于许多人说《沉沦》是描写灵与肉的冲突持怀疑态度。他没有像不少论者那样——直至 20 世纪 90 年代依然——简单地将人物对灵与肉的要求看作冲突，而是注意到冲突应当在同一范畴内发生。他说："灵肉的冲突应当发生于灵的要求与肉的要求不能一致的时候。但《沉沦》于描写肉的要求之外，丝毫没有提及灵的要求；什么是灵的要求，也没有说及。"不能把"我们这世界里的所谓灵的观念，与这作品里的肉的观念混在一处"。他公正地指出，"主人公所求的不尽是肉，而是爱的要求或求爱的

---

① 《创造社资料》（上）17 页。

② 仲密（周作人）：《沉沦》，《郁达夫研究资料》（上），花城出版社、三联书店香港分店 1986 年 1 版，2—4 页。

心"。他说这一观点"在东京时，曾与达夫谈过，达夫似也首肯。后来出这部书的时候不知道怎么他自己在序文上又说是描写灵肉的冲突与性的要求了"。①

弄清这一点十分重要，它不仅涉及对主题、人物的理解与评价，与本书要分析的语言形式及风格也有密切关系。在小说中主人公"灵"方面的苦闷偏重于政治，因而与"肉"并未构成矛盾，至少不是其"肉"未能得到满足的主要原因，即并非由于其政治上受歧视而未能得到日本少女的爱。但是《沉沦》中涉及的几个基本问题——由于国势日衰，国人在外受歧视，希望祖国迅速强大；社会黑暗，国运颓丧，心情忧郁；只身飘零海外，凄凉孤独；对异性爱的渴望和大胆的描写等，都是那个时代青年关心的问题或共同心理。因此这篇小说一发表便在青年中广泛流传。除题材思想的新颖外，郁达夫那饱蘸激情的流畅文笔——在1921年除鲁迅外几乎没有人达到这个水平——是小说备受欢迎的一个重要原因。其写景语言细腻，富有色彩与动感，常常连续比拟，使景物因饱含热情而充满活力。小说的叙述语言十分流畅，富有张力，甚至富有"煽动力"。在他笔下主人公的心理活动真实得大大出乎读者的意料之外，角度别致，层次丰富，既有强烈的爱国精神与民族自尊心，又带有明显的过于敏感和多疑病态，因而具备广泛的理解接受面。在语言上他突出这种复杂心理的主观性和直觉性：

> 有时候他到学校去，他每觉得众人都在那里凝视他的样子。他避来避去想避他的同学，然而无论到了什么地方，他的同学的眼光，总好象怀了恶意，射在他背脊上的样子。

> 上课的时候，他虽然坐在全班学生的中间，然而总觉得孤独得很：在稠人广众之中感得的这种孤独，倒比一个人在冷清的地方感得的那种孤独还更难受。

> 他的同学中的好事者，有时候也有人来向他说笑的，他心里虽然非常感激，想同那一个人谈几句知心的话，然而口中总说不出什么话来，所以有几个解他的意的人，也不得不同他疏远了。

①《创造社资料》（上）6—10页；50页；74页。

　　　他的同学日本人在那里欢笑的时候，他总疑他们是在那里笑他……
他的同学都以为他是爱孤独的人，所以谁也不敢来近他的身。

　　如果说作家以"多疑"为核心表现了主人公自我封闭式的孤独感，那么
他是以"矛盾"为核心细腻地刻画了主人公的性心理——从手淫初试到恐惧、
疚愧、自责与力图悔改，却又因性的饥渴难耐而一犯再犯、积习难改的复杂
心理及痛苦心情。作家对"我"偶然听见两个男女野合的过程，完全从文字
上避开视觉，也没有想象或感觉的猥亵性文字。即使是写最直露的窥浴，见
诸笔墨的也不过只是"乳峰""大腿""曲线"数字而已。因此郁达夫笔下的
性描写，主要是从心理活动、非视觉形象和非肉欲过程入手的，是作为美即
艺术来表现的。

　　总的说来，以《沉沦》为代表的郁达夫早期小说，无论是叙述语言、人
物话语或是介于二者之间的心理语言，运用得都相当熟练。尤为可贵的是那
种充满真诚感的强烈表现自我的文字，具有很强的艺术感染力。钱杏村在写
于1928年的《达夫代表作·后序》中谈到郁达夫小说的"其他作家所不及的
好处"时指出："第一是他的忠实，第二是他的豪爽，第三是他的坦白。"[1] 相
比而言，人物话语显得稍弱一些。这个时期郁达夫还没有将人物的有声语言
(有对象的话语或自语)、心理语言（无声的思考）、书面语言（书信、日记）
很好地区别开来。最不成功的例子就是小说结尾主人公投海自尽前断断续续
地说的三句话：

　　　祖国呀祖国，我的死是你害我的！

　　　你快富起来，强起来吧！

　　　你还有许多儿女在那里受苦呢！

　　由于后两句话表达了全民族特别是知识分子希望祖国富强、国人免受列
强欺凌的强烈愿望，跳动的节奏与时代脉博完全一致，因此历来为许多文学
评论家和文学史家所高度赞扬。但是由于总给人一种脱离主要情节、似乎是
贴上去的感觉，故亦为一些学者所病。前引成仿吾文就已指出，"《沉沦》的

────────────

[1]《创造社资料》（上）6—10 页；50 页；74 页。

结尾缺少气力"。苏雪林 1934 年写的《郁达夫论》从全文看也许过于严厉了，但对《沉沦》结尾的批评还是中肯的："《沉沦》里主人公为了不能遏制情欲，自加戕贼，至于元气神经衰弱，结果投海自杀……我们实不知那堕落青年到底受了祖国什么害？他这样自杀与中国的不富不强有什么关系？作者必自以为以爱国思想作结，给了全书一个警策的有力的收束。而不知爱国思想和这样自杀放在一处实为极度的滑稽与不和谐。"①

这个著名的结尾可以从主题、人物、情节、结构等多方面去分析其不足，基本的原因也许还是来自于郁达夫及其伙伴们的文学观和文学语言观。在郁达夫看来：

　　"文学作品，都是作家的自叙传"这一句话，是千真万确的。②

所以，他显然希望将自己忧国忧民、振奋国人的观念，用"喊叫"的方式表现出来，以收振聋发聩之效。但由于这些话不是此人、此时、此地、此事自然发展的结果，缺乏情节逻辑和人物性格逻辑的依据，"喊叫"就显得勉强和苍白无力。但是，它又确实感动了许多各个层次的读者。

这个看似矛盾的现象说明，小说语言自身具有某种独立的艺术魅力与价值。只要它不是和作品的情节、人物太离谱，那么那些适应当时社会需要的比较精彩的语言，就会受到读者的欢迎。20 世纪 70 年代后期开始，特别是 80 年代前期，一些青年作家非常喜欢让自己的人物大发议论，有时简直到了不择人、不择时、不择地的地步；甚至干脆自己出面长篇宏论，以追求所谓"深沉"甚至"哲理性"。由于此前几十年的思想禁锢，人们厌倦了陈腐的套话与僵死的教条，渴望听到用清新的语言传达的具有深刻意蕴的新思想，所以这些议论语言一时也颇受欢迎。但是时过境迁之后，当新思想已经普及，人们回过头来重读这些作品时，就不免会感到这些文字中有不少是多余之物，因为思想与情节并不和谐。

创造社的旗手郭沫若以《女神》正式掀开了中国新诗的第一章，并以剧作名世，史学、甲骨文研究也是卓然大家，在当时他还是一位多产和有名望

---

① 《创造社资料》（上），6—10 页，50 页，74 页。
② 《五六年来创作生活的回顾》（1927），《过去集》，开明出版社，1996 年 1 版。

的小说家。郭沫若的不少小说都带有鲜明的个人经历与个性的印记，语言具有饱满的情绪色彩，喜欢写梦境，写潜意识下的性心理律动（《残春》）。但是他和郁达夫一样，写得比较有分寸，不卑俗丑陋，仿佛在描述一尊半裸的女神像。郭沫若在诗歌中简直是不停息地"喊叫"——无非是声音大小之别而已——如火山爆发，势不可挡。但小说语言却不如郁达夫那样恣意宣泄大声呼喊，显得情感充沛而不冲动。有的小说的语言不仅有诗味，而且在形式上也向诗歌靠拢。如《Lobenicht 的塔》（1924）第七节最后三行和第八节朗培的报告都有类似西方歌剧的味道。而《炼狱》则更多地像散文而不是小说，对无锡的锡山、惠山、太湖的大量描写，已经摆脱了情节的羁绊，成为作家心灵的流动与飘曳。这些都表明这个时代的绝大多数作家还处于对小说创作进行"尝试"的阶段——胡适《尝试集》的"尝试"二字，实际上就是探索和试验，反映了整个"五四"时代人们都在文化、艺术、社会、政治等各个领域进行着变革性摸索。不仅小说的形式、技巧还远未成熟，而且作家个人的气质、个性对选择小说语言的方式，起着比后来要大得多的作用——那时的作家还很少有人从题材和人物的身份、教养出发来使用小说语言。

被认为是创造社四元老之一的张资平（1893—1959），是那个时期创作小说最多、影响最大者中的一个。张资平以擅长言情著称。和"五四"时代的许多作家一样，他也有不少作品通过人物之口，或干脆以书信、日记的形式介绍出来。他的早期小说的语言就相当流畅，但也像有些作家那样，人物话语的个性化问题尚未解决。《梅岭之春》中只读过八年小学的保瑛，其父老秀才，教会大学毕业后在中学任教的吉叔以及女师出身的吉叔母，在话语形式和风格上没有什么区别。张资平的叙述语言富有表现力，善于通过平易晓畅的文字，富于层次感地描述出人物细腻的意识变化和情绪流动。对于女性性意识的苏醒和矛盾刻画的细微生动。《爱之焦点》（1922）写一个少妇对自己青梅竹马式的恋人始终难以忘怀而又对丈夫竟全然不察深感内疚的矛盾心情：

> 她和她的丈夫同栖了一个多月，她愈觉得对她的丈夫不住。但她的丈夫终没觉着。她从那时起决意不再思念他了。可是他的魔力很大，他的幻影不时在她脑中出没。她的丈夫把她抱着接吻的时候，她禁不住想

到和他小学时代……教室里教师监督着，他们也能够偷着接吻。——她的丈夫称赞她象埃及女王 Cieopatra 的时候，她又禁不住思念到他说她体重，不容易抱起她。她的丈夫愈爱她，她愈觉得对不住她的丈夫；她愈觉得对不住她的丈夫，他的影儿在她的眼前更幻得厉害。

这个时期张资平小说的文字还是比较干净的。他也强调"冲动"，不过主要是指"创造的本能"①，而非性格或主观情绪的爆发。他的"这些作品，既对自己体验的生活事像作出客观的描绘，又使情绪随生活事像流溢而出，并不像郁达夫、郭沫若小说那样主要靠人物哀啼哭号慨叹感喟传达出来"。② 因此张资平的小说语言情绪比较舒缓，句式跳跃小，语气并不激烈。遗憾的是，张资平的艺术才华，包括他早就相当娴熟的驾驭语言的能力，却没能真正用在艺术创造上，而是渐渐走上了一条媚俗的道路。他的小说题材本来就狭窄，后来则越来越深地陷入浅薄庸俗的三角、多角恋爱故事中，而且对于既缺乏社会意义又没有审美价值的性心理、性行为的描写，过于热衷。在其小说中，性不是作为人类的一种极美好的情感爆发与升华来写的，而是在字里行间塞进不少性挑逗。张资平的小说津津乐道于一个男人同一时期与几个女人之间的性关系。起初他在文字上还有所顾忌。在 1924 年写的《公债委员》中，他虽然写了男女从宽衣到同浴，也还比较注意回避，连用了五十二个×来代替。20 年代末以后则愈演愈烈，文字上越来越露骨。一个有才华的青年作家就这样由于审美趣味的低下逐渐走向堕落，直至成为可耻的汉奸。在力主表现自我的创造社小说家中，如果说郁达夫、郭沫若的气质性格对语言的影响主要表现为"呼喊"式的风格的话，那么张资平的气质性格则使他的小说语言变得格调低下，他的"创造的本能"在小说中变成了一种"本能"的宣泄。

（四）质朴清新的"乡土文学"小说语言

在茅盾所说使"新文学史上第一个'十年'后半期有声有色"的那"大群的有希望的青年作家"中，被评论家和文学史家称为从事"乡土文学"的

---

① 《文艺上的冲动说》，《创造社资料》（上）107 页。
② 张华：《论张资平的小说创作》，《中国现代文学补遗书系·小说卷一》（孔范今主编），明天出版社 1990 年 1 版，201 页。

那批作家是最引人注目的一群。他们的共同点是几乎都来自于小县城或者农村，对于中国农民的生活与心理相当了解，而且都没有出洋留学过，至少在写小说前是这样。因此在艺术观和语言风格上受西方浪漫主义和弗洛伊德精神分析理论的影响较小。除个别人，如许钦文，生于 19 世纪末以外，绝大多数都生于 20 世纪初，有的人 1926 年发表成名作时才二十岁。因此他们不仅读到了大量的翻译小说，而且前几年发表的作品已经为他们提供了正反两方面的样板。他们中的不少人或直接听过鲁迅的课，或在内容的写实主义和质朴的艺术风格上受到鲁迅小说的强烈影响，有意识地在题材、思想、语言上学习鲁迅。因此，从小说语言的角度说，"乡土文学"作家们的语言总体风格比较接近鲁迅，质朴、简洁、冷静，和热情奔放突出主观的创造社作家小说语言有明显区别。

潘漠华（1902—1934），浙江省宣平县（今武义）人。当过小学教员。1922 年在杭州与冯雪峰、应修人、汪静之组织湖畔诗社，1924 年进入北京大学，1928 年曾回乡领导农民起义，1934 年在天津狱中绝食身亡。他写于 1923 年 4 月的《人间》在表现技巧上比一年前的几篇有了明显的提高。尤其是写景，他善于几笔便勾勒出景物的特征，句子短小，用了较多的四字语，显示出一种古典散文式的语言美。比如写"我"下乡调查途中所见牛头山一脉的山景：

　　（因为正是腊月底……）天气寒冷下去，后来雨也不飞，风也不刮，只是冻云漫天的凝寒的冬天节候……正在绕过山后，陡峭崎岖的坡上，平铺着残丫与黑灰，在那里走着，真有如迷入荒岛去一般。山顶还短树丛丛，因了寒冷，满树都带着冰霰，碎白玲珑，令人想到春野的繁花，疑心春已到此地了。山脚是断涧急流。在对山壁峙的山麓，蜿蜒着水道，微微看得出水碧与石白。

描写石柱源的源头一节，这些特点更为明显：

　　源旁两山崇碧，林木阴森，源水忽断忽续的流，我们就在源两旁，东西跨来跨去，走上我们的路。

这两段描写共二十五句一百七十二字（不计标点，下同），平均每句近七字。共有四字语九个，平均不到三个分句就有一个。对照郁达夫写于 1923 年的《青烟》中的一段十分出色的景物描写，便可见出语言风格上的显著差别：

　　　天空的周围，承受着落日的余晖，四边有一圈银红的彩带，向天心一步步变成了明蓝的颜色，八分满的明月，悠悠淡淡地挂在东半边的空中。几刻钟过去了，本来是淡白的月亮放起光来。月光下流着一条曲折的大江，江的两岸有郁茂的树林，空旷的沙渚。夹在树林沙渚中间，各自离开一里二里，更有几处疏疏密密的村落。村落的外边怀抱着一群层叠的青山。当江流曲处，山岗亦折作弓形，白水的弓弦和青山的弓背中间，聚居了几百家人家，便是 F 县县治所在之地。与透明的清水相似的月光，平均的洒遍了这县城，江流，青山，树林，和离县城一二里的村落。

这段写景二十六句，共两百二十二字，平均句长八点六个字。四字语仅三个，平均近九句才有一个。这就是《人间》的写景语言在节奏感、音乐性、意境与文字的紧凑上比较接近传统散文的主要原因。它用的定语少，因为有些定语已经后置成为四字语而省略了结构助词"的"，如"阴森的林木"就变成了"林木阴森"。而有些句子则进行了压缩，如"寒冷而灰色的云弥漫在天空"变成了"冻云漫天"。有些句子的词序不变，但是各个成分经压缩后变成了形式整齐的四字语，如"断断续续的涧水，湍急的溪流"，定语和中心词各取一字组成了"断涧急流"。二十五句仅用"的"字七个，而《青烟》用"的"多达二十一个。两文写景都很优美，后者甚至更胜一筹。尽管两文写的都是浙江省的山水，都是风景画，但是由于语言风格的差异，《人间》如国画，《青烟》则像油画。这两篇小说表明，用四字语和结构助词"的"在数量上成反比，二者的多寡对语言风格具有重要影响。

许杰（1901—1993），浙江省天台县人。他写于 1924 年的中篇小说《惨雾》约两万字，写了十个左右比较生动的人物。小说的景物语言富于诗味，尤其是尾声那段老樟树的拟人描写，表现出人们在械斗惨遭损失后精神几乎崩溃的愤怒、疯狂和怨恨。其人物之所以较有个性，很重要的一点得益于人物话语的个性化，用词、句型、语气都比较讲究。春舟大伯在前清时进过秀才，富有家产，现在可以与县知事、警察官直接见面。所以当着挤满在祠堂前听他吩咐的村民，他的讲话十分威严："我们应该"怎样，"不应该"怎样，警察来时，"由我去说话"，"什么事都由我担当"，突出自己的身份与能力。他既是乡绅，也是文人，所以许杰注意写他话语中方言口语和书面语并存的现象。他不说"我们不应该这样做"，而是说成"我们不应该如此做"。又说：

> 叫警察，说他私自开垦，强占土地。

十三个字中，两个四字语占了八个字，使话语显示出威严和自信，也带上了浓厚的文人色彩。"束（捆）好""里转（里面）""犯亏（犯法、理亏）"等易于明白的方言词，则有效地增添了人物话语的乡土味，使人物更加真实和丰满。作者在写春舟大伯讲话时用了大量感叹号和省略号，借此来突出人物当时面对空旷地上的众人讲话十分用力，心情沉重，边讲边思考的情形。作者还三次提到春舟大伯讲话时的"语言"即声音，写其声调的"提高""不成声""爆发"。可见作者是有意识地在发挥标点符号的艺术作用，以加强人物话语的情感色彩。

《惨雾》用的也是那个时代最流行的第一人称写法，但是它打破了一般小说中的"我"与作者性别统一的惯例。主要人物"我"是个年方十六（虚岁，下同）的姑娘秋英。这样就给写作带来一个困难——当然也是一个机会——即"我"的身份限制了或者说要求有更加鲜明的话语个性，"我"所说所想的内容与所用的文字都必须符合这个身份，用只有"我"才可能用的语言来思维。不过许杰当时还没有注意到这个问题，因此秋英这个生活在偏僻山村至多只有高小文化的农村姑娘，不时在话语或心理活动中使用了一些当时文化人才可能掌握的语料及"思维——言语"方式：当十四岁的多能向她表示了好感，她搂着他时想道：

> 我好像是超于现实的了，我的心内的舒适，简直是戴上伟大的王冕。

她入睡时的感觉是：

> 睡神是和我结了缘的；在黑暗中的迷蒙的入睡，好像酒醉后，在落花细雨中看桃花一样的轻浮与微鲜……窗外的流水的歌声，好像告诉我这睡乡的羁旅者以悲怨的恋歌。我的心灵像感受一种多方的人马驰骋的

闯入的复杂之感，使我心境一时难以分释。

我之所以大段引用这些文字并提出上述问题，绝非苛求前人。事实上许杰这篇小说的语言水平比起四五年前的许多作品来，其富于变化、老辣有味上已经有了很大的进步。我着重指出这个问题，一方面是为了更清晰地梳理出小说语言发展的轨迹，表明中国现代小说的先驱者们早就意识到刻画人物心理变化的重要——这是中国小说进入"现代"的标志之一——并尝试以新的第一人称叙述角度来塑造人物，只是他们尚未解决叙述人物身份 改变给叙述人的全部语言活动带来的新问题。另一方面，也是更加重要的目的是，认识这个轨迹有助于我们看清当今创作中的某些缺点。因为直到 20 世纪八九十年代，即许杰的《惨雾》发表了半个多世纪以后，一些被誉为"一流作家"的小说中也还存在这个毛病，至于其他作家的作品中则更是常见病、多发病。更让人不安的是，不少批评家还没有发现这个小说语言背反现象，而是孤立地赞扬语言的优美或富有深度。从创作心理学的角度观照，不论是强调主观还是强调客观的作家，实际上都在作品中顽强地表现着自我，只是由于手段、重点的不同，各人的自我在作品中的显示方式有所差别罢了。具有两三千年教化传统的中国文学，到了"五四"时代，作家宣扬的已经不是"圣人之道"，而是"自我之道"，即作家本人对人生、社会、艺术的认识。当叙述人不再是与作家本人相近的文化人而是反差较大文化水平较低的人物时，作家往往忘记了将自己隐蔽起来，而是依旧从幕后走向前台，于是就造成了人物实际身份与语言应有程度的矛盾，引起了某种形象分裂。这种现象反映了作家的语言艺术观的缺陷和对小说语言把握的不成熟，往往也是作家浮躁心理的一种表现。

从潘漠华和许杰的作品中我们已经可以发现，这个时期一些后起的青年作家显然在踏踏实实地磨练自己的笔，探索适合于自己和题材的语言，学习前人而不是简单地摹仿，力求在语言上有新的创造。从作品的实际水平看，小说语言艺术意识正在变得清醒起来。

王任叔（巴人，1901—1972），浙江奉化人。他写于 1925 年的《疲惫者》，叙述了一个外号驼背名叫运秧的中年雇农被人诬陷为贼入狱，最后沦为乞丐的不幸遭遇。运秧虽穷，却是个铮铮铁汉。王任叔在塑造运秧这个形象时处处注意到他的农民特点，用农民式的语言表现他对人生的看透，他的话语中也有一种农民式的玩世不恭以及带点无赖气的豪爽与厉害，酒后尤甚。他在反驳乡绅乔崇诬蔑他偷钱时有一段四百多字的话，从内容到口气，从称呼到计算方式，从举例到挖苦，都是农民式的，而且是他运秧的。他因为太穷，只好在三圣殿靠关帝的一个墙角栖身。所以他反问道：

> 我为什么要到这步田地？我的钱，老实说，关帝是不曾偷过的，周仓关平也不曾拿过的……

王任叔在人物话语中还注意适当地使用一点读者容易猜出来的方言，如"毛忖忖（揣度），石骨铁硬"等，都有助于增加小说的乡土味。《疲惫者》的写景语言另有一番特色：

> 三圣殿真是个好去处，位置刚在西园之上，下大山的半腰。我们一登其上，可以了望远近。四周山屏，矗立如武侍。青翠苍绿，几乎终年如常。可见那山里松竹的繁茂了。俯瞰细田畈，形如大船。船底一带溪水，永恒地在奔流着。每当人眩眼看时，几疑那细田畈真个在水上驶行，左旁一村，瓦屋比栉，形如菜刀，与前面龟形的小村遥遥相对。每当晚间晨兴，烟雾飞扬，弥漫山谷，将这一座圣殿，高擎云间，住在这里的人，几疑是世外的人了。

在这段二十七个分句一百六十九字，平均句长仅六字的描写中，作者共用了十五个四字语或四字结构，平均不到两句就有一个！由于只有几句略微超过十字，显得多数句子极短，尤其是从"左旁一村"起，几乎是连用了七八个四字结构，令人感到鲜明的节奏感和音乐性。在意境的营造、四字语构筑和比喻的运用上，显然受到古代诗词散文的影响。这段优美的写景之后接下去就写运秧之苦，带文人特色的叙述语言和主人公农民式的话语构成强烈的对比。从而在语言布局、语言风格上形成了一种语感节奏的变化。多处使用四字语，古代散文式的叙述语言和方言的适当运用，反映了一些青年作家对于流行的欧化语言的不满足，希望在古典文学语言宝库和方言精华中汲取营养，创造出新的适合自己的小说语言路子来。

虽然许杰和王任叔小说中都有意识而且成功地运用了一些方言，但真正尝试将方言作为小说语言的重要特色而实践的是彭家煌。茅盾在《导言》中说："彭家煌的独特风格在《怂恿》就已经很圆熟。"这些特点包括：

浓厚的地方色彩，活泼的带土音的"对话"。

他写小说不仅在对话中用方言，叙述语言中也有不少。有时怕读者不明白，还在那名词下面用括号中的小字注出，如"他俚（他们）"。有的方音字一时找不到合适的字，索性用注音字母代替。当时"搞"字尚未出现，但此字在川湘等地使用广泛，彭家煌就索性书以两个注音字母"ㄠ"。《怂恿》还用了一些俗语和歇后语，如"空的，蛆婆子拱磨子不起"，"鸭婆子进秧田，来往有数"。这类语言的使用在当时具有开拓性意义。《怂恿》的叙述语言似乎有意识地学习说书人的口气，使读者仿佛有"听"的感觉。彭家煌在介绍牛七时写道：

> ……况且箩筐大的字，他认识了好几担，光绪年间又花钱到手个"贡士"，府上又有钱，乡下人谁赶得上他伟大！他不屑靠"贡士"在外头赚衣食，只努力在乡下经营：打官司嘍，跟人抬杠嘍，称长鼻子嘍，闹得呵喝西天，名闻四海。他雅喂过蚕，熬过酒，但都是冒得一眼经验凭着一股子蛮劲去乱"ㄠ"，每年总是亏大本，没得"打官司""抬杠"那样的成绩好。

文中"雅"即"也"，读作"啊"；"冒"即"没有"；"一眼"即"一点儿"，吴语区不少地方也这样说。因为"国语"中没有这几个字，只好直接用方音字。句子除个别超过十字外，多为七字以下的短句，再加上几个"嘍"，说书味就显得更足。在叙述中作家很注意利用文字尤其是数字的形象作用。政屏、僧宝和旁大三人在为猪钱讨价还价时，作家写三人将算盘扒来扒去，用数字的变化来代替一部分说话，显得生动而有变化，富于情趣，颇有地方色彩。茅盾给这个中篇以"很圆熟"的评价，确实不是溢美之辞。像这样整体水平高语言风格独特的作品，在当时是十分罕见的。

许钦文（1897—1984，浙江绍兴人）写于1926年的《石宕》，叙述了一个因采石引起山石坍塌压死几个农民的悲惨故事。这篇小说的语言像石头一样朴素，粗看似乎不加雕琢，细细琢磨却原来极有特色：作者别具匠心地利用了语音因素，大大加强了故事的节奏感和悲剧性。全文仅两千字，不算说话，竟有近三十处写到"铎，铎，铎"的凿山石声，"有时哼呀哼呀地起劲地嚷一阵"的搬运声；村中女人、孩子听到这些声音的感受；巨石落下的"猛的一声响"和大地的震动与鸡狗的狂叫声；死者的家属女人们的哭叫和被巨石所压者的呼救声。尤其令人震颤的是，人们明知亲人还活着却无法救出而发出的生者与垂死者的哀求声。而半月后那里又响起了"铎，铎，铎"的采石声。作者用语言的音响和人们对这些不同音响的反应——而这些反应本身也以另一些音响表现出来——构筑成一幅悲惨的图画，收到了一般叙述语言难以达到的效果。显然，许钦文彻底抛弃了传统的讲故事手法，充分发挥语言的音响作用，为读者提供的不仅是情节，还有"听"到的富于联想和具有象征意义的声音，并以声音的呼应来创造回味和深化主题。《石宕》和《怂恿》如此精心地发挥语言本身的作用，致力于营造独特的小说语言风格，摈弃模式化的流行学生腔，标志着小说语言的艺术意识已经在一部分作家中觉醒并取得初步成功。

这种觉醒的标志之一是自觉地拓宽小说语言的功能，使语言在小说创作的各方面都更有表现力、生命力，从而有助于人物形象的塑造。《水葬》是蹇先艾（1906—1994，贵州遵义人）于1926年根据他小时候生活过的贵州穷乡僻壤的一个悲惨故事写的，一个名叫骆毛的穷苦农民因偷窃而被当地村民按习俗押到附近小河去淹死。这篇小说在人物的肖像、外表描写上十分着力，注重特征，用语准确。一开始就使读者对被押解去水葬的骆毛留下了深刻的印象：

> 这是一种嘶哑粗躁的嗓音，在沉闷的空气中震荡，从骆毛的喉头里迸出来的。他的摇动躯体支撑着一张和成天在煤窑爬进爬出的苦工一样的脸孔；瘦筋筋的一身都没有肉，只剩下几根骨头架子披着皮；头上的发虽然很乱，却缠着青布的套头；套头之下那一对黄色的眼睛膨着直瞪。最引得起人注意的，便是他左颊上一块紫青的印迹，上面还长了一大丛长毛。他敞开贴身的油渍染透的汗衣，挺露胸膛，他脸上的样子时时的

变动，鼻子里偶然哼哼几声。看他的年纪约有三十多岁的光景，他的两手背剪着，脚下蹬的是一双烂草鞋，涂满了涸泥。

这段文字从嗓音、躯体、面孔、头发、眼睛、颊毛、汗衣、反绑等十几个方面，运用一些有特色的定语，写出这个极其贫穷的骆毛的独特形象，令人对后面写到的其不幸遭遇产生同情，并对村民的愚昧与风俗的野蛮有更深的认识。对骆母和东邻招儿的媳妇这两个女人的外形描写也颇有特点。写骆母用了近二百字，从挂拐、眼睛、喘气、皱纹、颧骨、驼背、白发和破衣等十多处，写出这个贫穷、年迈、体衰的老妇人面临着丧子之痛却尚不知的悲剧：由于丧失了生活中的唯一依靠，她本人不久也将成为牺牲品。《水葬》的写景语言也颇有可圈可点之处。骆毛被押去赴死的路上，作者写的是阴天、灰云、古柏、苍松和崎岖不平的山路。这些文字不仅在色彩上与小说内容的基调和谐，而且显然还带有某种象征意味和隐喻作用，有助于深化主题。

纵观新文学史第一个十年小说语言的发展，我们可以大致获得以下一些印象：

除鲁迅外，小说语言和整个小说创作一样，总体水平不高，发展很不平衡。鲁迅一枝独秀，其小说语言的精彩、圆熟远远高于同时代的其他作家，时间愈长，这个差距就愈明显。鲁迅小说特别是许多精品的语言，始终保持着经得起反复咀嚼的艺术魅力和进行解剖式研究的潜力。其语言风格的独特性，语言功能的多样性，每一种语言技巧的圆熟程度，尤其是单位语言所包含的巨大信息量的高浓度，至今依然令人难以企及。这是因为鲁迅小说语言所达到的绝对艺术高度极高之故。而其他作家除个别人的个别作品整体水平较高，有极少几位有一些全篇语言均佳的作品外，绝大多数作家的作品都只有文学史价值，或是局部的认识、审美价值，语言上只有某些片段可观。有的小说语言相当流畅，在当时已经十分可贵，但缺乏很强的表现力，尤其是罕有经久回味的韵味；有不少则显得稚嫩和平淡。换言之，这些小说语言在那个时代相对艺术高度比较突出，但是随着时光的流逝，显示出其绝对高度的严重欠缺。如果放在世界小说创作范围内考察，那么这种两极分化则更加明显：鲁迅的一批作品无论从整体上还是光从语言上看，都足以和19世纪以来的一切伟大小说家的杰作媲美，而其他作家的作品除个别略有接近外，绝大多数和他们的都相去甚远。

　　这个时期的小说语言具有明显的过渡色彩。由于文言文长期的统治地位和人们的写作习惯，因此小说语言中仍不时能够看到由文言向白话转移的痕迹。尽管中国具有悠久的白话小说传统，但白话小说历来不能登大雅之堂。即使白话文运动汹涌澎湃的"五四"时期的新式学堂，国文教材也都是文言文，报纸上许多文章也用的是文言，而且不少写白话小说的文人在写议论文章时对文言也格外钟情，或者是用一种书面语味很重的语言。总之除了个别人以外，从作家心理和习惯来看，白话也还处于过渡阶段，人们的区别无非是处于这个阶段的开头、中间还是结尾。这在某些单音节词向现代汉语越来越多的双音节的转变中尤为明显。一些作家还不大习惯大量使用双音节词，或者这个词也许在口语中有。但在文学作品中还没有出现过——而这恰恰正是现代文学特别是现代小说对现代汉语的一个伟大贡献。如前引叶圣陶的"讽他一下的范围"中的"讽"，"只有顺着大家的势"中的"势"；郁达夫的"所以有几个解他的意的人……他总疑他们是那里在笑他……所以谁也不敢来近他的身"中的"解、意、疑、近、身"等，都属于这种情况。

　　小说语言与整个作品的水平并不完全同步。不过，从总体上说，小说语言水平的提高，离不开作家对生活认识的深化和对小说艺术形式的整体性把握。没有动人的情节、深刻的思想、个性化的人物以及多样化的技巧，小说语言就不可能达到很高的水准。换言之，小说语言需与其负载的内容、人物一同获得生命，彼此都使对方更加充满活力，从而使这篇（部）小说成为一个生命力旺盛强壮的整体。而这些问题都有待于在今后的创作中逐步解决。

|第四章|

自觉追求小说语言艺术：

凿磨丰碑的前半期（1927—1930）

巴金在《中国新文学大系（1927—1937）·小说集序》中写道：

> 有人问：你给小说选集作序，怎么不提"小说"二字？我答道：我
> 说的"文学作品"，指的正是小说，我认为在新文学的各个部门中成绩最
> 大的就是小说。①

确实如此，小说在新文学各种文体中最早出现成熟作品、伟大作家，最
早收获大批杰作，传世佳作最多，文学样式本身也得到了迅速与成功的发展。
一些小说经过将近一个世纪的时光淘洗，如鲁迅的不少作品，依然具有无穷
的魅力，其达到的绝对艺术高度至今令人景仰赞叹。不像有些样式的作品那
样，只在当初轰动于一时，相对价值很高，不久后便觉其幼稚肤浅，只剩下
文学史意义而丧失或基本消失了审美价值。之所以对新文学第二个十年（实
际上只不过五六年）冠以"成熟"的评价，是基于以下认识：

作家的小说语言艺术意识自觉性普遍加强。有些人还进一步树立了语言
风格意识，注意发挥本人的语言优势，探索与创造适合于表现自己个性和切
合题材展示的语言方式。越来越多的作家注意小说语言的选择、提炼和风格
的形成，不再满足于把故事讲生动，将观念表达清楚，而是自觉地追求语言
包装，使语言外衣更加楚楚动人，以更好地表现内容。

---

① 《中国新文学大系（1927—1937）》，上海文艺出版社，1984 年第 1 版，第 3 卷 3 页。

小说语言功能进一步扩大。许多作家都注意在自己的作品中发挥语言的多方面的作用，以往那种作者、叙述人、人物界限不清和学生腔泛滥的情形越来越少，叙述语言（叙事、状物、写景）、人物话语、心理语言、议论语言的区别，受到了普遍重视，小说语言的创造性不断增加，修辞手段大为丰富，句式更加多样化。往往用更多的文字从不同的角度或层次去表现一个心理活动或情节点，从而使这个点更加厚实、深邃、有味。

出现了一批能够大容量地熟练驾驭语言的作家。这就改变了前一个十年鲁迅一枝独秀的局面，茅盾、老舍、巴金、沈从文这样一批大师级的小说家登上文坛。语言水平高的短篇、中篇、长篇小说成批涌现，其中一些精品具有持久乃至永恒的艺术魅力。短篇、中篇、长篇小说在创作上既有共同的规律，又有各自的特点。一个精彩的短篇在语言上所下的功夫绝不下于一部平庸的长篇，而其价值则肯定有过之。但是一部出色的长篇在语言上所下的功夫肯定要大大超过总体水平相当的短篇。不少小说开头颇能引人入胜，中间便捉襟见肘，或者一些片段比较精彩，但全文平平，甚至"硬伤"迭现，语言功力不足是一大原因。因此一批成熟的中篇、长篇小说的出现，表明已经有不少作家熟练地掌握了现代小说语言技巧。

越来越多的作家注意在小说语言的持久生命力与独立生命力上下功夫。在他们笔下，语言不仅是情节、人物、主题的载体，而且不断精益求精，使其提神提气，具有了某种独立审美价值。首先是对标题语言重视的人多起来了，他们摈弃了单纯以人名、地名、事件为题，将篇名仅仅当作简单符号的旧传统，而是赋予多层次的内涵。茅盾的《子夜》，叶绍钧（圣陶）的《夜》，巴金的《家》等都寓有深意。其次是在叙事、议论、抒情中加强了类似古典诗词的"诗眼""词眼"的"话眼"的提炼。作品中可以脱离情节琢磨而且特别经得起咀嚼的语言，不仅更加普遍，而且质量较以前有明显的提高。

新文学第二个十年，一般文学史通常以几次大的论争与主要作家或作家群分章，不再分期。赵遐秋、曾庆瑞《中国现代小说史》认为："就短篇小说而论，它在题材的摄取上大体经历了 1927—1930、1930—1935、1935—

1936—1937 抗战前这三个阶段的发展。"① 杨义《中国现代小说史》则主张："文学整体性格的发展，要求文学成员的重新组合。这种文学成员分化组合的不同形态，构成了文学新时期的具体发展阶段。大抵而言，中国现代文学第二个十年可以划分为两个阶段：1927—1929 年为政治事变的驱动下重新分化组合的过渡阶段，1930—1937 年为新的分野明晰化之后，文学在与政治缔缘中开拓自身发展道路的阶段。"②

　　本书研究的实际上是中国现代小说语言发展史——尽管只限于前期——因此显然不能采取题材或成员组合形态作为分期标准。评价小说语言必须结合小说的整体成就来进行。语言不一定与其他技巧或作品整体水平保持同一平面，但也不可能和小说的综合水准严重脱节。这无论是就单个作品还是单个作家甚至一个时期来说，都不例外。因此我以大容量语言成熟的优秀作品出现为划分的主要标准，将这十年分为两个时期：1927—1930 年为前半期，1931—1937 年为后半期，其分水岭便是巴金 1931 年《家》的发表。构成后半期标志性作品的还有茅盾的《子夜》(1933)、沈从文的《边城》(1934)、老舍的《骆驼祥子》(1936)。

　　为了论述方便，不致造成同一作家作品的语言分割，便于梳理某位作家小说语言的发展脉络，因而尽管其作品产生于十年中的不同时期，还是集中起来考察。大体上以这位作家的主要作品问世为标准，分别置于前半期或后半期。如茅盾早在 1927 年和 1928 年就以《幻灭》《动摇》《追求》崛起于小说界，尽管此前他早已经是一位著名的编辑和权威的评论家，但其主要代表作《春蚕》《林家铺子》和《子夜》却分别出现于 1932 年和 1933 年，故将他置于稍后。叶圣陶的优秀短篇小说《多收了三五斗》虽发表于 1933 年，但其扛鼎之作长篇小说《倪焕之》却诞生于 1928 年，因而将其置于前期。基于同样原因，老舍虽然早在新文学第一个十年便有长篇小说《老张的哲学》问世，以后又多有新作，由于代表作《骆驼祥子》出现于 1936 年，因此我在分析此书时再来回顾老舍小说语言发展的脉络。

---

①《中国现代小说史》下册，中国人民大学出版社 1984 年 1 版，156 页。
②《中国现代小说史》第二卷，人民文学出版社 1986 年 1 版，2、3 页。

　　研究文学史固然必须用当代意识去烛照被历史阴影遮挡或被尘封了的角落，但是同样重要的是，须努力将自己置身于那个时代和环境，否则就会找不准对象的实际坐标，从而难以准确把握其历史的位置与面貌。任何一段历史实际上都扮演着一个长过程中的过渡性角色，除极少数中断而不再继续，很少有例外。只不过各个时期过渡的形式与隐显的程度有所不同罢了。尤其是一种新的历史事物在形成过程中这种情形更为突出。我们将 1927—1930 年的小说创作置于 1917—1937 年这二十年的范围内便可以明显地看出其过渡性面貌。当然，这是在新文学第一个十年基础上的继续过渡，是一种巨大的进步。鲁迅《呐喊》中的作品发表于 1918—1922 年，《彷徨》中的作品发表于 1924—1925 年。但鲁迅从 1918 年发表《狂人日记》起便以非常熟练地掌握了现代小说技巧和语言的姿态出现，在 20 世纪 20 年代初期就为中国现代小说史确立了一座丰碑，《祝福》等不过是继续为它锦上添花罢了。新文学第一个十年中小说创作影响上能接近鲁迅，主要作品具有传世价值的，只有郁达夫。即使是他的小说，和鲁迅也不在同一个档次，甚至差的不是一个档次。其他人的作品除很少一些至今尚有审美价值外，绝大多数只具有文学史意义。其实这一点也不奇怪，丰碑不可能轻易地树立起来，从选石、开山、凿料、运材、镌刻、装饰到树碑，有一个艰苦而漫长的准备过程，不仅需要作家付出艰辛的劳动，首先是要有过人的才华、深刻的思想和丰厚的知识。作家个人和整个小说界都是如此。民国以后如雨后春笋般出现的新式学堂培养了大批的新小说读者，其中一些尝试着并最终进入了创作队伍。白话文运动势不可挡，文言终于从教材和报刊的文章中逐步退却。大量的翻译作品为中国现代小说提供了众多的学习榜样，在语言上的影响也许更大，因为意译与文言的林（纾）译小说已经让位于直接从外文译成白话的新译本。中国现代小说的新大师们正是在这种情况下被托举起来。

一　革命文学论争对小说语言的影响

　　发端于 1928 年初的关于革命文学的论争，是中国现代文学史上的一件大事。它对中国文艺发展的影响仅次于 1917 年开始的"文学革命"及其引发的

"五四"新文化运动，不仅对左联和抗战时期的文艺理论与创作产生了直接影响，而且其潜在影响一直延伸到新中国成立以后，甚至在"文革"中也能见到它的身影。即使在 20 世纪 90 年代末 21 世纪初的今天，人们耳畔间或也能听见它那现代化了的声音。20 世纪的四分之三的历史表明，只要其赖以生长的环境和政治理论依然存在——不论它们在整个社会中的比重已经如何改变——那么它就还会有生命力。清点文艺收支有时比结算政治账目还要困难和滞后，因为我们已经习惯于将文艺财富作为政治财产的一部分。即使文艺上"亏"了，政治上却似乎总是"盈"的，总账是从不会出现赤字的。

　　由创造社和 1928 年元旦成立的太阳社挑起的"革命文学"之争，其主要理论早在 1926 年甚至更早一些便已形成。发表于 1926 年 5 月《创造月刊》第 1 卷 3 期的郭沫若的《革命与文学》便已用二元对立思维明确提出文学只有两种："一个是革命的文学，一个是反革命的文学。""真正的文学只有革命文学的一种。"① 在发表于 1928 年 5 月的著名文章《桌子的跳舞》中，郭沫若说："小资产阶级的根性太浓重了，所以一般的文学家大多数是反革命派的。"这篇文章的第十三节是一首诗：

　　　　他（文艺）只有愤怒，没有感伤。

　　　　他只有叫喊，没有呻吟。

　　　　他只有冲锋前进，没有低佪。②

　　成仿吾写于 1923 年 11 月但发表于 1928 年 2 月《创造月刊》1 卷 9 期的《从文学革命到革命文学》宣布："资本主义已经到了他的最后的一日，世界形成了两个战垒"。"谁也不许站在中间，你到这边来，或者到那边去。"③ 有一位甘人在《北新》2 卷 1 号上撰文道："鲁迅从来不说他要革命，也不要写无产阶级的文学，也不劝人家写，然而他曾诚实地发表过我们人民的苦痛，为他们呼冤，他的是泪里面有着血的文学，所以是我们时代的作者。"太阳社主要成员之一李初梨在《怎样地建设革命文学》一文中对此表示完全不赞成：

---

①《创造社资料》（上），127、199—203、169、181—183 页。
②《创造社资料》（上），127、199—203、169、181—183 页。
③《创造社资料》（上），127、199—203、169、181—183 页。

"我要问甘人君，鲁迅究竟是第几阶级的人，他写的又是第几阶级的文学……"他说："我们的作品，不是象甘人君所说的，是什么血，什么泪，而是机关枪、迫击炮。"①

　　体现这些思想最突出的小说家就是太阳社的核心人物蒋光慈。他又名蒋光赤，1901 年生于安徽省霍丘县一个小商人家庭。"五四"运动次年加入上海社会主义青年团，1921 年与刘少奇、任弼时等赴苏留学，1924 年回国，1931年病逝于上海。蒋光慈是一个充满伟大理想、具有饱满革命热情的共产主义者，也是一个具有崇高使命感、社会责任感的文学家。他才华横溢，文思敏捷，笔下来得。他在严重的白色恐怖之下，以多病之身，短短的七年中写下了六七个中篇和长篇，还有不少短篇和诗，是当时少有的高产作家。可惜他在文艺观念上受极"左"思潮影响太深，始终未能创作出与其才气和勤奋相当的作品来。他写于 1925 年的《少年飘泊者·自序》中说：

　　在现在唯美派小说盛行界中……我忽然跳出来作粗暴的叫喊，似觉有点太不识趣了。

　　不过读者切勿误会我是一个完全粗暴的！我爱美的心，或者也许比别人更甚一点；我也爱幻游于美的国度里。但是，现在我所耳闻目见的，都不能令我起美的快感，更哪能令我发美的歌声呢？②

　　显然，蒋光慈没能将生活中的美丑和艺术中的美丑严格区分开来，是作家创作陷入误区、文笔"粗暴的叫喊"的重要原因。不过蒋光慈的小说语言倒是一直在进步。出版于 1926 年初的《少年飘泊者》还保留着一些文言与白话交替使用的情形，比如第二节：

　　民国四年，我乡不幸天早，一直到五月底，秧禾还没有栽齐。是年秋收甚劣，不过三四成。

　　这里的"我乡、是年、甚劣"等都不是白话词语，但是紧接着写完的短篇小说《鸭绿江上》语言就相当流畅。小说写朝鲜革命青年李孟汉和金云姑的爱情悲剧，以李向几个同屋人的叙述为主。李孟汉说：

---

①《创造社资料》（上），127、199—203、169、181—183 页。
②《蒋光慈文集》，上海文艺出版社 1982 年 1 版，1 卷 3 页。

　　我的爱情久已变为青草，在我的云姑的墓上丛生着；变为啼血的杜鹃，在我的云姑的墓旁的杨枝上哀鸣着；变为金石，埋在我的云姑的白骨的旁边，当做永远不消灭的葬礼，任你一千年也不会腐化；变为飘渺的青烟，旋绕着，缠绵着，与我的云姑的香魂化在一起。

和不少文学爱好者一样，蒋光慈也是以写诗起步，而且成绩不俗，出过两个诗集，所以小说中不时有诗味语言出现。不过类似这种"变为……在我的云姑的……"排比句式，在人物话语式的叙述中似乎不可能。《短裤党》是蒋光慈最具代表性的作品，脱稿于"四·一二"政变前夕，出版于 1927 年底，约七万字。小说反映上海工人为响应北伐军而对反动政权进行的英勇斗争。他在《写在本书的前面》中说：

　　花了半个月的工夫，写成了这本小书。当写的时候，我为一股热情所鼓动着，几乎忘记了自己是在做小说。写完了之后，自己读了两遍，觉得有许多地方很缺乏所谓"小说味"，当免不了粗糙之讥。不过本书是中国革命史上的一个证据，就是有点粗糙的地方，可是也有其相当的意义。

作者的着眼点不是艺术作品而是"革命史"的证据，而且对作品的"粗糙"又如此解脱自己，那么语言与技巧的粗疏便可想而知了。小说开头以上海的连阴雨天象征政治空气的压抑，但是接着便是长达一千五百字的直白式的感想和议论：

　　……但是对于政治反动的空气，工人比任何阶级都感觉得深刻些！沈船舫（周按：谐音军阀"孙传芳"）好杀人，但杀的多半是工人！军警好蹂躏百姓，但蹂躏的多半是工人！拉夫是最野蛮的事情，但被拉的多半是工人！……

　　在黑暗的上海，在资产阶级的上海，在军阀和帝国主义统治之下的上海，有一般穷革命党人在秘密地工作——他们不知劳苦、困难危险、势力、名誉……是什么东西，而只日夜地工作，努力引导无数万万被压迫的、被人鄙弃的劳苦群众走向那光明的、正义的、公道的地方去。

蒋光慈忽略了小说应当通过艺术语言去营造形象，由形象去体现思想——他把那些看作是"唯美主义"，因而不屑去追求——而不是赤裸裸无休止地直接说教。这种宣传味十足的段落其实没有什么效果。第三节开头写地下党妇女部的书记月娟疲倦地躺在床上，

> 回想起刚才区委员会开会的情形：史兆炎真正是一位好同志！他说那样清楚，那样简洁了当，他的那种有涵养的态度鲁正平同志……不十分行。那样说话语无伦次，颠三倒四的……易昌虞同志还不错，他很勇敢，做事又很有计划，很仔细。李金贵同志真勇敢，真热心！工人同志中有这样能做事的人，真是好得很！

总之，无论叙事、写人、状物、议论，都很空泛、肤浅，流利的白话没有变成具体生动的细节，因而介绍的场面和人们的事迹与品格，都只给人以浮光掠影之感。由于过于概括，缺乏特色，没有形象，语言显得淡而无味。孤立地看此书的语言熟练程度，蒋光慈在那个时代达到的水平并不低。但是错误的文学观念使他长期陷入误区而难以自拔，以致相当流利的语言表达能力没能变成文学形象而失去艺术价值。他去世前的某些作品情况有所好转。但是中国现代小说创作发展迅速，每年都有一些优秀新作问世，蒋光慈作品的整体与局部水平，都已经不能引人注目。蒋光慈起步很早，也有实力，但他将艺术技巧与艺术的社会责任对立起来的错误观念，使他没能走上一条完全正确的道路，从而失去了创作出一些真正优秀作品的机会。他被自己耽误了。

还有一些力倡革命文学的作家也往往只着力于题材、思想而忽视语言的修炼。似乎只要题材传达、体现了革命观念，便成为"革命文学"，而这文学就必定会促进革命。但实际上缺乏艺术魅力的作品，当时对革命的作用就极其有限，时过境迁，很快就被人们彻底淡忘。阳翰笙（华汉，1902—1993，四川高县人）的长篇小说《地泉》由《深入》《转换》《复兴》三个中篇连缀而成，分别写成于 1928 年 8 月、1929 年 7 月和 1930 年 7 月，描写大革命失败后农民、工人、学生对反动派进行的英勇斗争。作品公式化概念化倾向突出，缺乏艺术上的精耕细作。语言上宣传色彩十分浓烈，尤其是人物话语有不少完全不符合身份和环境。有些话语句子很长，当时普遍没有文化的农民

不可能这样讲，农民也不会使用那时文人写作时爱用的"啊啊"来表示感叹。相比之下这些作家的某些短篇小说，无论从整体水平来看还是局部语言考察都有不少可圈可点之处。阳翰笙发表于 1929 年 5 月的短篇小说《奴隶》，叙述语言相当细致，注意用恰当的定语、状语、补语使人物的肖像、动作心理具体化为有特征的形象。小说一开始写道：

> 水生热汗淋淋的爬出了洞口，上气不接下气的连气都喘不过来，仿佛有什么东西高压着他的头似的，飘飘然的两脚一虚，差点一个鹞子翻身倒将下来，幸喜他的手灵眼快，随手去抓住一根棚柱，他才没有仰天跌一个筋斗。可是那枯朽得像几根干柴似的棚柱，被他这样用力的一拉，虽然，并没有连棚带柱的坍倒下来，但那棚角上盖着的茅草，却已经在那里震得不住的打抖了！

接下来阳翰笙从水生抓柱、嘘气、弓腿、偏头、掮带、怪叫六个方面写出他如何将九十斤重的两带矿砂掷到地上。"这时他好像挣断了捆缚着他的链一般，心里感到异常的轻快。"从情节意义上说，只不过写了出洞、掷砂，但作家充分发挥语言的描写功能，将过程、动作按其环节分解成一个个形象化的艺术细节，使读者一步步深切地感受到矿工生存状态的极度恶劣，为后面写斗争作了第一步有分量的铺垫。几个不同年龄、工龄、经历的工人的话语也各有个性。虽然后头有些地方理性成分过多，仍不失为一篇比较优秀的小说。可惜这样的作品太少。如果阳翰笙不是将有限的精力分散去写力所不能及的三个中篇，而是下功夫精心营建几个从题材、构思、情节、细节到语言都达到或超过《奴隶》的短篇，那么，这样的文学对革命的贡献也许会大得多，而且其价值自然将不仅于当时。1932 年重印《地泉》时，阳翰笙请瞿秋白、茅盾、郑伯奇、钱杏村各写一序，结果四人都对它作了十分严厉的批评。顺便说一下，我们现在太缺乏这种敢于对"哥儿们"不流留情面而是真正负责的批评家了，"托儿"倒是不少，有些"托儿"还是拿了钱的，属于雇佣军。瞿秋白认为《地泉》只有"最肤浅的最浮面的描写"，是新文学"'不应当这么写'的标本"。茅盾则更加具体地指出，《地泉》的严重缺陷之一是"缺乏……艺术'手腕'"，没有用"精严而明快的形象的言词来表现"。他认为《地泉》的致命伤具有相当的普遍性，"一九二八到三〇年这一时期所产生的作品，现在差不多公认是失败"。创造社、太阳社"革命文学"理论指导下的作品，基本上没有传世佳作，证明茅盾的批评并不过分。茅盾的批评反映出不仅许多作家已经越来越努力扩大语言的功能和加强语言的提炼，而且批评家、文艺理论家也已经将小说语言作为衡量作品优劣的主要标杆之一。因此这是小说语言艺术意识成熟的一个重要标志。

如果说鲁迅和文学研究会多数作家——以及受到他们影响的一些其他作家——的小说是以写人为中心，着眼于写实的话，那么早期创造社作家标举与实践的表现自我则重在宣情，而以"革命文学"为旗帜的后期创造社与太阳社作家突出的则是达理。这种不同的着眼点与落脚点在题材选择与观念传达方面固然会大异其趣，本来都可以创作出优秀作品来。但事实上至少在小说创作领域，正如上面指出的那样，创造社和太阳社几乎没有什么经得起岁月淘洗的佳作流传下来。我认为问题并不在于是"写实"还是"宣情"或者"达理"，而在于创造社、太阳社主要成员力主的"叫喊"甚至是"粗暴的叫喊"，是他们将包括语言技巧在内的艺术手段都看作"唯美主义"从而加以排斥的结果。它不仅大大影响了语言风格，也使整个作品的水平大不一样。"叫喊"只能出宣传，不能出艺术。换言之，作为语言艺术样式的小说，如果不在讲究语言上下功夫，那么就不可能出现优秀作品。不论多么充沛的情，多么深刻的理，离开了出色语言营造的形象，剩下的都只能是一片苍白。

二　叶绍钧的吴味小说语言

叶圣陶（绍钧）的长篇小说《倪焕之》最初发表于 1928 年 1 月至 12 月的《教育杂志》。茅盾写于 1929 年 5 月的《读〈倪焕之〉》指出："在目前许多作者还是仅仅根据了一点耳食的社会科学常识或是辩证法，便自负不凡地写他们富有所谓革命情绪的'即兴小说'的时候，像倪焕之那样的'扛鼎'的工作，即使有多少缺点，该也是值得赞美的罢。"[1] 同年八月小说出版时夏

---

[1]《中国新文学大系（1927—1937）·小说集六》，279 页。

丏尊在《关于〈倪焕之〉》的序文中说：目前"所见到的只是千篇一律的恋爱谈或宣传品式的纯概念的革命论而已。在这样的国内文艺界里，突然见了全力描写时代的《倪焕之》，正是使人眼光为之一新。故《倪焕之》不但在作者的文艺生活上是划一时代的东西，在国内的文坛上也可以说是划一时代的东西"。①

在新文学第一个十年崛起而在第二个十年中又能登上新高峰者，为数极少，其中便有叶圣陶。他发表于 1927 年 10 月的《夜》已经从题材和思想上表现出这种"划一时代"的光彩，而且还标志着他小说技巧的成熟和语言风格的定型。随着他"斟酌字句的癖习越来越深"（叶圣陶：《〈倪焕之〉作者自记》），《夜》和其后的一些小说题材触及更加重大的社会问题，作者对现实与人物的爱憎愈益鲜明。小说语言除了继续保持简洁、质朴和意味较浓的风格外，由于某些漫画式的"讽他一下"的减少或消失，语言显得更加深沉老辣。随着作者对生活的认识深化，艺术上更加注重开掘、提炼与创新，小说语言张力、话语个性与特殊语言形式的运用，都有了明显的提高。《夜》的夜景意象构筑，无论是室内、野地还是刑场，以黄晕、模糊、惨淡、阴暗、闷郁等文字，和"压到头顶上来"，像"鬼在跳舞，快活得眨眼"等感觉，突出了人物的心情压抑和恐惧，暗示整个社会都在白色恐怖之中。老妇人与其弟小商人以及行刑队士兵三个人的话语，在语气上有明显区别，人物在很大程度上正是靠这些微妙变化着的语气，展示着人性的本色，对事件的认识和性格的变化。叶圣陶在《夜》中八次写到革命者张映川及其丈夫的棺木号码"十七，十八"。这两个数字不仅成为两位青年教员死亡的代码，而且意味着反动派杀害的青年之多，以致到了必须编号的地步，突出了他们草菅人命的罪行。于是"十七，十八"就不再只是代表张映川夫妇，而且具有了整体性意义，从而使本来枯燥无味的数字转化为令人触目惊心的艺术形象。叶圣陶一向注意发挥标点符号的作用，不仅将它作为一般停顿和表现语气使用，而且用它来强化动作，表现心理活动，塑造艺术形象：老妇人之弟小商人从刑

---

①《中国新文学大系（1927—1937）·小说集六》，3 页。

场认尸回来时，老妇人听到敲门声立即去开门：

> 门才开一道缝，外面的人便闪了进来；连忙，轻轻地，回身把门关上，好像提防别的什么东西也乘势掩了进来。

在这段文字中，"连忙轻轻地回身把门关上"这句，总共才十一个字，作家却故意在中间用两个逗号将它断开，将读者的阅读过程切断，速度放慢，以显示小商人进门、关门的动作之快，从而表现出他的惊恐、胆小、谨慎和机灵。同时营造了一种紧张的气氛，加剧了读者的不安心理，加深了读者对小商人的性格与形象的感受。在阅读到这里时我们对作者在写作过程中不厌其烦地通过诵读进行修改的做法，会有很真切的体会。

叶圣陶之前虽然已经有一些作家如老舍等发表出版了长篇小说，但是有的评论家认为，《倪焕之》的问世才标志着"我国现代文坛有了真正意义上的长篇小说"。[①] 从语言角度观照，这是叶圣陶小说语言功力上的一个飞跃。这部长篇小说的成就是多方面的，我认为其最突出之点，因而也是对后世小说创作真正具有长远影响力的是在于，它开创了现代吴味小说的先河。苏州历史悠久，人文荟萃，代有名家。明清以降，小说家不乏其人，冯梦龙等皆出吴门。虽然鸳鸯蝴蝶派作家中不少人来自苏州，他们的作品中有些人物，尤其是妓女、狎客，常用苏白。但是吴味小说作为一种以地域划分的文学流派当时却不曾形成，或者说没有被文坛认可，而是直到 20 世纪 80 年代才出现，以陆文夫为主要代表。范小青前期的作品也有鲜明的吴味，进入 20 世纪 90 年代以后反而似乎丢掉了。不过追溯渊源，现代吴味小说却滥觞于叶圣陶。他以前的某些短篇小说已有吴味，但毕竟形制短小，味尚不足，至《倪焕之》方始成型。

吴味小说自然首先表现在作品的吴域特色上。《倪焕之》故事进行的主要地点是离上海一百多里，离苏州不远的一个人口多达两万的大镇上。这里有河港与吴淞江相通，一派江南水乡风光：学校后面就是河浜，走出低篷小船，便进了学校后门。上任执教，迎接母亲，运载家具，都离不开有篷没篷的船。

---

① 陈辽：《叶圣陶评传》，百花文艺出版社 1981 年 1 版，93 页。

小说很注意写吴域民俗。镇上出灯会时，

> 东栅头有采莲船灯，船头船艄各有一个俊俏青年装扮的采莲女子，唱着采莲歌……西栅头则有八盏采茶灯，采茶女郎也是美貌青年改装的。

此外如捞河泥、小茶馆等风物，也都广为小说增添吴味。

正如京味小说的主要特征在于北京话一样，《倪焕之》由于许多苏白词语的恰到好处的运用，才使全书始终散发着一股十分浓郁的吴味。例如："只消（只需要）不喊骨头痛"，"蒋冰如出过东洋（赴日留过学）"，"小胡子继续看了一歇（一会儿）"，"慰亭一杯茶端在口边，嫌得烫"，"学生犯了事，不论是相骂，相打"等等。以上仅仅是从第九节的四页中摘出的。尽管叶圣陶的早期作品如《潘先生在难中》的故事也发生在吴语区，主角也是苏州人，但是作品的吴味色彩没有这么浓厚。由此可见，作者是在有意识地运用一些明白易懂的吴域方言来加强地域风味，创造一种既适合自己又易于表现题材的语言方式，自觉地发挥语言的地方优势以营造作品的整体风格。

不少片段带有评弹说书式的叙述语言是这部小说吴味浓郁的一个重要原因。评弹的听众绝大多数是没有什么文化的农民或小市民，因此其说白部分的基本要求是将情节有关的时间地点、人物关系、前因后果、来龙去脉交代清楚。句子一般不长，不大用书面色彩浓和不易听懂的词汇，除了人物与场合的特别需要，极少使用当时许多作家钟爱的新名词。也不在某个具体细节上作过多过细的描摹。如第十节写那些男扮女装采茶女郎、采莲女郎们试演身段，练习歌辞：

> 当然，指点同批评是那些具有风流雅趣的先生们的事情。女郎的步子应该怎样把两腿交互着走咯，拈着手帕的那只手应该怎样搭在腰间咯，眼光应该怎样传送秋波咯，声音应该怎样摇曳生姿咯，他们都一丝不苟地陈说着，监督着；他们有他们的古典，说从前某戏班里的某名旦就是这样子的，十几年前那次最热闹的灯会，某人扮采茶姑娘，就因为这样子而出了名的，这自然叫人家不能不欢喜，信服。

这段文字中已经有一点将人物话语转换为叙述语言的迹象，有不少地方则更为明显，因此就更像为了避免人物过多引起听众误会而采用说书人转述的评弹说白。例如第三节写倪焕之初当教师时由于一点也没有经验，就认真观察另外两位老师如何上课：

> 他们上课是拉起喉咙直喊的，就是那个肺病患者，居然也迸出还算响的哑音。喊的大半是问句。问时不惮是一而再，再而三，直到听见了他们预想的答语方才罢休。譬如问：我们天天吃什么东西的？回答说：粥。于是又问：粥以外，又吃什么东西呢？回答说：饭。于是又问：饭以外，又吃什么东西呢？回答说：面，馒头，大饼，油炸桧。于是只得换个方法问道：我们不是每天吃茶么？回答说：真的，我们天天吃茶……

这种句式整齐，文字几乎完全相同的一问一答，不仅活画出那些教师的无能和教学方法的简单化，而且具有评弹常用的戏谑、谐趣色彩。第二节写师范学校的学生向校长陈说请求，

> 说是为力量所限，不能升学……末了自然是说校长识人多，方面广，请为着实留意。

校长听后：

> 他说军界政界于他们完全不相宜……他说他们不想升学，要做事情，也好，他可以给他们介绍。末了他说他们应该去当小学教员。

这段文字中的"说是"，"末了自然是说"，"他说"，"末了他说"等等，带有比较明显的说书人叙述语气，它重在交代话语的主要内容，与说话者本身的语气和情绪也基本无涉，也不是双方话语原封不动一字不差的转述。因而这样的叙述语气比较平缓，显示出叙述人客观介绍的性质。许多作家都注意在人物话语中尽量口语化，却往往在叙述语言中保留着程度不等的书面语（或准书面语），这种区别在叶圣陶的小说尤其是《倪焕之》中，几乎看不到。前引夏丏尊文中还说，"他是一个中心热烈而表面冷静默然寡言笑的人"，"《倪焕之》的成功，大半是作者这性格使然，就是这性格的流露"。而评弹的情绪较少大起大落，很少表现激昂慷慨、热情奔涌的内容，以平稳细腻见长。因此叶圣陶的这一内热外冷的性格也使他更加容易受到故乡评弹叙述方式的影响，从而有助于形成这一有浓郁吴味的语言表达方式。

　　但这毕竟是叶圣陶第一次创作长篇小说，因而在大规模驾驭小说语言上不免有时显得有些吃力。朱自清在《叶圣陶的短篇小说》一文中说：

　　　　圣陶写对话似不顶擅长。各篇中对话往往嫌平板，有时说教气太重。①

　　这个缺点在《倪焕之》中也存在，后半部分尤甚。前引茅盾《读〈倪焕之〉》就指出，"这部小说有头重脚轻的毛病"，"就故事的发展而言，就人物的性格发展而言，《倪焕之》的前半部都比后半部写得精密。到了后半部，便连主人公也成为平面的纸片一样的人物，匆匆地在布景前移动罢了。"茅盾认为这与作者后来未能"周详审度……慢慢地推敲"有关。从语言方面考察，后半部也比较粗疏，过于理念化。第二十节以后尤为严重。这一节简直就是论文，毫无形象可言。全节共计十三段，前五段的首句为："'五四运动'犹如一声信号，把沉睡着的不清不醒的青年都惊起来，擦着眼睛审视一番自己"；"刊物是心与心的航线"；"一切价值的重新估定，渐渐成为流行的观念"；"被重新估定而贬损了价值的，要算往常号称'国粹'的纲常礼教了"；"西洋的思想学术一时成为新的嗜尚"。后七段亦然，句式都比较单调。茅盾说那是"用了倪焕之个人的感念来烘托出当时的情形，而不用正面的直接描写这使得文气松懈"。这个看法是相当中肯的。

三　现代小说语言成熟的标志性作家之一——丁玲

　　中国现代小说语言成熟的标志之一是，出现了一批而不是一个、两个能够熟练驾驭现代汉语技巧的作家，否则 20 世纪 20 年代中期有鲁迅一个人就行了。不过，在 20 年代末期像丁玲这样对小说语言掌握得如此娴熟的作家还是极少的。

　　丁玲（1904—1986）原名蒋冰之，湖南临澧人。她发表于 1928 年 2 月号《小说月报》的中篇小说《莎菲女士的日记》②，是她的处女作于同一刊物发表后紧接着刊出的一篇力作，使她立即蜚声文坛。她在 1933 年《我的创作生

①《朱自清文集》第二册 355 页，转引自陈辽《叶圣陶评传》75 页。
②《中国新文学大系（1927—1937）·小说集一》。

活》一文中坦率地说："我那时为什么去写小说，我以为是因为寂寞。对社会的不满，自己生活的无出路，有许多话须要说出来，却找不到人听，很想做些事，又找不到机会，于是为了方便，便提起了笔，要代替自己来给这社会一个分析，因为我那时是一个很会牢骚的人，所以……不觉的也染上一层感伤。"① 由于作者对当时的社会和人生有深切的情感体验，有强烈的创作表现欲，采用的又是日记体，因而语言带有浓烈的情绪色彩。完全是流动着的极其自然的心理语言，而不是经过刻意欧化或书面语气息浓重的某种流行的文人语言。它流畅、热烈，富于感染力。不仅剖析了社会，而且着重展示了人——带有作者影子的少女——的丰富内心世界。《莎菲女士的日记》的突出成就在于，塑造了一个生命意识旺盛、生性高傲、勇于追求灵与肉的真诚满足的青年女性。只不过到了作者担任中共左联党团书记的 1933 年时，她自己不便或不敢承认罢了。莎菲这个典型前无古人，直到半个世纪后的 20 世纪 70 年代末 80 年代初才有了类似的来者。对于人性长期受到严重压抑的中国人尤其是女性来说，这个典型的出现具有重要意义。《日记》在为中国现代文学艺术典型画廊奉献了这个真率、勇敢的莎菲的同时，还塑造了一个十分难得的陪衬形象，那个男性性格懦弱，不了解自己心爱的女人，不懂得女人都喜欢比自己强大的男人的苇弟。

和当时许多写恋爱的作品的一个重大区别是，这个肺病患者莎菲女士的日记绝无任何矫揉造作、无病呻吟之语，也没有流行的叫喊式的宣传和空泛的抒情，字里行间的复杂情感和矛盾心理完全是独特的莎菲式的。丁玲在作品中充分表现出她娴熟驾驭语言的过人才华。她的句式变化极多，一切按照情绪的流动、口语或心理的原样写出，看起来似乎不加修饰，其实却非常经得起读。她也有一些二十多字的较长句，但十分流畅。更多的则是易于表现情绪波动大而快的短句，而且更爱用特短句展示心中的不满、烦躁与无可奈何："医生说顶好能多睡，多吃，莫看书，莫想事……我是每天都在等着，挨着，只想这冬天快点过去。"有时用结构、字数相近的短句表现生活的无聊：

①《中国现代作家谈创作经验》（上），山东人民出版社 1980 年 1 版，392 页。

"报来了，便看报，顺着次序看那大号字标题的国内新闻，然后又看国外要闻，本埠琐闻……把教育界，党化教育，经济界，九六公债盘价……全看完。"丁玲注意从文字上突出话语主体，以显示人物强烈的生命意识和自我意识。一月三号的日记中莎菲因连续两夜通宵咳嗽想到了死，她写道："神要人忍耐着生活，便安排……我是更为了我这短促的不久的生，所以我越求生的利害，不是我怕死，是我总觉得我还没有享有我生的一切。我要，我要使我快乐。"在这六十三字（不计标点）中，有十个"我"字，而最后两个分句八个字中，"我"占三个。在整篇《日记》中"我"不仅在事件上而且首先在文字上牢牢地占据着中心的位置，呼唤着、争取着生存和享有快乐的权利，而不去理会命运（神）的安排，不甘心在忍耐中灭亡。从而使莎菲在众多的生命意识淡薄，在命运之神面前无可奈何的艺术形象中脱颖而出，发出奇异的光彩。如此直截了当地强调要"享有我生的一切"，自从曹雪芹在《红楼梦》中提出人的"受享"天授（其实质就是"天赋人权"）[①]以来，还没有过。

　　人物话语——这里是以日记中的心理语言形式出现——中如此突出主体"我"，自王熙凤和林黛玉之后也未见。莎菲的"捉弄"与"占有"男性，历来为人所诟病，是这篇小说长期得不到公正评价的重要原因。其实类似的字眼和文句正是构成这篇小说语言风格特别真率的重要因素。丁玲在文字上从而在情感上准确地把握住"度"，使莎菲既是一个具有强烈而正常灵肉要求的真实的现代女性，又不是一个水性杨花的荡妇。莎菲的"捉弄"只不过是恋人间的小花招，而不是玩弄。对苇弟，她确实是"算够忠厚了"，她希望他能"换个方法"以得到她的爱。但苇弟却未能做到。至于凌吉士对她的吸引，其实十分自然。不仅 20 世纪 20 年代末期的少女难以抗拒，八九十年代的恐怕也差不多，而且未必有很多人能像莎菲那样最后识透他那"丰仪的里面是躲着一个何等卑丑的灵魂"，拒绝他那家庭、金钱、地位和情欲的诱惑，维护住少女的自尊。丁玲把握的"度"还在于充分发挥日记语言的内视性，以其坦露的特征与长处层层深入地揭示人物的矛盾心理。文字在丁玲笔下发挥了自

---

①周思源：《红楼锁钥话"受享"》，《红楼梦学刊》1995 年 4 辑。

鲁迅以来罕见的威力。小说并不复杂曲折的情节只是一个骨架，也没有对众多细节与场景的过多描述和渲染，而是审美视角内向化，大量的都属于"自说自话"："我总愿意有那么一个人能了解我得清清楚楚的。如若不懂得我，我要那些爱，那些体贴做什么！""没有人来理我，看我，我是会想念人家，或恼恨人家，但有人来后，我不觉的又会给人一些难堪。"丁玲细腻地写出了人物的微妙的感觉与通常不愿公开的体验，充分展示人物的深层情感世界和心绪流动过程。在这里，语言不是因描述、反映客观世界而获得形象，而是成为浸润着情感血泪读来令人怦然心动的生命搏动。这篇小说当年获得了巨大成功，原因固然是多方面的，但是极为流畅的情绪化语言起了关键性作用。

研究丁玲的早期创作，自然不能不涉及被认为是"中国现代小说前进路上的一座界碑"① 的《水》。这个发表于 1931 年《北斗》杂志九、十、十一月号的中篇小说，以当年中国十六省大水灾为背景，写出了受灾群众的悲惨遭遇，以及他们与自然界、与反动派的斗争。左翼作家对《水》给予了极高的评价。冯雪峰在《关于新的小说的诞生——评丁玲的〈水〉》一文中说，它标志着"新的小说的诞生"，这样的作家应该"是一个能够正确地理解阶级斗争，站在工农大众的利益上，特别是看到工农劳苦大众的力量及其出路，具有唯物辩证法的方法"②。茅盾则在《女作家丁玲》中认为，《水》的意义在于，"不论在丁玲个人，或文坛全体，这都表示了过去的'革命与恋爱'的公式已被清算"③。他们虽然也对《水》的艺术成就与不足作了分析，但主要是从题材、思想与政治的角度予以推崇，因此不免带有某种时代的片面性。而夏志清的《中国现代小说史》则从一个完全相反的方面——我感到他首先也是出于政治上的反感——干脆予以全盘否定："《水》是一篇极端紊乱的故事……（丁玲）连一段规矩的中文也写不出来。一看《水》的文笔就能看出作者对白话词汇运用的笨拙，对农民语言的无法模拟。她试图使用西方语文的句法，描写景物也力求优雅，但都失败了。《水》的文字是一种装模作样的

---

① 转引自赵遐秋、曾庆瑞《中国现代小说史》（下）78—80 页。
② 同上。
③ 同上。

文字。"夏志清如果只是从政治或思想内容的角度否定《水》，并不奇怪；令人吃惊的是他对丁玲这篇小说语言的批评竟然严厉到如此程度，令人不能不感到他存有严重的政治偏见，有失学者的公允。因为《水》的艺术成就恰恰是文笔准确、细腻、优美，语言表现手段丰富，达到了那个时期的高水平，而主要缺陷是没有着力刻画好人物。题材的生命力是短暂的，当同类题材涌现后，开拓者的贡献往往只剩下了文学史意义，如果它在艺术上平庸的话。

《水》在人物话语、写景状物上皆有可观。全文分四节，从艺术水平来看以前两节为佳。首节人物话语虽杂，却都体现出身份年龄的不同。如重要人物老外婆说话的短促、絮叨、重复、记不准确等，相当传神。这一节写男人们都去堤上抢险，女人与孩子们在家中焦急地守候，作者多处写到远处传来的各种声音与光亮，人们的听觉、视觉和心绪剧烈流动纠结在一起，突出了堤上的极度紧张。

> 远处传来的铜锣声音并不闹耳，可是听得出那是正在惶急之中乱敲着响的，在静的夜里，风把它四散的飘去，每一捶都重重的打在每一个人的心上，锣的声，那惊人的颤响充满了这辽阔的村落，村落里的人、畜，睡熟了的小鸟，还和那树林，便都打着战跳起来了。整个的宇宙像一条拉紧了的弦，触一下就要断了。

丁玲极写远听给人们带来的恐惧，从而使读者自己去想象堤上的紧张程度。不少文字都能看出丁玲不凡的语言功力和精心设计。第二节以几个生动比喻从声、色、势等几个方面写出本来就令人惊恐万分的洪水在晚上给人造成的极度恐怖：

> 飞速的伸着怕人的长脚的水，在夜晚看不清颜色，成了不见地底的黑色的巨流，吼着雷样的喊叫，凶猛的冲出来了。失去了理智，发狂的人群，更吼着要把这宇宙也震碎的绝叫，在几十里、四方八面的火光中，也成潮的涌到这铜锣捶得最紧最急的堤边来。

在这篇小说中为了写出人们心情的极度紧张和恐惧，丁玲有意识地多次在相邻分句中重复使用同一个主语或主要动词：

> 那些女人，都拖着跑掉了鞋的赤脚，披散了长发，歇斯底里的嘶着

声音哭号，喊着上天的名字，喊着爹妈，喊着她们的丈夫，喊着她们的儿子……

连着四个"喊着"，大大加重了情况极其危急、人们已经六神无主的气氛。

> 他们祈祷着上天，他们怕那水跨过了堤，而淹死下面的人，而跑到他们脚下来。他们经受不了，他们怕看这巨大的惨剧，他们希望在命运里得到饶赦……

在七个分句中连用五个"他们"打头，写出人们在眼看大堤快要保不住时的极度紧张，令人读来产生一种喘不过气来的感觉。而连用五个"照着"写当晚的月亮，则造成一种人们期盼能够来拯救他们的上天也无可奈何的失望心情：

> 半圆的月亮，远远的要落下去了，像切开了的瓜形，吐着怕人的红色，照着水，照着旷野，照着悉悉的响的稻田，照着茅屋的墙垣，照着那些在死的边缘上挣扎着的人群。

决堤的那几行准确地运用比喻写得惊心动魄：

> 水发亮的朝这里冲来，挟着骇人的响声，像霹雳似的，堤被冲溃了几十丈，水便像天上倾倒下来的卷来，几百个人，连叫一声也来不及的便被卷走了。①

总的说来，《水》更像报告文学而不像小说，这是它的致命伤。丁玲出色的语言功底着重表现的是事件而不是人物，没有精心营造以个别形象出现的人物活动的细节。丁玲在前引《我的创作生活》中的一段话也许有助于我们了解《水》的病根：

> 《田家冲》曾有许多人批评过……我把农村写得太美丽了。我很爱写农村，因为我爱农村，而我爱的农村却还是过去的比较安定的农村，加之我的那种和农村的感情，又只是一种中农意识。
>
> 在写《水》以前，我有很久没有写成一篇东西，而且非常苦闷。有

----

① 《中国新文学大系（1927—1937）·小说集一》。

许多人物事实都在苦恼我，使我不安，可是我写不出来，我抓不到可以任我运用的那一支笔，我讨厌我的"作风"……我以它限制了我的思想，我构思了好多篇……但总是不满意的就搁笔了，直到《北斗》第一期要出版，才在一个晚上赶忙写了《水》的第一段。后来陆续，都是在集稿前一晚上赶起。这篇《水》的完结，可说是一个潦草的完结。

由此可见，丁玲虽然在理性（"党性"）上接受了批评，但显然并没有真正理解和心悦诚服，在感情和潜意识层面上依然热爱着她熟悉的那个样子的农村。但党的纪律使她不能再那样写了，以免遭受更加严厉的批评甚至处分。于是，艺术的真实、作家的良心，和政治需要、严格纪律之间的矛盾使她陷入了巨大的苦恼之中，最终只好从宣传和任务观念出发，匆匆忙忙写自己其实并不十分熟悉的生活，写缺乏深刻的情感体验的人与事，这是《水》"潦草"的根本原因所在。丁玲原拟写八万字，现在压缩成了两万余字，应该说这实在是明智之举。否则不仅结构会更加松散，而且语言也会粗糙和理念化，就像《水》的后半部分已经显示出来的那样。"这篇《水》的完结，可说是一个潦草的完结。"实际上"完结"的不止是《水》，它只是丁玲艺术生命"完结"的开始。

四　新的语言技巧的探索者

（一）学习西方语言技巧，构建中国现代小说语言

中国传统小说——包括白话小说——的语言技巧不能适应现代小说需要的问题，在白话文运动一开始人们就意识到了。因此十几年来人们一直在向外国小说学习。一些在第一个十年已经崭露头角的作家继续在脚踏实地地探索包括语言在内的小说技巧，有的文坛新人出手不凡，他们都注意尝试运用新的语言方式，甚至将西方现代主义的语言技巧借鉴过来，令人耳目一新。

王统照发表于 1927 年 11 月《小说月报》的《沉船》和他一年前的作品相比，无论是题材、思想、章法、语言都给人以明显的成熟感。小说以话语开头显得新鲜、醒目，紧接着标明话语主体：

人都叫他为高个顾宝的壮年车夫，正在独轮车的后面推着车把与在

前面推车的刘二曾说话。①

这个被逗号断开成两个分句的三十八个字的长句通过两个较长的定语和状语，将话语主体和受体两人的姓名、身份、位置、行为和其中一人的外号、身材及大致年纪交代清楚了。这类句子在白话文运动开展不过十年的时候，还比较新颖，表明一些青年作家学习外语和翻译小说，汲取西方语言技巧，构建现代小说语言的尝试。顾宝在说话中有一句：

你还要到关东去"闯"！

这个"闯"字王统照特意打上了单引号，说明这个词当时远远不像后来那么普通，还是个方言词，以致需要用引号提醒读者。在描写有个小酒店的叫做独石的小村子时写道：

（它）是往红石崖海码头的必经之路。这一带山陵的地层，都从石根土脉中隐映着浅浅的红色，似是表现这个地方的荒凉与辛苦。

作者故意"不合文法"，以地方的"辛苦"来突出此地所有百姓生活的艰辛，现代小说语言的不少新用法就是在这样的尝试中创造出来的。

这种尝试在《印空》②中更为明显和成功。

《印空》虽然在《文学》刊载时已经是 1934 年 9 月，但是文后的《编者注》却指出，"这是作者七八年前未曾发表的旧作"。即使按照 20 世纪 90 年代的标准衡量这篇小说，其写法和语言也是相当现代派的。它叙述的是"富有佛学研究""机智是能烛照一切的"印空法师，在五十多岁时邂逅一位二十多岁的少妇。六年后法师的旧友五十岁的施团长，带着三十岁的续娶的太太与五岁的儿子专程上山来拜谒印空，并让儿子认法师为继父，次日三人便匆匆下山而去。十二年后的一个雪夜，"城里正在闹革命"，那个已经十七八岁的孩子又来到了病危的法师榻前。他诉说父亲那次下山后不久就战死，母亲去秋也已去世，临终前告诉他印空实乃其生父。这个少年曾"加入革命党的激烈派"，而且是一个"小首领"。当时正值"党派的清分"，他不久便被捕、杀害。而在这之前三天印空法师圆寂了。

---

①《中国新文学大系（1927—1937）·小说集一》。
②《中国新文学大系（1927—1937）·小说集一》。

按照通常的写法，这个故事可以写得情节曲折，哀惋缠绵。但是王统照故意略去一般认为最有戏的部分，将印空破戒，山寺相认，临终解谜，下山被杀等，或一带而过，或作为背景处理，而将重点放在印空法师的研究、回忆与实证上。通过印空的内视，展现这位进行了几十年佛理研究"心如死灰"的高僧，也终于禁不住"人间生理与心理第一支配的力"的征服，从而表现了人性不可遏止的伟大力量。这篇一万二千字左右的小说中，有不下二百处与佛教有关的词语：本体、涅槃、实证、参、悟、觉、大千法界等等。但是由于写法十分新颖——它和古代小说中和尚偷情的重点不同，不是着墨于如何"偷"，而是层层深入地展示烈火般炽热和多彩的"情"，如何穿透貌似庄严与戒律森严的佛法屏障，以及印空法师对情与法的新的独特体验——因而这许多术语并不显得枯燥乏味，反而使人物的生存环境、生命形态具有了特殊光彩。作品仿佛洋溢着袅袅梵音和佛堂香氲，却丝毫没有呆板的佛理说教，文字特别经得起回味与咀嚼。王统照仅仅用两行半写到印空法师破戒的经历："他回想到自己在黄昏的旅店中改变服装；在狭巷的灯光下摹仿浪子的行径；以至粉光肌肉的拥抱，极度奋兴的疲弛，娇柔的低语，苦情的声诉。"相反，作者却在多处用多组反义词描写印空的感受，以揭示人欲的被压抑与苏醒：

> 情与欲，苦与乐，去与往，超绝与执着，老法师在这一瞬时如同重历过未生与有生以来的种种经验。因为他少年的感觉原伶俐于他人……可是他因修习，而苦闷，而实证，而追思，而感知，这其中的心境的超、伏、触、动，也绝不是一个近代心理学家可以为他剖析清楚的。

在肉感的游戏中他又从那二十余岁的异性身上发现了有情世间的第一奇迹，——也是第一次的认识。又从那少妇的口舌中听到许多关于世间的秘密与自然的奇事，知道了一个经验过爱的拘束、困苦的妇人的忏悔与兴奋。所以这样的熏习使他本无一物的心觉悟了不少，那所谓人间的生活与悲慧的确解。

这篇小说充分发挥了语言的暗示与象征作用，加上广泛使用的时空交错，使整个作品罩上了一层朦胧的色彩，以致读第一遍甚至第二遍都未必能够完全明白某些重要段落的真正意义，更不必说其深层内涵。如小说近二百字的首段，写印空法师在美丽的春景中行走，第二段写这位五十岁左右的人赶了二十多里路不但不觉得累，相反，"搏动着心中的新奇与满足使得他几乎忘了对于道中一切的注意"。在读完全文理解了核心情节之后才会发现，原来首段的美好景色，小鸟"和鸣"，唱着"恋歌"，以及"艳阳"等不仅写出了当时的环境，主要与印空偷吃禁果后的极度欢快的心情有关。次段的"新奇与满足"当不言而喻。小说写景不仅细腻优美，还与情节对应构成某种象征性关联。作爱是在春天，寄子则是秋日，而印空圆寂与儿子被杀均在大雪满山的严冬。从整体上看，这篇小说由于有不少宗教色彩的文字，小说充满了一种浓郁的韵味。佛理、人欲和残酷现实的错综关系，出世和入世，虚无与情欲，试图超脱与无法摆脱等诸多矛盾，大量精美而又浅显的语言使这些本来由于比较抽象而可能味同嚼蜡的问题，变得别有一番情趣，使读者有兴趣反复阅读以彻底弄清故事情节和它的丰厚蕴涵。《印空》足以列入 20 世纪中国最优秀的短篇小说之一。

（二）发掘中国古代文学语言精华，创造新的民族化小说语言

和王统照等人有所不同的是，另一些青年作家则在学习西方小说语言技巧的同时，努力发掘中国古代文学中的语言艺术精华，并极力将二者结合起来，力图创造一种新的民族化小说语言。

废名（冯文炳，1901—1967，湖北黄梅人）发表于《小说月报》第十九卷第一号（1928 年 1 月）的《桃园》从思想内容来说没有什么很深刻之处，但是语言颇有特色，反映出越来越多的青年作家在创作中刻意炼字的趋势：

> 王老大一门闩把月光都闩出去了。闩了门再去点灯。
>
> 半个月亮，却也对着大地倾盆而注。王老大的三间草房，今年盖了新黄稻草，比桃叶还要洗得清冷。桃叶要说是浮在一个大池子里，篱墙以下都湮了。叶子是刚湮过的！
>
> ……
>
> 城垛子，一直排；立刻可以伸起来，故意缩着那么矮，而又使劲的白，是衙门的墙，簇簇的瓦成了乌云，黑不了青天……

一个"闩"字，顿时把静态的月光人格化为动态了，给人以奇特新鲜之感。一个"洗"字，进一步写出了那"半个月亮……倾盆而注"的光芒和力量之伟。古代诗文中素有"月光如水"的说法，而"浮"则在提供的动感中把这个比喻更加形象化。那两个"湮"字，尤其是第二个，则使桃叶在月光下显得更为湿润而富于生命气息。这几个动词不仅使本句本段顿时生辉，而且也提高了整个作品的艺术品位。下面这段中用拟人的手法写"衙门的墙"，也十分传神。如果单纯从语言形式——句式，标点的用法（为了突出"半个月亮"而特意加上一个逗号），描写的方法等等——来看，那么，废名这篇小说的语言，显然是受西方小说的影响。但是，读者分明能够从这些充满艺术张力颇耐咀嚼的"句眼"和作者精心营造的意境中，感受到中国古代诗词散文的韵味。这正表明，作者是在试图将西方小说语言的灵活而广泛的描写功能和中国传统艺术语言追求韵味，讲究炼字，注重意境的优势结合起来。这篇小说，还有同时期的其他一些类似作品也都反映出，已经有越来越多的作家不再满足于单纯用白话来写小说，或者说对那些淡而无味的、欧化严重的"白话"已经感到厌倦，因此他们不约而同地又把目光转向了传统。

　　发表于 1929 年 6 月《小说月报》的向培良（1909—1959，湖南黔阳人）的短篇小说《在堤上》①，又一次显示出许多青年作家都在有意识地探索小说语言的现代化，力图将中国传统小说中的优秀技法与西方小说的丰富的语言手段结合起来，创造出适合于自己的语言风格。小说创作的语言问题受到普遍关注，语言水平的迅速提高，风格的多样化日益明显，标志着小说语言艺术意识已经由朦胧转向自觉，意味着具有高度艺术水准的小说语言负载的作品的大量涌现。向培良不过是其中的一个。《在堤上》写一位现代草泽英雄云大哥惩罚一个污辱穷人少女并暗算了他的手下人的江湖败类的故事。情节本身并不新鲜，传世价值恰在其语言功力的不凡。第二段：

　　　　这些湖堤，是人类以他贪婪的手向湖水索取土地的。湖水被禁锢约
　　束，失掉了可以活动的地方，便如一个被幽囚的兽，挣扎着呼号着——
　　正如同一个装在铁笼子里的土狼，低着头，从笼子这面走到那面，又从

————————————————

①《中国新文学大系（1927—1937）·小说集一》。

> 那面走到这面，永不休息。而且发出低抑的长嗥。

比喻新奇、贴切，富有想象力，而且"兽、狼"与"挣扎、呼号"，同即将登场的人物与展开的情节具有某种象征性联系。如果我们联系 20 世纪中后期长江及其支流越来越频繁与厉害的水灾，回忆一下当年"围湖造田，向大自然索取土地"的"壮举"，区别只不过是那"装在铁笼子里的土狼"经常冲出来大批吃人罢了。这段话简直就像是谶语！生活在 20 世纪 20 年代末的向培良竟然有这样的环境保护意识，多么了不起！它是中国现代第一篇直接提出人与自然关系问题的小说，单凭这一点，这篇小说的价值就不能低估！

向培良在这篇七千多字的小说中有多处出色的景物描写，所用语料及其运用方式与人物的性格及此时此地的心情密切相关，从而使景色人格化，人物个性也因景物的衬托而更为丰满。动词和比喻的使用尤为出色：云大哥带着助手到空地上搭着的草棚子赌场中去找那歹徒和尚老三算账时，

> 大碗的菜油灯点着，给出一种闪烁的，狞猛而又萧飒的光彩。人一团一团围着桌面，大的影子在远处闪动，有如一些离奇的鬼影。

而云大哥没有赌，只是默然地坐在一旁看着他们，"有如一个石像，有如激动的水流中间的一块岩石"。作者特别善于使用拟人手法来表现人物的心情和行为的效果。当云大哥已发现对手，准备给予突然袭击致其于死地时：

> 这时，天空凝定在他们的头上，湖水凝定在他们的脚下，苇子都噤住了。大地没有一点声息，战栗地等着这钢铁一样的心情和行为。

接着他手刃和尚老三并将其尸体扔入湖中：

> 湖水受了这下击，发出一声长叹，随后是一些遏抑的哽咽，于是安静了，沉死在夜的寂静里。

作者写云大哥的那把匕首和杀掉歹徒的过程，用语都很讲究，不落俗套。

（三）注重地域色彩，发扬传统语言潜力

以描写贵州穷山恶水、悍蛮民俗和粗犷个性走上文坛的蹇先艾（1906—1994，贵州遵义人）牢牢把握住自己的创作风格。在整体艺术技巧进一步成熟的同时，他运用小说艺术语言的能力也已经驾轻就熟，十分老到了。他更加注意语言的铺张，从各个不同的角度展开描写对象的内核，写景尤然。尽

管在展开语言的描写功能方面蹇先艾在认真地吸收西方小说语言的长处，但是从总体上看来，他在控制句长，运用四字语，使用方言和民谣，特别是描写地域色彩的风物等方面，显然是更加倾向于充分挖掘传统语言的潜力，追求小说语言的民族化。在 1929 年的《在贵州道上》① 开头写川黔道上形势的险恶：

> ……真够得上崎岖鸟道，悬崖绝壁。尤其是踏入贵州境界，触目都是奇异的高峰：往往三个山峰相并，仿佛笔架；三峰之间有两条深沟，只能听见水在沟内活活地流，却望不到半点水的影子。中间是一条一两尺宽的小路，恰容得一乘轿子的通过。有的山路曲折过于复杂了，远远便听见驮马的过山铃在深谷中响动，始终不知道他们究竟来自何处。从这山到那山，看着宛然在目；但中间相距着是几百丈宽的深壑，要经过很长的时间才能到达对面。甚至于最长的路线，从这边山头是清晨，到得对山时已经是黄昏时分了。天常常酝酿着阴霾，山巅笼罩着一片一片白垩似的瘴气，被风橐橐地吹着，向四处散去。

作家首先用两个四字语总写险恶，然后各以两三句最富地域色彩最能表现其险恶的文字分写高峰、深沟、小路、驮队、瘴雾，令人读来触目惊心。人物粗犷的个性，豪爽的生活方式，穷困的境遇和男女婚恋的艰难，便有了大的地域背景。这种艰险环境磨砺出来的人，包括女人，都往往能干、泼辣，女人在柔情中每每透出一种野性与厉害。赵大嫂连哭带骂的那三百多字的一段话，痛快淋漓，使她与丈夫老赵两个形象都站立了起来。蹇先艾显然是为了加强这篇一万两千字左右的小说的黔味，用了不少带地域色彩的事物、方言和歇后语，光作者自注就有十六处之多（下面那篇《到镇溪去》更多达二十四处），还有两首民谣，再加上更多的不需加注读者一看便明白的风物与话语，使小说充满浓郁的地方风味。

篇幅较此略短、发表于 1931 年初的《到镇溪去》② ，进一步显示出蹇先艾准确把握人物、景物、情节点或话题内核，着力铺叙描绘，充分发挥语言魅

---

① 《中国新文学大系（1927—1937）·小说集一》。
② 《中国新文学大系（1927—1937）·小说集一》。

力的出色能力。无论是介绍船老板夏胡子、男主角挑夫孙松轩、女主角老板娘，还是船行于湍急的溪滩，蹇先艾都不是只着眼于情节的曲折变化，更没有跳跃式地迅速展开。而总是就某个场面、某个细节甚至某一句话，精心雕琢——不过并不着力于文字的高雅，相反，几乎尽是大白话，但极其贴切、传神——因而这篇小说的语言具有较高的艺术浓度，比较经得起回味。挑夫孙松轩不知道春云栈寡居的老板娘对他毫无意思，见她正谈笑自若，而且突然发现自己和柜台只有一条门槛之隔，便兴奋地招呼道："老板娘，生意好得很哪！""说完，提起脚就柜台的高门限上跨……"：

> 她很机紧，本来一个入世已深的人，对于这样的事，当然持稳，拿起酒提子，她一大跨步走到门口，先发制人，把那鲁莽的汉子给拦住了，露出笑面说："孙大哥，那个时候回来的？吃饭没得？外头有座！"老板娘一面却大声叫火幺师待客……孙松轩的一团热烈的兴致，立刻被冲散了，粗阔的脸上泛起了红色，头只是机械地乱点，一句话都说不出来。他的脚自然是跟着就停止了行动，摆在门槛之外，有点颤抖。

老板娘的一"拿"一个"大跨步"，一"笑"一个"大声叫"，不卑不亢，有理有节，既保护了自己免遭闲言，也为客人留了面子，又不得罪人。这种以极少的文字点穴式的写法，颇得中国古代小说神韵。这篇小说的景物描写语言保持着蹇先艾作品一贯的以景衬人的特点，只不过《在贵州道上》重在写山川的险恶，而《到镇溪去》则以险来突出人和景物的美：

> 从上游一支油绿黄字似的邮船，滑溜溜地一下向这边冲过来了，仿佛放了缰绳的马一样收不住。河是陡的，一部分高，一部分低，底下简直是小鹅蛋和沙碛堆的台阶，水也跟着象狂瀑一拥而下。木船到了这样的境地，只有听其自然地往下梭。船要在那白沫喷吐的滩中漩转了几度才能安定。老廖本着以往的经验，口里喊着"慢来"，用竹篙向河中的大沙碛上一撑，便躲开那支绿艇的锐锋了。

名词"梭"在这里作动词用，不仅写出了船形，而且表现出在激流中的船速之快，甚至仿佛使人听见那梭子飞快地来回或船被冲下滩来的声音。老廖喊的"慢来"二字本极平常，但是放在这个特定的语言环境中，和"一撑"

"便躲开"这些最普通不过的字眼一起使用，就将人物的镇定自若和高超技术生动地表现出来了。这种传神写意的用法，是中国传统文学语言的优势。蹇先艾也并不是绝对不用长句，他很讲究使用定语，有必要时就多用几个字把最有特色的表征写出来："街上……竟是些扎红头绳翘尾巴根的小姑娘和光脚板把手指放在嘴里咬着的放牛娃……以及手舞足蹈吹芦笙的苗子。"简直就是一幅山区小镇上的风俗画。

（四）认真试验和努力追求的柔石

随着越来越多的欧美日本翻译小说的出版和由于中学普遍开设英语，大学开设的外语门类则更多，有的学校部分乃至全部课程都用外语上课，因此20世纪二三十年代的中国通晓外语者和阅读外国小说者比以往任何时候都要多得多。文学青年直接阅读原文作品，促使一些青年作家在小说语言和技巧上努力学习西方和日本语言。于是小说语言一方面出现了许多可喜的创新成果，另一方面却由于某些人对西方或日本语言的生吞活剥而使自己的作品中产生了夹生饭现象。柔石的中篇小说《二月》就很有代表性。

柔石（1902—1931），原名赵平福，浙江省宁海人，著名的"左联五烈士"之一。他出版于1929年的《二月》[1]由于鲁迅先生作序《小引》而名声益振。20世纪60年代又因成功地改编为电影《早春二月》而家喻户晓。诚如鲁迅在《小引》中言，"作者用了工妙的技术"，令人"看见近代青年中这样的一种典型，周遭的人物，也都生动"。"冲锋的战士，天真的孤儿，年轻的寡妇，热情的女人，各有主义的新式公子们……寻求安静的青年"，皆栩栩如生。那"死气沉沉而交头接耳的……无聊的社会"，人人都似曾相识，却又无可奈何。小说展示了一个十分丰富却又微妙的情感世界，三位当事人都很崇高，充斥着牺牲精神，结局却这等悲惨，具有强大而持久的心灵震撼力。但是平心而论，如果我们不为贤者讳的话，那么我们就不难发现，《二月》的语言水平和它的地位、影响实在很不相称。简单地说，《二月》的语言相当蹩脚。在语言功夫和小说整体水平的关系上，它颇能证明前面引述过的詹姆

---

[1]《中国新文学大系（1927—1937）·小说集四》。

斯·费兰理论中的德莱塞现象，即一部著名小说的语言可能相当糟糕，或者说语言不怎么样，作品的整体水平也可能很高。

《二月》的语病之多在比较著名的小说中是罕见的，也许绝无仅有，空前绝后。语气助词、介词多处使用不当："今年又要有变卦的灾异了——战争，荒歉，时疫，总有一件要发生呢？"（一章）句末"呢"当为"吧"之误，要不然那就是用错了问号。"谁保险他今天一定来的吗？"（一章）"吗"应作"呀"或"呢"。"她深深地将她胸中的郁积，向她鼻孔中无声地呼出来。"（六章）这里的"向"应为"从"。"向数百万的人群内，那里去找得像他这样一个人呢？"（二十四章）这里的"向"显系"在"之误。"同时萧涧秋将另一苹果交给她，并坐下她底床边。"（八章）"坐下"当为"坐在"。当我第一次读到前几章的这些文字时，我猜想可能是排版出现的差错。但是小说中有大量的欧化或日语式的句子，许多词语或句子成分用得不妥，证明这确实是作者本身的问题："她又极力追求萧涧秋的过去到底是如何的创伤，对于她又是怎样的配置……她不能沉她自身到一层极深的渊底里去观测她底自身。"（四章）"他似乎要为这位忠实的朋友卖一个忠实的力。"（七章）"陶岚多次向萧涧秋做眼色，含愁地。"（九章）"继之，有几位妇人竟来到寡妇底前面，问长问短，关于萧涧秋的身上。"（十章）"他不写回信了。并用一种人工假造的理论来辩护他自己，以为这样做，正是他底理智战胜。""萧先生，我今天失望了你两次的回音。""你几乎将我底过去的寂寞的影子云重重地翻起，给我清冷的前途，打的零星粉碎。""我底过去我只带着我自己底影子伴个到处。"（六章）类似病句在这部十万字的中篇小说中不下一百处，这还不算许多生涩拗口之语。

当然，《二月》的语言如果都是这副样子，那么它的人物形象、故事进展就会受到致命性的损害。一部整体水平很高的小说，语言上可能有不少毛病。但是如果通篇语病，即使其他技巧再好，那么这部小说恐怕就不可能成为杰作。而且，这种语言上毛病很多的小说，同时在语言上也必定有不少优点。我没有读过德莱塞的作品，也不知道美国的评论家是否在猛烈批评他作品语言糟糕的同时指出了优点。不过，我想，德莱塞的小说语言必定也有过人之处，否则整个作品不可能达到很高的水准。由于他是大名鼎鼎的德莱塞，批评家和一般读者对他会有更高的要求，而且美国（包括西方许多国家）批评家说话素来比较尖锐。不像中国讲究"温良恭俭让"，尤其是这些年来"一看二慢三通过"，对缺点稍微多说几句，作家就要和你对簿公堂。倒是哥们姐们互相吹捧，不时见诸报刊。总之，一位著名小说家的作品，语言可能会局部糟糕，但是不会全部糟糕。柔石的《二月》在语言上确实也有其过人之处。鲁迅说他技术"工妙"，恐怕也包括语言的功夫在内。

《二月》语言的成就主要表现在人物话语（包括书信语言）上，比较注意通过特定的语词和语气变化来表现人物的性格教养和人生态度，往往几个传神的词语便起到点睛、通穴、提气的作用。小说开头钱正兴针对天气反常的热说道："今天我已经换过两次的衣服了：上午由羔皮换了一件灰鼠，下午由灰鼠换了这件青缎袍子……"由于连续三个单句都采取时间词领句的方式，显得局促紧迫，加上突出衣服质料的昂贵，因而带有阔少爷摆阔的味道。方谋虽然也是教师，却很无聊，而且多话：

> 芙蓉镇又有半个多月可以热闹了。采莲底母亲猝然自杀，竟使个个人听得骇然！唉！真可算是一件新闻，拿到报纸上去揭载的。母亲殉儿子，母亲殉儿子！

在总共只有七八个单句中，柔石却用了三个感叹号，加上表示感叹的"了"和重复"母亲殉儿子"，表面上似乎在写方谋十分同情年轻的寡妇李嫂的不幸，但是和"真可算是一件新闻"两句，则构成强烈对比，彻底揭露了他的虚伪与无耻。善良、温顺的李嫂，没有什么文化，柔石在写她对萧涧秋的感激中带有一个虔诚地信佛、信命的农村妇女的话语特征：

> 先生，你究竟是……！你是菩萨么？……

> 真是天差先生来的，天差先生来的。这样，孩子底病会不好么？哈，天是有它底大眼睛的。我还愁什么？天即使要辜负我，天也不敢辜负先生，孩子底病一定明天就会好。

女主角陶岚是个有文化的绝顶聪明颇有心计的少女。她一开始对萧涧秋就怀有强烈的好感，因此萧涧秋在这个小镇上的一举一动她最关心。他第一次去看李嫂回来告诉陶岚，柔石让她三次都答道："我已经知道。"简短、单调的话语中包含着丰富而微妙的社会信息和情感信息，也突出了她那高傲的个性。她故意让李嫂的女儿采莲叫她"姐姐"而不是"先生"（老师）或其他的长辈性称呼，并笑说萧"你失败了"。柔石在使用书信语言这种特殊的人物话语方面显然下了极大的功夫，为人物塑造开辟了一条新的路子。第七章陶岚给萧涧秋的第三封信中，柔石让陶岚在称呼上耍的花招堪称一绝。她对他的称呼由"萧先生"到"假如你是我的亲哥哥"，"你好不好算我的亲哥哥么？萧先生，你就是我唯一的我亲爱的哥哥"。接着索性就直呼"萧哥哥"。后来又略去姓，直呼"哥哥"。末了，却又称起"萧先生"来，但是落款却是"你底永远的弟弟岚"。这封七八百字的信中，称呼竟然有这么多的变化，除表明陶岚的爱之深之烈外，也在似乎无心中见出其格外有心。尤其是最后的两次反复，可以理解为她的慌乱，也可以看作是她的"狡猾"，多种阐述为读者提供了更多的余味。陶岚是一个既保留着传统美德，又具有现代意识的新女性，不仅是 20 世纪二三十年代，即使在整个 20 世纪中国小说中，也是最具有光彩的少女形象之一。原因就在于她不仅敢爱敢恨，爱得执着——这些比较常见；而且爱得崇高——也不少见；她还爱得十分机智，这就极其罕见。这是陶岚有别于其他成功的少女艺术形象的主要之点。十九章她劝李嫂到自己家来住几天的那段话，显示出这个女性极不平常的品格与个性。

值得注意的是，柔石于 1930 年 3 月即《二月》出版后仅四个月发表的一万五千字的短篇小说《为奴隶的母亲》，语言就相当流畅。女主人公、其夫皮贩、秀才、大妇、媒婆五人的话语都很流利，各有特色。叙述语言极少长句，几乎没有《二月》中常见的各类语病。两篇小说的总体语言水平和语言风格判若两人。这也许表明，柔石在写《二月》时有意识地学习或试验甚至追求某些语言技巧，尤其是一些翻译小说的句型。在小说出版后他显然发现了问题的所在和严重，因而坚决摈弃了几个月前还在使用的某些语言方式，使小说的语言风格和表现农村生活题材在总体上统一了起来。从而使《为奴隶的母亲》无论从题材、主题、故事、人物塑造还是语言，都成为那个时期小说创作成就的标志性作品之一。令人痛惜的是，就在这篇杰作发表十一个月后，柔石这位极有才华而又极其勤奋刻苦的青年作家，就和诗人殷夫等被国民党反动派杀害于上海龙华。

《二月》的整体成就与影响说明，小说被广大读者接受的程度，归根结底取决于故事情节的动人和人物形象的突出，以及思想深度和结构巧妙等因素，高水平语言属于锦上添花。语言只要不是太差，差到了严重影响情节的进展和人物的塑造，就不会对作品的整体水平造成大的损害。当然如果各方面包括小说语言均臻于上乘，那就肯定是传世之作了。

柔石从创作《二月》到《为奴隶的母亲》，反映了许多青年作家都在认真探索小说语言如何更好地为作品整体尤其是人物塑造服务，并逐渐形成自己的独特风格。

| 第五章 |

小说语言艺术意识成熟：
丰碑树立的后半期（1931—1937）

之所以将新文学第二个十年以 1931 年为界划分为两个时期，除了第四章开头提到的大容量语言成熟的优秀作品出现这个主要标准之外，还考虑到另外两个因素：虽然有些著名作家在这之前已有作品问世，但其语言成熟的代表作却出现于 1931 年之后；后半期成熟作家与成熟作品的数量大大超过前半期。这个后半期在中国现代小说史上的地位极不寻常，因为 1949 年以前的大师级小说家几乎都是在这几年精品迭出，从而确立了自己在小说史和文学史上的地位。还有一批优秀小说家的代表作也出现在这几年。这是 1949 年以前小说创作最辉煌的时期，堪称黄金时代。

一　茅盾：从"信笔所之"到"深刻"和"独创"

茅盾（沈雁冰，1896—1981）最初是作为一个著名编辑和文学评论家崛起于文坛的。1921 年他接手编辑《小说月报》，是中国现代文学史上的一件很有影响的事。他在长达半个多世纪中的许多评论都具有权威性。他还有不少其他头衔。但他最主要的成就是小说，是中国 20 世纪屈指可数的几位小说大师之一。没有小说，他还是沈雁冰，但不会是茅盾。

长篇小说《蚀》是茅盾的第一部作品，由《幻灭》《动摇》《追求》三个连续性的中篇组成，写于 1927 秋至 1928 年春，在《小说月报》连载。1930年 5 月出版。茅盾在《写在〈蚀〉的新版的后面》中说：

《幻灭》的写作一共花了四个星期。那时候，我的妻子生病，我是在病榻旁边一张很小的桌子上断断续续写起来的……第一次写小说，没有经验，信笔所之，写完就算。那时正等着换钱来度日，连第二遍也没有看，就送出去了。

《动摇》却是在"有意为之"而不是"信笔所之"的情况下，构思和写作的。大概花了一个半月的时间，但构思时间占了三分之二。①

显然是与他做过多年的《小说月报》编辑并发表过许多小说评论文章有关，茅盾一涉足创作实践，语言上就没有被他批评过的流行病：幼稚的学生腔、激进的"革命"腔以及那些无病呻吟、绕嘴的欧化长句和倒装句，而是十分流畅、简洁，富有表现力。总之，出手不凡，起点很高。《幻灭》第一章开头就令人耳目一新：

> 我讨厌上海，讨厌那些外国人，讨厌大商店里油嘴的伙计，讨厌黄包车夫，讨厌电车上的卖票，讨厌二房东，讨厌站在马路旁水门汀上看女人的那班瘪三……真的，不知为什么，全上海成了我的仇人，想着就生气！

慧女士这段话连用七个"讨厌"，而且都是"讨厌"打头的动宾结构单句，这就显得语气十分强烈，而且似乎语速很快，其中一些"讨厌"其实没有什么道理。不过，唯其如此，才一下子就将她对社会、对生活的不满，此刻的极度烦躁情绪和她的性格特点与话语风格，生动地表现了出来。紧接着她的老同学静女士讲的一段话中也有几个"讨厌"，就明显不同：

> 我也何尝喜欢上海呢！可是我总觉得上海固然讨厌，乡下也同样讨厌；我们在上海，讨厌它的喧嚣，它的拜金主义文化，但到了乡间，又讨厌乡村的固陋，呆笨，死一般的寂静了……②

二者的区别并不在于前者有七个"讨厌"而后者只有四个，而是同一个词由于位置、作用的改变，加上段落中句型的变化，节奏就比较舒缓，语气就不显得激烈。从而表现出两个具有相似观点，各方面情况也相近的少女的

---

① 《茅盾选集》第二卷 397 页，四川人民出版社 1982 年第一版。
② 同上书，根据人民文学出版社 1980 年《蚀》单行本排印。

不同性格，充分显示出茅盾驾驭人物话语的不凡功力。叙述语言也流利、明快，有些地方，如十二章介绍受重伤的强连长，简练细致。仅用二百字便将其职务、年龄、长相（眼、耳、口、发、脸、眉）、伤口、伤势等介绍得十分清楚，而且使读者对其教养气质有了初步的了解。

《动摇》虽然紧接着问世，语言上却比《幻灭》有显著的提高，用一个字来概括就是"细"了。《幻灭》开头介绍女主角静女士时写道：

> 年约二十一岁，身段很美丽，服装极幽雅，就只脸色太憔悴了些。

四个分句中有两个比较空泛。《动摇》第一章的两三页中，对胡国光父子及胡妾金凤的肖像描写，或奸猾，或无赖，或风骚，文字不多，却都具体而有特色。其他人物亦然。人物话语的一大进步是，不仅不同人物话语用词、方式、语气有别，就是同一人物在不同场合或在不同对象面前，话语风格也有比较明显的区别。"世代簪缨""词章名家，门生不少"的陆三爹和老友钱学究闲谈，由于对方是学究，年纪相仿，所以就有一些书面语色彩较重的词语：

> 自从先严弃养，接着便是戊戌政变。到现在，不知换了多少花样，真所谓世事白云苍狗了。就拿寒家而言，理翁，你是都明白的，还象个样儿么？不是我素性旷达，怕也早已气死了。

但他在对儿子讲话时就完全是普通的口语。胡国光去拜访县党部商民部长方罗兰不遇，对方太太说：

> 久闻慕游兄说起方部长大名，今儿特来瞻仰，乘此也解释一下外边对于敌人的攻击。蒙方太太赐见，真是光荣极了。

因系初见，且为公务而来，所以不仅有客套，也带点公务语言的紧凑特色。但方太太"温雅和易，并且没有政治气味"，胡国光顿时精神放松，说话也就恢复了通常的口语方式。在《动摇》的最后，茅盾多次写到尼庵梁上坠落的一只小蜘蛛，"努力挣扎，想缩回梁上去，但暂时无效，只在空中摇曳"。以此象征人物的处境和心情，后来实证使方太太产生了幻觉。用景物象征、暗示、渲染，是《子夜》语言的一大特色，其滥觞或在于此。

《动摇》在1954年新版时作者略有一些改动，其中有的看来是出于非艺术性的考虑，这类删改往往不如原文生动形象。最明显的是第八章写农民大会。初版是：

> 后来在一阵狂笑与乱嚷中，又带进了两个尼姑，浑身抖着，还不住口的念"阿弥陀"。四周的人，更加狂笑了，连原来的三个女子也笑个不住。

> 于是争论起来了，原始的野蛮的不下于叫骂的争论。

新版将"四周"起的九字和"原始"起的六字删却，于是人物的文明程度大大"提高"，真实则大为减色。

初版中一千多人的队伍赶到以"夫权会"对抗农协的宋庄时，许多妇女加入了游行队伍，高喊：

> 打倒亲丈夫！拥护野男人！

新版则改为：

> 拥护野男人，打倒封建老公！

这些女人的丈夫都是"夫权会"成员，原文的喊法也许更符合当时的实际和她们的认识水平。茅盾在这部小说中为人们提供了一些后来在小说、戏剧、电影、电视中没有见过的场面和细节，以及闻所未闻的话语和心理语言，其文学价值甚至历史价值也许还有待于重新评估。

茅盾在《中国新文学大系（1917—1927）·小说集一·导言》中曾批评当时一些小说创作还缺乏"水磨工夫"。这四个字可以看作是茅盾本人小说创作尤其是语言的基本艺术要求。因此，他自言写《幻灭》时"信笔所之，写完就算"，一方面表现出他对于自己的严格自省，同时也反映了他原有语言功力的扎实。连信笔写来都能够如此流畅，何况精心营造。正是出于这种"水磨工夫"的认识，所以茅盾的小说几乎每年都有比较明显的进步。发表于 1930 年 10 月的《大泽乡》① 是一篇具有鲜明现代意识的历史题材小说，虽然仅有五千字左右，却可以看作是茅盾小说语言由细到精的一个标志。《史记》提供的历史故事并没有在茅盾手中毫无节制地添枝加叶，当然更没有如某些海外

---

① 《中国新文学大系（1927—1937）·小说集二》。

作家和 20 世纪八九十年代国内作家那样，除了人名相同之外，几乎所有情节统统胡编。这篇小说最值得注意的是，茅盾没有着力去刻画某个具体的人物，而是慷慨地将文字用在渲染人物情绪，铺叙环境，强化气氛上。陈胜、吴广都只写了一两句，而押解的军官则连姓名都没有，经常是"两军官"一起提。因此小说语言自身的审美意义和价值便显得格外突出。小说这样开头：

> 算来已经是整整七天七夜了。这秋季的淋雨还是索索地下着。昨夜，又添了大风。呼呼地吹得帐幕象要倒坍下来似的震摇。偶尔风势稍杀，呜呜地象远处的悲笳；那时候，那时候，被盖住了的雨声便又突然抬头，腾腾地宛然是军鼓催人上战场。

这段文字以情绪入景。在总共九十七个字中，迭用的多达五词十字："整整""索索""呼呼""呜呜""腾腾"。这种迭用以及"昨夜"后加的逗号和"那时候"的重复，还有两个"又"，都反映出军官与戍卒们的极度焦躁与失望。末了两句具有暗示作用。第二段末句"据说是狐狸的哀嗥"，"据说"二字由于其不确定性反而增添了情节张力。和第四段开头的"军官呢，本来也许不是……"以及后面"听说昨天……""陈胜？两屯长之一是叫做陈胜呀"等联系起来，仿佛戍卒之间在悄悄传说、议论，并使读者有一种听说书的感觉。不过不是那种通俗说书，而带有比较高雅的风格。如两军官听说鱼肚中发现书有"陈胜王"的素帛后：

> 两军官脸色发白，在凄暗的灯火下抬起头来，互找着对方的眼光。压倒了呜呜的风声、腾腾的雨闹，从远远的不知何处的高空闯来了尖利的哀嗥。使你窒息，使你心停止跳跃，使你血液凝冻，是近来每夜有的狐狸叫，然而今番的魔鬼的狐狸叫，是要撕碎你的心那样的哀嗥。断断续续地，是哭，是诉，是呦喝，分明还辨得出字眼的呀。

充满紧张感和急需对方支持的"互找"二字，比平淡的"互看"多了一些动感，为读者增添了回味余地。前面连用三个"使你"的使动式短句，令人有喘不过气来的紧张感。接着用两个"是……叫（嗥）"的较长句，给人一种在仔细听与分辨的感觉，强化叫声带来的恐惧感和逼迫感。最后又用总共才七个字的三个"是"的极短分句，将两军官的惊恐心理推向极致。这篇小说不仅从强化人物情绪心理出发恰当地使用了许多西式的排比、使动句式，而且还有不少现代词语："富农阶级、自由市民、阶级意识、下意识、阶级性、统治阶级、阶级将要没落"等等。实在是用得太多了一些，有些就显得勉强了。

> （他们）到渔阳去，也还不是捍卫了奴视他们的富农阶级的国家，也还不是替军官那样的富农阶级挣家私……

这些心理也许符合当时戍卒的实际，但是心理语言决不会只这样。不过把这篇小说放在作者当时一而再、再而三地发生的极左路线的背景下，那么过多地使用革命性强的词语也就不足为怪了。以茅盾当时所处的地位，这种干扰仅仅到这个地步，已属不易。而且茅盾后来的作品中这类语言越来越少，表明他早已经意识到这个缺点。

发表于 1932 年 7 月和 11 月的《林家铺子》与《春蚕》，是中国现代小说史上的经典性短篇。就在《春蚕》发表的次月，茅盾于《我的回顾》[①] 中小结自己五年来创作的体会说道：

> 我所能自信的，只有两点：一，未尝敢"粗制滥造"；二，未尝为要创作而创作，——换言之，未尝敢忘记了文学的社会意义。
>
> 我常常以"深刻"和"独创"自家勉励。
>
> 我永远自己不满足，我永远"追求"着。
>
> 我从来不把一眼看见的题材"带热地"使用，我要多看些，多咀嚼一会儿，要等到消化了，这才算拿出来应用。

而且这时茅盾开始明白自己应当"应用自家亲身经历过的'旧题材'"。他说在写《林家铺子》时，"技术方面，也有不少变动"，他在创作时总是努力不"被自己最初铸定的形式所套住"。这些话不仅有助于我们认识茅盾的创作观和精益求精的创作态度，加深了解他本人认为具有里程碑意义的《大泽乡》和《林家铺子》等作品，而且能够发现《子夜》成功的秘诀。这几个出色的短篇恰恰是处于从《蚀》到《子夜》的过渡，是创作《子夜》前的几次

---

① 《创作经验》（1935，上海天马书店），转引自《中国现代作家谈创作经验》（上）。

连续性的成功演习。正是茅盾的这种永不满足和"永远'追求'着"的创造精神，使他的小说从情节、主题、人物、结构到语言始终不断地在进步，一直保持着难得的高水平。

前已述及叶圣陶《倪焕之》中小说语言的吴味问题，而中国现代小说史上的吴味小说成熟的标志就是《林家铺子》和《春蚕》。茅盾的故乡是浙江省桐乡县乌镇，古代属于吴地。小说中不仅写到了江南水乡的航船快班，小镇的西栅、南栅，分隔铺面与"内宅"的蝴蝶门，还有冬天茧厂的空房子，初四晚上店中照例的"五路酒"等吴地风物习俗，而且在人物话语上吴味浓郁。林老板亲自向乡下人兜揽生意时道：

> 喂，阿弟，买洋伞么？便宜货，一只洋卖九角！看看货色去。

总共只有二十一个字，却被切分成六个分句，分别是一、二、四、三、六和五个字。用了逗、句、叹、问四种标点符号。由于字少，句短，停顿多，语气显得格外殷勤、亲热。在林老板热情揽客的同时，"一个伙计已经取下了两三把洋伞，立刻撑开了一把，热刺刺地塞到那年青乡下人手中"，说道：

> 小当家，你看，洋缎面子，实心骨子，晴天，落雨，耐用好看……

同一话题和对象，表述方式也一样热切、简短，甚至更短，也是二十一个字但毫不重复。而且中间四个分句分别是四四和二二组合，说起来铿锵有力，更觉真诚。无论是称呼还是介绍商品，在具体和形象上均有所升级。令读者深感真是强将手下无弱兵，林老板调教出来的伙计也好生了得。当时那农民的父亲立刻训斥儿子：

> 阿大！你昏了，想买伞！一船硬柴，一股脑儿只卖了三块多钱，你娘等着买米回去吃，那有钱来买伞！

由于前三个分句总共只有八个字，因此话语同样也简短却显得生气和更加焦急。这种富有地域特色的语汇和称谓及话语方式，使林老板、伙计、老农三个人物的性格更为鲜明，收到了人物只亮相一次或只有一段台词便使形象生动的程度。茅盾显然是在有意识地将地域风味作为艺术"独创"的一个重要目标来追求，不同身份、教养的人，吴味都成为其话语个性的一部分，并为之添彩增色。

讨账的上海客人说：

> 林老板，你是个好人。一点嗜好都没有，做生意很巴结认真。放在廿年前，你怕不发财么？可是现今时势不同，捐税重，开销大，生意又清，混得过也是你的本事。

不说"卖力"而用"巴结"——在北方作贬义用，这里却是褒义——不说"二十"却偏偏要用"廿"，造成的阅读感觉就不一样。"捐税重"等十个字切分成了三句，更显得艰难，而一个"混"字不仅极富口语色彩，而且令人深感过日子的不易。人物由于其话语的特殊色彩而容易被读者记住。换言之，话语的地域风味有助于增强人物形象的艺术生命力。

茅盾在这篇小说中充分发挥某些专有名词的威力——当然是在情节逻辑中自然进行的。但人们往往忽视这种可以强化艺术魅力的细节的营造，因此失去了不少艺术手段——他写寿生好不容易讨账回来：

> 林先生接了那个手巾包，捏一把，脸上有些笑容了。他到账台里打开那手巾包来，先看一看那张"清单"，打了一会儿算盘，然后点检银钱数目：是大洋十一元，小洋二百角，钞票四百二十元，外加到期庄票两张，一张是规元五十两，又一张是规元六十五两。

总共五六百元，却有四种钱币形式，用了五种专有金融名词。其中小洋多达二百角，竟未能换成大洋带回。从这杂拌式的钱票中，读者完全可以想象出农村经济的凋敝和寿生收账的艰难，品味出作家用语、炼字的独运匠心。那个"捏"字可谓句眼，活脱脱写出林老板焦急的心情和经验的老到。这类精心调动普通文字使之成为出色艺术语言的情形，《林家铺子》中比比皆是。当寿生暗示是对面的裕昌祥在捣鬼时，有一大段林老板的心理语言：

> 他的又麻又痛的心里感到这一次他准是毁了！——不毁才是作怪：党老爷敲诈他，钱庄压逼他，同业又中伤他，而又要吃倒账；凭谁也受不了这样的磨折罢？而究竟为了什么他应该活受罪呀！他，从父亲手里继承下来这小小的铺子，从没敢浪费；他，做生意多么巴结；他，没有害过人，没有起过歹心！就是他的祖上，也没害过人，做过歹事呀！然而他直如此命苦！天老爷没有眼睛！

　　本来在相邻的句子里连用同一个词乃作文之忌，但是茅盾在这个语段中的前十四个分句竟连用了十一个"他"字。虽然"他"字迭出，却绝无重复繁冗之感。原因就在于茅盾注意使句型发生有规律的变化：中间有三个是"动词＋宾语（他）"，形式接近排比，情绪得到了强化。紧接着是五个"主语（他）＋谓语"。尤其是有三个"他"与谓语成分用逗号断开，突出了人物的满心委屈与辛酸。值得注意的是，这一段明明是写林老板"心里感到"，是林老板心中的痛苦与委屈，充满了愤怒、怨恨而又无可奈何的控诉感和求助感。但茅盾不用"我"而用"他"。而读者感觉到的却是"我"的痛苦倾诉，是林老板的心在汩汩流血，但同时也深深感受到了作者的热切同情，而这恰恰是单纯用"我"不易取得的效果。这么短短一百五十字左右，共用了六种标点符号：叹、冒、分、逗、问、破折号，却竟然没有一个句号，从而加快了阅读的节奏。由于几组句子的句型接近，句子平均长度短，因此这段文字特别容易上口，具有异乎寻常的艺术感染力。这是一个以"犯"为创的成功范例。

　　有必要提一下《林家铺子》的一处小小的修改：中华人民共和国成立后的新版本中林小姐是十七岁（按：当时通行虚岁），林大娘准备"再过两年"为她招个女婿进门。而初版林小姐当时是十五岁。新版这么修改我推测是为了向"婚姻法"靠拢。其实这么一改却削弱了作品的批判力量：卜局长年将四十，已有两个人在屋里放着，竟又将脏爪伸向这个年仅虚岁十五——周岁只有十四甚至十三的少女。再说，初版中的两年后才十七的姑娘结婚，也更符合当时浙江农村的风俗。一字之改，而且是似乎没有伤筋动骨仅差两岁的数字，竟然也会影响内容的批判力度，足见在小说创作与修改中文字推敲时要照顾到左邻右舍的重要性。

　　《春蚕》将描写对象进一步从小镇向村落延伸，从小商人家庭进入土味十足的农民之家，因此小说的环境、风情、话语等方面的吴味更为浓郁。从《春蚕》开始，茅盾在小说中显然在自觉地用更多的文字来表现某种文化，而不仅仅是刻画人物，更不是光讲故事。杰作与一般意义上的优秀小说的一大区别就在于，它超越了小说的情节层次，而达到了文化层次。茅盾是继鲁迅之后扩大小说语言功能最有成就的一位作家，尤其是以平常的文字来渲染文化，极其出色。

《春蚕》这篇小说吴味很重的一个方面，就是细致生动地再现了江南水乡的蚕文化。小说共四节，分别写桑熟、收蚕、大眠、上山，即养蚕的全过程。但是养蚕已经不是一种简单的生产劳动，而是当地农民的风俗、习惯、文化、传统、信仰的集中反映，成为人们生存状态乃至生命状态的主要部分。如果光从故事情节或人物塑造的需要来看，有不少文字可有可无，甚至似乎去掉会显得更加简洁。但是茅盾将它作为一种文化来描述渲染以后，故事发展的细节就因为地域色彩而具有独特性，人物活动的天地也因此别具一格，从而使小说的蕴涵变得异常丰厚。就收蚕而言，糊蚕箪，箪纸的花样，为什么不用旧报纸，品字式的糊法，窝种的方法，窝种时节的紧张气氛和不向往来，大蒜头占卜，蚕花与鹅毛插于发髻然后插到蚕箪上的习俗，用鹅毛和野花片、灯芯草末子和"乌娘"拂在蚕箪上。总之，"这是一个隆重的仪式！千百年相传的仪式！那好比是誓师典礼……"这些充满虔诚期望的细腻描写，为人们后来的惨重损失与极度失望作了充分的铺垫，人物形象更加血肉饱满。在这里，普通的小说语言已经超越了文学意义，而具备了文化学、民俗学价值。《春蚕》和《林家铺子》几乎是写同一个乡镇的事，只不过是镇上和离镇不远的村子之别，创作时间也相近，但语言风格有很大不同，反映出茅盾力求不断"独创"的那种永不满足永远追求的精神。

叙述语言比重特别大和小说的文化性浓郁之间，似乎存在着某种联系。《林家铺子》的话语很多，而《春蚕》则绝大部分是叙述语言。在大约一万五千字的篇幅中，话语仅四十多处，且多数都很短小，字数仅占百分之五左右。其中第一节的整整三千字几乎全是叙述，主要写老通宝的感受、回忆和思考，话语仅三句二十余字。人物话语比重虽小，但是茅盾写得极为精心。他十分注意写出那些各方面情况相近的人物说话时个性上的细微差别，尤其是当这些人物处于同一个场景中的时候。老通宝的儿媳四大娘、六宝和荷花都是二三十岁的年轻女人，性格都比较厉害。第二节这三个人都在村中溪的两边。四大娘已有一个十二岁的儿子，比较成熟一些，话中带着怨气，厉害而不粗俗；荷花的话则体现出她那"已经在村中很有名"的"爱和男子们胡调"因而格外厉害的特点；"村里有名淘气的大姑娘"六宝则由于吃醋而直接骂人，而且骂得很难听。老通宝和爱听说书的张老头子张财发说话味道完全不一样，后者虽然只有一处不足五十字的话，但是由于他对于瓦岗寨程咬金等等的故事"烂熟"，话里习惯性地带着"十八路反王早已下凡，李世民还没有出世"这样的口头语，给人留下了深刻的印象。为了帮助读者了解地域性强的文化习俗，茅盾将一些技术性、专门性词语置于脚注。这篇小说除了十六个"作者原注"外，还在行文中写了许多读者从字面易于理解的有地域特色的风物和称谓、叫法，如塘路、官河、石帮岸、拉纤、快班船、赤膊船、蚕花二十四分、长毛营盘、铜钿、小火轮船、乌焦木头、露天毛坑、阿多、六宝、荷花（北方虽然也有荷花，但是却罕见将它作为女孩名字）、四洋一担的叶……所有这些使《春蚕》洋溢着一种特有的氛围和情调，使熟悉吴地者感到亲切，使不了解吴地的读者容易建立新鲜的具体印象，在一个虽然陌生却随处可以触摸、充满情趣的环境和语境中，与人物进行心灵的交流。

《子夜》不仅是茅盾的扛鼎之作，也是整个 20 世纪世纪中国现代文学史上为数极少的杰出长篇小说之一，堪称世纪之作。问世以后，立即轰动文坛，佳评如潮。甚至一些政治上反对他的人，亦对此书推崇备至。反对新文学的学衡派代表人物吴宓对《子夜》的结构、人物给予很高评价。谈到语言，他评论道："笔势具如火如荼之美，酣姿喷薄，不可控搏。而其微细处复能委婉多姿，殊为难能可贵。尤可爱者，茅盾君之文学系一种可读可听近于口语之文字。"（《出版消息》，1933 年 4 月）吴宓的评论极精当、大气、扼要，用语十分精彩。茅盾对吴宓慧眼独具感怀良深，他晚年谈及此事时说道："吴宓还是吴宓，他评小说只从技巧着眼，他评《子夜》亦复如此。但在《子夜》出版半年内，评者极多，虽有亦涉及技巧者，都不如吴宓能体会作者的匠心。"①《子夜》出版半个多世纪来，对其艺术技巧的研究基本上没有改变仅仅是"涉及"的格局，整个茅盾研究也大体如此。无论是高度赞扬还是极力贬低，大

---

① 吴宓评论及茅盾所言均转引自邵伯周《茅盾评传》215 页，四川文艺出版社 1987 年第一版。

多着眼于题材思想，依旧是"政治标准第一"，像桑逢康《茅盾的小说艺术》这样的评价寥寥。包括语言在内的茅盾小说的艺术技巧，是一笔巨大的精神财富，有待于认真去开发，使它成为艺术生产力，推动新的艺术精品诞生。

　　《子夜》人物之多在 20 世纪前半叶的中国现代小说史上是罕见的，而且许多人物都令人难以忘怀，其中有的已经成为中国艺术典型画廊中的经典形象。在这之前还没有任何其他作家像茅盾这样着力于人物肖像描写，并在肖像语言上取得这么大的成功。他很重视写人物出场，通常采取的是以简短的文字、几个短句速写式地亮相的办法，着力写出这个人物最主要的特征，先声夺人，给读者马上留下一个印象。茅盾注意在外形和神气上将常相往来的人物区别开来。吴荪甫是"紫酱色的一张方脸，浓眉毛，圆眼睛，脸上有许多小泡"，"身材魁梧，举止威严"，"声音洪亮而清晰"。年纪与他相近的他姐夫杜竹斋则是"五短身材，微胖，满面和气的一张白脸。"吴荪甫的主要对手赵伯韬也是四十多岁，却是"中等身材，一张三角脸，深陷的黑眼睛炯炯有光"。赵的主要谋士尚仲礼"总有六十岁了，方面大耳细眼睛，仪表不俗"，说话时喜欢"慢慢地捻着他的三寸多长的络腮胡子"。吴府常客火柴厂老板周仲伟是"矮胖子"，轮船公司总经理孙吉人"细长脖子"，绸厂老板陈君宜则是"将近四十岁的瘦男子"，吴荪甫的得力助手煤矿公司总经理王和甫则"长着两撇胡子"……总之主要人物都有自己的肖像语言，并在整部小说中贯穿始终。这就表明，茅盾在创作时将肖像作为人物生命的先行因素注入，一开始就将人物的外形区别开来。更值得注意的是，茅盾不是一般地给人物画一个肖像就完事，而是让肖像语言中最核心的文字继续出现，成为某种标识。即在故事情节展开的过程中，人物肖像作为一个细节有所反应，肖像主要特征的细微变化表现出人物个性或内心深处的情绪流动，从而加深读者的印象。第二章吴荪甫从工头莫干丞那里得知工人有点怠工，非常生气。"他脸上的紫泡，一个一个都冒出热气来。"第十章写吴荪甫动员杜竹斋一同再凑五十万元与赵伯韬斗法，杜不太积极，"吴荪甫很暴躁地回答，脸上的小泡一个一个都红而且亮起来。杜竹斋的脸色却一刻比一刻苍白"。而外号"红头火柴"的周仲伟在和八个工人代表耍赖时，"蓦地他晃着脑袋，蹲起了脚后跟，把他那矮胖的身体伏在月台的栏杆上……" 从接受心理的角度而言，肖像或外形特点的一贯性与不断重现，有助于读者将阅读变成一种有形象的内视活动，从而获得更加深刻的印象和更多的审美享受。

如果说肖像描写重在赋形，那么人物话语则重在传神而不仅仅是达意。茅盾注意在话语基调上将人物区别开来，使一人有一人语气，各人都有自己的话语方式。作者在第三章和末章都以狮子和老虎来形容吴荪甫。最后他试图开枪自杀前，还感到 "必须重建既往的威权！在社会上，在家庭中，他必须仍旧是一个威严神圣的化身"。由此可见 "威" 便是吴荪甫的话语基调。所以他对下人和晚辈说话总是 "傲然" "颐指气使"，常用命令的口气。对商界的朋友也是 "毅然" "干脆"，充满自信。他的话语含义总是十分明确，语气肯定，绝不模棱两可、含糊不清，表现出他的 "敢做敢为，富于魄力"。杜竹斋的话语基调则是 "疑"。第二章写他与赵伯韬、尚仲礼谈话的两千字中，就多次写到他 "半信半疑" "迟疑不决" "异常多疑"。他在这次短短的谈话中多次表示 "不明白"、疑问和不能决定，要和吴荪甫商量。

《子夜》中有不少精彩的话语场面，有些人物就是靠某一个话语场面站立起来而获得艺术生命的。第五章吴荪甫和屠维岳初次会面便是。人物的道德评价和美学评价并不总是一致的，不论认为屠维岳此人品质如何，他肯定是《子夜》最成功的艺术典型之一。茅盾在介绍这个来自乡下小镇的工厂职员时已经勾勒出他那不卑不亢、机警干练的个性。但是真正使这个小人物闪出夺目光彩给读者立刻留下印象的，是他的话语。吴荪甫问，他答：

"你到厂里几年了？"

"两年又十天。"

"你是那里人？"

"和三先生是同乡。"

屠维岳的回答简短、精确，干脆利落，也很得体，却又透出一些矜持自负，让人感到他的潜在能力。当吴荪甫说他 "泄漏了厂方要削减工钱的消息，这才引起此番的怠工" 时，出乎读者——当然还有吴荪甫——意料的是，屠不仅泰然自若地答道 "不错……" 并用厂规中没有这一项规定反驳吴的怪罪。

当吴荪甫再批评他时，他又明确表示"我不能承认"，但是承认抛出期丝也是他说的，强调"工人……问我的时候，我不能说谎话。三先生自然知道说谎的人是靠不住的"。屠维岳的话语具有明确、简练，以攻为守的特点，有一种故意坚持平等对话以保持尊严的味道。当吴荪甫拍桌子，呵斥他煽动工潮，宣布开除他时，每一次他都以"镇静而且倔强"的态度和令人意外却又相当有道理有分量的话语，使具有狮虎个性的吴荪甫终于发现他有一些"不平常的特点"。

茅盾还通过屠维岳的过人口才，来写他的"狷傲自负"的个性与富有心计的手腕和管理能力。十五章写他对那一百多位女工训话，动员大家接受厂方关于工钱打八折的决定立即复工：

> 我姓屠的，到厂里也两年多了，向来同你们和和气气；吴老板叫我做总管事，也有一个多月了，我没有摆过臭架子。我知道你们大家都很穷，我自己也是穷光蛋；有法子帮忙你们的地方，我总是帮忙的！不过价钱跌，厂家全亏本，一包丝要净亏四百两光景！大家听明白了么？是四百两银子！合到洋钱，就得六百块！厂家又不能拉屎拉出金子来，一着棋子，只有关厂！关了厂，就大家没有饭吃；你们总也知道上海地面上已经关了廿多家厂了！吴老板借钱，押房子，想尽方法开车，不肯就关厂，就为的要顾全大家的饭碗！他现在要把工钱打八折，实在是弄到没有办法，方才这样干的！大家也总得想想，做老板有老板的苦处！老板和工人大家要帮忙，过眼前这难关！你们是明白人，今天来上工。你们回去要告诉小姐妹们，不上工就是自己打破自己的饭碗！吴老板赔钱不讨好，也要灰心。他一关厂，你们就连八折的工钱也没处去拿！要是你们和我姓屠的过不去，那容易得很，你们也不用罢工，我自己可以向吴老板辞职的！我早就辞过职了，吴老板还没答应，我只好做一天和尚撞一天钟！你们有什么话，尽管对我说，不要紧！

作者以话语主体、受体、客体即"我""你们"和"吴老板"为话题的主要支点，以沟通三者利益为话题中心。首先让屠维岳以连续几个"我"的句子——在前十分句中占了六个，其中五个是以"我"开头的——消除了自己与工人的界限，至少是大大缩短了距离，为使工人相信他下面要说的话打下情感基础。接着将话语支点转向"吴老板"，在二十五个分句中，有六个"厂家""吴老板"或"他"，此外还有省略的。从而突出了"老板的苦处"。然后又将话语支点转到"你们"，在八个分句中有五个"你们"或代表它的"自己"，以使工人们感到他屠维岳真正是在为工人着想，是完全可以信赖的。最后十个分句的支点又巧妙地从"你们"回到了"我"，多达五个，"你们"有三个，"吴老板"二个，从语言形式上都能看出作者力图表现屠维岳把三者利益紧紧捆在一起的用心。这七个分句中有七个都在七字以下，显得格外真诚。这段话语总共四百零一个字，分为五十三句，句均字数不足七点六个，因此简短有力。四个层次分明，支点的过渡和最后纽结都十分自然，加强了话语内容的感染力，讲得声情并茂，很有煽动性和欺骗性。如果说屠维岳和吴荪甫的那场对话由于双方都讲了不少话，都通过讲话在塑造形象，那么屠维岳的这次演说由于工人没有言语上的反应，可以看作是一个单方面的话语行为。

《子夜》中还有一些这样的情况，不是表现话语场面的双方或各方，而只是一方。作者就是通过某一人物的话语行为来刻画其性格，话语场面中其他人仅仅起陪衬作用，他们的话语明显地缺乏分量和光彩。"红头火柴"周仲伟从戏的多寡而言，只能算个三等角色，他在小说中实际上主要只有十六章一场戏，但就是这一章他的表演，尤其是话语行为，使它成为《子夜》中给读者留下最深印象的形象之一。旧中国上海滩上的商人各色各样，有恃洋托大的买办型，颐指气使的富豪型，兢兢业业的小老板型，谨小慎微的小业主型等，性格基调也各有特色。而茅盾着重让周仲伟在几段话语中生动地展示了他的无赖品性。当八个工人代表威胁要放火烧他的房子时，他在阳台上大声道：

> 你们要放火么？好呀！我要谢谢你们作成我到手三万两银子的火险赔款了！房子不是我的，你们尽管放火罢！
>
> 喂，喂，老朋友！我教你们一个法子罢！你们去烧我的厂！那是保了八万银子的火险……我当真要谢谢你们；鸿运楼一顿酒饭，我不撒谎！

在这些话语中，嘲弄语气强，句长变化大，感叹号特多，挑逗性甚至挑衅性语气十足，话语中有一些上海一带特有的语汇（"喂，喂，老朋友"），充分表现出他那种在上海滩混油了的带流氓习气的商人品性。文学作品中的商人形象中不乏奸商、官商、儒商，而周仲伟则是一个难得而又出色的痞商艺术典型。他和那些现今常见的痞子型个体户形象不同，他可是正经八百的厂长，上海滩上有他一席之地，他结交的都是上海工商界有头有脸的人物，因此其典型意义也就更不一般。几段话就托起了一个艺术形象，由此也可见茅盾驾驭艺术语言非凡功力之一斑。

　　从描写人物的角度观照，《子夜》与《家》在语言方式上有很大差异。《家》重在表现人的情感世界，从人与人之间的感情纠葛来展示社会生活及其矛盾，即社会斗争置于人的情感冲突之后。因此揭示人的内心活动的心理语言特别丰富。而《子夜》着眼于人的物欲追求，从人们对财富的争夺中揭示人际关系及社会关系的调整与重构，同时展现人的内心世界。因此《子夜》的心理语言比重明显地小，极少大段大段的心理活动，写梦境也少而短。同量文字《子夜》提供的情节信息、社会信息和人际关系信息，要多于《家》这样的抒情性很强的小说。即使同样是写心理活动或潜意识，由于着眼点不同，其使用的语言方式也大异其趣。《子夜》一般不采取通常的人物思考、回忆、想象（那里的形象都是虚像）的写法，而是通过人物所见引起的形象性感觉（实像或被扭曲了的幻像）转化为情绪的波动。如满脑子封建意识被称作"古老的僵尸"的吴老太爷从乡下甫到上海，坐在飞驰的汽车中，车外是无数怪眼般的灯光，身旁是穿着夏装的二小姐：

　　　　……一对丰满的乳房很明显地突出来，袖口缩在臂弯以上，露出雪白的半只臂膊。一种说不出的厌恶，突然塞满了吴老太爷的心胸，他赶快转过脸去，不提防扑进他视野的，又是一位半裸体似的……时装少妇……"万恶淫为首！"这句话象鼓槌一般打得吴老太爷全身发抖。

　　作者着力描写的是人物所见所闻，以对比式文字突出其不合理性，仅仅只露出"半只"臂膊就有"说不出的厌恶"。人物的心理语言并不很多而十分准确有力，"塞、扑、打"三个动词使读者对人物心理活动一览无遗。看来茅盾在心理语言使用上是以精动人而非以细取胜。

　　同样写梦境，在潜意识活动中依然是物欲、权欲（实际上是物的人格化）为主，而不是以情感、情欲为中心。更重要的是，梦境的叙述方式和语言方式有很大不同。这只要比较一下觉慧之梦（《家》二十八章）和吴荪甫之梦（《子夜》第十九章）就一清二楚了。觉慧之梦采取的是间接表现形式，以"'三少爷。'觉慧听见有人在叫他"开头，四千多字后"他底梦醒了"，读者方知是梦。这中间有大量的话语和不少心理活动。贾宝玉梦游太虚幻境就是这类写法，多有具体过程，它适合于表现丰富细腻的情感活动。而吴荪甫之梦是直接形式，作者不断提醒读者：人物现在正处于梦境之中。不足四百字的描写中，"梦的""梦中""梦里"就出现四次。梦醒后的一百多字中还有四个"梦"字。作者强调的是吴荪甫在梦中与赵伯韬进行公债大战，并暗示他想摆脱失败的命运之不可能。文字上更多地表现为潜意识的某种情绪，而不是具体、细致、复杂、曲折的带情节性的情感活动。

　　一篇优秀的小说，尤其是长篇，应当不仅有动人的故事，深刻的思想，栩栩如生的人物，而且应当有丰富的文化。它不但由于文字的数量多而含量大，而且应该提供一些具有独特品格的内容和文化内涵特别浓郁的语句。这方面鲁迅作品最为突出。《狂人日记》中关于翻开历史的每一页都写着"吃人"二字，《阿 Q 正传》中关于传名的斟酌和"女人祸水"论的反语，《祝福》中的年节和捐门槛，《孔乙己》中的鲁镇酒店的格局，等等，提供给读者的不仅是饶有趣味的知识和思考，文字本身就颇耐咀嚼。这些文字提供的信息已经远远超越了情节与人物性格。文化含量成为小说艺术浓度高低的一大关键因素。茅盾显然在《子夜》中有意识地表现一种现代上海的大都市文化。它不仅仅是艺术地再现了典型环境，或者说由于情节需要而做环境描写，而是将上海本身作为一个艺术对象来加以描绘。因为纯粹从故事情节和人物性格刻画的角度而言，有些描写似乎是可以省略的。《子夜》一开头作者精细地写"苏州河的浊水"，"黄埔江的夕潮"，高出了码头的舱面，以及飞云轮泊在一条大拖船的外面。按说这些和吴老太爷这具"僵尸"后来的迅速"风化"无关，从情节与人物意义上说似乎是多余的。但是从文化意义上来说却使上海这个大舞台更加真实多彩，并具有了近、远两层的隐喻意义：暗示这具活尸和那个腐败没落的社会。同样，作者用大量笔墨描写街道、霓虹灯、高楼大厦、吴府格局、厅室布置、豪华舞厅、高级套间、棚户区，有巡捕看管的狭窄弄堂等等，都不仅仅是为人物构筑一个典型环境，因为有的环境完全可以更换或干脆不写而不损害情节与人物性格；而且还有营造某种文化氛围的作用。读者从中接受的也不只是人物活动的环境或背景，还有一些相关的文化因素，其中不少都具有相对独立的认识与审美价值。从语言角度观照，适当地多使用一些定语和状语是加强文化色彩的一种比较出彩而又简便的方法。作者在描写吴府丧事时就很好地发挥了定语和状语的作用，以流畅紧凑的长句将一些细节点染出来。既丰富了典型环境，使小说增加了文化色彩，又不喧宾夺主：

> 拿着"引"字白纸帖的吴府执事人们，身上是黑大布的长褂，腰间扣着老大厚重又长又阔，整段白布做成的一根腰带，在烈日底下穿梭似的刚从大门口走到作为灵堂的大客厅前，便又……这一班的八个人有时还能在大门口"鼓乐手"旁边的木长凳上夹着屁股坐这么一二分钟，撩起腰间的白布来擦脸上的汗，又用那"引"字的白纸帖代替扇子……

由于一连串的定语和与这些定语相关的状语的修饰作用，"吴府执事"以及"长褂""腰带"等都变得更加具体、形象，加强了艺术生命力，带有某种民俗意义，使小说增添了民族文化意味。静态的文字已经变成流动着的影像，小说语言成了电影语言。《子夜》很高的文化品位也表现在对办实业、开公司和做期货与股票的精细描写上。恩格斯曾经这样说，巴尔扎克在《人间喜剧》中，"汇集了法国社会的全部历史，我从这里，甚至在经济细节方面（如革命以后动产和不动产的重新分配）所学到的东西，也要比从当时所有职业的历史学家、经济学家和统计学家那里学到的全部东西还要多"。（《致玛·哈格纳斯》）那么我们这些在 20 世纪五六十年代读《子夜》者，从中学到的经济学、社会学知识也大大超过当时我们从教科书上得到的东西。

茅盾善于在交谈中自然地引入一串数字，使情节点更有时代感，因而后人读了更富于历史感。第二章吊丧空隙聊天时绸厂老板陈君宜感叹不堪苛捐杂税的繁重：

……朱吟翁的厂丝，他们成本重，丝价已经不小，可是到我们手里，每担丝还要纳税六十五元五角；各省土丝呢，近来也跟着涨价了，而且每担土丝纳税一百十一元六角九分，也是我们负担的。这还是单就原料而论。制成了绸缎，又有出产税、销场税、通过税，重重叠叠的捐税，几乎是货一动，跟着就来了税。

数字精确到了"分"，连用三个"某某税"，这段一百十八个字的话中，"税"字多达七个，让读者感到确实是政治腐败，苛捐杂税多如牛毛，民族工业难以生存。这段话共有十七个分句，除两句分别为十三和十七字外，其余十五句平均句长仅六字，从而使话语的停顿增加，节奏放慢，人物显得格外心情沉重，无可奈何。

一些在其他小说中可能根本不提的细节，在《子夜》中虽然只点了一笔，却被赋予了文化意义。第七章写吴荪甫去银行公会吃饭：

除了星期天是例外，他每天总到这里吃午饭，带便和朋友们碰碰头。在愉快的应酬谈笑中，他这顿午饭，照例要花去一小时光景。

这段文字，尤其是"除了……，在……中"和"照例"，绝非仅仅是出于情节需要——那只要一句话，说明去银行公会吃饭就行了——而是要表明人物的一种生活方式和工作方式，而这种生活方式和工作方式恰恰只适合于这种特殊的人物。十一章写赵伯韬和尚仲礼密商如何打垮吴荪甫，同样是起这种作用。赵分析道：

这一个月里，他先是"空头"，后来一看长沙没有事，就变做"多头"，现在他手里大概有六七百万，可是我猜想来下月期货他一定很抛出了些。他是算到山西军出动，津浦线大战，极早要在下月十号前后。

十八章写吴荪甫和王和甫紧急磋商在公债上和对手背水一战，讲到赵伯韬他们打算"一面请财政部令饬中央中交各行以及其他特许发行钞票的银行对于各项债卷的抵押和贴现，一律照办，不得推诿拒绝；一面请财政部令饬交易所，凡遇卖出期货的户头，都需预交现货做担保"，否则"就一律不准抛空卖出"。还有第二章关于组织多头公司和第三章酝酿成立金融公司的许多议论，这些金融术语和知识由于有机地融化在故事情节中，已经成为人物生命活动的重要组成部分，使人物显得精通业务，令人信服地表现出上海滩上大中实业家、金融家、投机家的修养和秉性。因此读来不仅不感到枯燥乏味，反而觉得长知识长见识，在得到审美愉悦的同时还有一种文化享受。

《子夜》语言的成就是多方面的。其通过景物进行隐喻、象征、暗示的文字之多，在现代小说中前所未见，用得相当成功。要说《子夜》语言的不足，我认为主要是有的地方直露了一些，含蓄不够，将读者的体味和评论家的分析过急地全说了出来。这是茅盾以及其他一些小说家和鲁迅的重要差距之一。如第八章介绍那个以女儿肉体为诱饵套取赵伯韬做公债策略的大地主冯云卿时写道：

> 冯云卿是有名的"笑面虎"，有名的"长线放远鹞"的盘剥者，"高利贷网"布置得非常严密，恰似一只张网捕捉飞虫的蜘蛛，农民们若和他发生了债务关系，即使只有一块钱，结果总被冯云卿盘剥成倾家荡产，做了冯宅的佃户——实际就是奴隶，就是牛马！……（他的土地）都是渗透了农民们的眼泪和血汗。就是这样在成千成万贫农的枯骨上，冯云卿建筑起他的饱暖荒淫的生活！

如果说前三行文字特别是那个"蜘蛛"的比喻还有点味道的话，后面就显得宣传味太浓了。这样的行文显然和当时的左翼文艺理论有关。不过，和其他许多左翼作家比较起来，茅盾作品所受的影响还是很小的。

二　巴金：至少改过八遍的《家》

巴金从 1929 年 1 月在《小说月报》上连载他的第一部作品《灭亡》起，至 1949 年的二十年中，共计发表、出版中篇小说和长篇小说二十部，还有七十多个短篇，其中绝大多数写于 1946 年以前。[①] 从小说语言的角度而言，在巴金所有的作品中，《家》是最值得研究的。这不仅是因为《家》是其主要代表作，而且《家》曾多次修改，为小说语言研究提供了中国现代小说史上任何其他小说都没有的丰富材料。还有，《家》是中国现代小说史上第一部思想

---

①转引自赵遐秋、曾庆瑞《中国现代小说史》（下）231 页。

性和艺术性高度统一的长篇小说：《家》原名《激流》，初版于 1933 年 5 月，虽然晚于同年一月初版的《子夜》四个月，但《激流》1931 年 4 月 18 日至 1932 年 5 月 22 日在上海《时报》上连载则早于《子夜》。《子夜》的第一章原以《夕阳》为名于 1932 年 1 月刊于《小说月报》，由于日寇发动的"一·二八"战争影响，同年六七月间第二与第四章才于《文学月报》发表。因此完整的《家》问世比《子夜》要早。

巴金在 1984 年 12 月 11 日《为香港新版写的序》中说：

> 我常说我写文章边写边学，边校边改。一本《家》我至少改过八遍。
>
> 我一直认为修改过的《家》比初版本少一些毛病，最初发表的连载小说是随写随印的。我当时的想法和后来的不一定相同，以后我改了很多，文字和情节两方面都有变动。

他说："作品最初的印数不多，我又不断地修改，读者们得到的大多是各种各样的修订本，初版本倒不为读者所熟悉。"① 不过作为小说语言史方面的研究，自然应当尽量采用最原始的版本，以见出当初语言的面貌。本书采用的原文尽可能出自《中国新文学大系（1927—1937）·小说集》，因为它总是转印于原刊或初版。因此本文引用的《家》的文字，当然也包括某些其他细节，与后来的本子就可能略有不同。由于个人或社会的原因，作家对自己的作品在再版时进行修改，并不少见。茅盾的《子夜》，老舍的《骆驼祥子》，都曾做过修改。但是像《家》这样，改动次数如此之多，尚属仅见。中国现代小说的修改，可以作为一门学问来研究。光是《家》的八次修改，就可以从创作学、社会学、心理学、修辞学、版本学等不同角度进行深入探讨。

作为一部经过半个多世纪时光淘洗的丰碑式长篇小说，《家》的语言成就自然是多方面的，否则它就不可能如此长期地被不同时代的人们所热爱和经受住反复的研究。《家》在语言上给人的第一个突出印象——它后来贯穿全书——是它那沉重、忧郁的基调。从第一章一开头起，描写环境的语言就是低沉的冷色调："风刮得很紧"，"声音很是凄厉"，使行人"感到一种恐怖"，

---

①《巴金全集》第一卷 465 页，人民文学出版社 1986 年 1 版。

"天阴沉着……到处都是寒冷"，"街是泥泞的道路"。第三章结尾：

> 在街中响着锣声，沉重而悲怆。

第四章开头三句竟是：

> 夜是死了。电灯光也死了。黑暗统治了这一所大的公馆。

第五章的头两句是：

> 轿子里是一片漆黑，狭小得象一个囚笼。

显然，巴金有意识地在用阴暗、压抑的文字营造一种令人窒息的氛围，以突出这个封建礼教网络森严的社会大环境和高府小环境。这些灰暗的环境描写文字，犹如一部宏大交响乐中低音提琴和大锣奏出的低沉声音，暗示着黑暗势力的可恶与强大。这里既有"令人恐怖的寂静"等比较直接的提示，也有觉民、觉慧兄弟两人回家途中，在泥泞道上和风雪搏斗、挣扎式的暗示：那道路"上面留着重重叠叠的新旧脚迹，常常是一步踏在一步上面，新的遮掩了旧的"。《家》中有不少这类隐喻式的文字，它们除了字面表层的情节意义外，还有深层的与主题紧密相连的含义，而且有时还暗示着后面的情节。《家》在写法上有些地方学习了《红楼梦》，其中一个突出之处就是它对高府建筑尤其是后花园的精细描写。但是二者的一大不同便在语言色彩上。《红楼梦》的不少环境描写，特别是大观园试才题对额等处，语言色调均较明快；有些结社吟诗、割腥啖膻、群芳夜宴等场面，字里行间也还洋溢着欢快的气氛。但是《家》的语言基调始终是压抑和灰暗的，即使极少数具有欢快内容的片断也不例外。第十章首次详细地写到宏大而美丽的花园时，鸣凤说话的调子是"抑郁的"，眼光"变为阴暗"。第十四章再次写到花园时，作者在迷人的景物中突出了"打了个寒噤"和在松林中"天色也变得阴暗了"的感觉。第十九章又一次写元宵佳节的月下花园美景，却穿插着"灯光显得很黯淡，很孤寂"，松林中某种大声"给他们带来一种恐怖的感觉"，还有"那箫底悲泣"。悲剧的语言并不一定就压抑，但是抑郁的语言显然会加重悲剧色彩。《家》之所以让人感到特别沉重，具有强大的心灵震撼力，除了故事本身的凄惨和感人外，作家特意调制的语言色调所带来的特殊氛围也是一个重要原因。文字基调与作品主题基调一致，显然是《家》的成功秘诀之一。

　　《家》是中国现代小说中第一部着力于并成功地表现人的情感世界的长篇小说。其巨大的艺术魅力正如《红楼梦》那样，在于文以载情。如果说其语言基调的低沉，环境描写的色彩黯淡，主要渲染了情感活动的外部条件的话，那么数量众多、表现手段丰富的心理语言则充分展示了人物复杂的内心世界。巴金显然是受西方小说的影响，改变传统小说的叙述方式，十分注重通过人物的内视、内省和内腾，表现人物的深层情绪流动。《家》的心理语言是如此之多，以至于有的重要人物，如鸣凤，作家直接描写这个人的行动和话语并不很多，其主要经历，最能表现其性格、理想的情感活动，以及决定其命运的思想斗争，几乎都是通过写她的回忆、思考和潜意识来进行的。初版的《家》是有小标题的，首次着重写鸣凤的第四章就叫"灵魂的一隅"。总共三千字，几乎全是写她的灵魂如何在高家这个"黑暗统治了……的大公馆"中的苦苦挣扎。这章第二段有几句话颇能帮助我们理解作家特别重视心理语言的原因：

　　　　人们都躺下来了，卸下了他们白日里所戴的面具，结算这一日的总账。他们打开自己底内心，把秘密展露给自己看，发现了自己的灵魂的一隅，那隐秘的一隅。

　　巴金没有简单化地用回忆来叙述，而是采用叙述者引导的方式，从而避免了心理活动的单调，显得富有层次。先是"她要享受"这自由的时间，"她在思索"，"第一个念头"是来此已经七年了，于是"心里有了感伤"，引起回忆，然后写其自责、自语和悲叹。这种以引导语带动的方式，比较适合表现内容很多的心理活动。由于引导语造成的阅读切割，也容易使读者产生层次感。二十六章《生与死》写鸣凤得知将被送给冯乐山作妾的悲痛与绝望，一个重要方面就是通过写他在觉慧窗外的幻觉和"疑心她的事情"已经被别人知道而受到嘲笑来表现的。其思维—感觉（心理活动）方式与语料，带有明显的人物的个性色彩。

　　小说各类语言浸透了饱满的感情，有些文字简直是和着作者的血泪，这是《家》最主要的语言特色，也是它与《红楼梦》的一个重要相似之处。在中国现代长篇小说中，直到 20 世纪 70 年代中期以前，很难再找到第二个人像巴金这样，将自己的全部感情如此深深地投入于自己的作品中，在古代小说家中也只有曹雪芹一人而已。巴金曾多次明确表示，"我从没有把自己写进我的作品里面"，但在他的许多小说，尤其是《家》中，如他自己所言，"浸透我自己的血和泪，爱和恨，悲哀和欢乐"①。因此尽管《家》没有一个人物是作者本人的化身——虽然早就有人以为觉慧就是作者写自己，但巴金一再否认——读者仍然可以在阅读中经常感觉到作家在陪伴引领着自己行进。这种奇特的阅读效应也很像《红楼梦》，而不同于其他小说。从语言角度考察，就是由于作者不是冷静地客观地叙述——尽管那样也是可以有倾向性的——而是带有强烈的主观感情色彩。巴金说：

> 我不是一个冷静的作者。我在生活里有过爱和恨，悲哀和渴望；我在写作的时候也有我的爱和恨，悲哀和渴望的……在每一篇页、每一字句上我都看见一对眼睛。这是我自己的眼睛。我的眼睛把那些人物，那些事情，那些地方连接起来成了一本历史。我的眼光笼罩着全书……好像连一件细小的事也有我在旁做见证。我仿佛跟着每一个人受苦，跟着每一个人在魔爪下面挣扎。我陪着那些年轻的灵魂流过一些眼泪，我也陪着他们发过几声欢笑。我愿意说我是跟我的几个主人公同患难共甘苦的。

> 我坦白地说《家》里面没有我自己，但要是有人坚持说《家》里面处处都有我自己，我也无法否认。②

巴金的这种小说中"没有我自己"却又"处处都有我自己"的艺术效果，是许多作家追求而难以达到的。从根本上来说，当然是他首先有过这种刻骨铭心的生活与情感体验，并且带着这强烈的情绪写作的结果。不过这里面还有艺术技巧的因素，其中很重要的一点是小说语言的运用。即存在着三个因素：强烈的生活感受，带着这种强烈感受全身心投入创作，包括语言运用的高超的技巧。简言之即：感受，投入和技巧。某些创造社、太阳社作家的情感不可不谓强烈，在生活里的爱和恨也未必不深，他们强调创作表现自我，

---

① 《〈家〉十版代序》(1937)，《序跋集》19 页，花城出版社 1982 年版。
② 同上书 218 页。

在创作中也未必不投入，也许程度也不亚巴金，为什么不少作品比较粗糙肤浅？我认为除了对生活的认识有一些差距外，主要还是在对于包括语言在内的技巧的把握方面。某些创造社太阳社作家作品中的主人公，往往就是作家自己的影子，甚至把其他正面人物也都作为自己的代言人。这些作家过分急于表达某些理念，而它们通常都是创作前就已经预设的，故事只不过是为了体现这些思想的一个粗糙外壳。这颇像 20 世纪 50 年代至 70 年代的"主题先行"。因此，这些作家不是"跟着"和"陪着"人物受苦、挣扎与流泪，而往往是穿上人物的衣衫去宣传。这样一来，小说语言往往就出现了一个奇怪的现象，某些人物说着不符合他身份、环境的话语，因为作者需要他这样说，有时干脆就直接"喊叫"。而巴金不然，不是某些理念促使他写作，而是难忘的生活经历和强烈感受推着他写。因此他的思想情感不是仅仅体现在某个人物身上，而是"处处都有"。巴金在创作中，总是时时用"我的眼光（作者按：而非自己的喉咙）笼罩着全书"；和他的主人公们"同患难共甘苦"。所以他的人物各有各的话语，不会只代作者言。作家和他的人物们情感相通而非话语相同。读者在字里行间分明能够感受到作家的深切同情、慨叹和对封建制度的愤怒。因为在文字上巴金处于一种近距离的位置——既不是附着在人物身上"喊叫"，也不是冷静甚至冷漠地旁观。觉新正式出场的第六章《做大哥的人》第四段开头是：

> 然而恶运来了。

第五段则以中心语重复的两句来强化这种同情与无可奈何的情绪：

> 终于到了有一天他底梦幻被打破了，非常残酷地打破了。

第十一段写他得知即将奉命完婚，将永远失去自己心爱的少女时：

> 他痛哭，他绝望地呼号，他关住门，他用被盖蒙住头……

这段共有十四个分句，其中七句以"他"打头，尤其是最前面这连续四个的"他＋谓语"的短句，不仅表现了觉新的极度悲痛，而且作家心情的沉重溢于言表。从上面引述的三处可以发现，《家》的这种语言具有鲜明的亲历感，"见证"感，作者—叙述人—读者的距离很近，仿佛作者在以忧郁、悲愤、同情而又无可奈何的情绪缓慢地讲述自己亲眼目睹而且还是自己亲人的事。这样的小说语言特别适合朗读或朗诵。

不仅叙述语言、心理语言如此，人物话语也不例外。《家》虽然写四川成都的事，却几乎没有什么川味，话语也不是地道的口语，而是一种经过提炼了的比较雅致的语言。它比较适合表现有文化者的说话，语言中的情节因子较少，比喻修饰性成分较多，情感因素较浓，没有什么市井俚俗语，可以称之为文化人口语。这里所说的"文化人"，并非专指从事文化工作的人，而是具有相对较高文化（当时初中生已经属于这个范畴）的从事各种职业的人，有别于一般没有文化或很少文化的市民。第二十四章《女人的心》中瑞珏与梅的对话就很有代表性：

梅：我懂得了……现在我才知道他为什么那样地爱梅花了。都是为着你……他爱你更甚于爱我……我固然得到了他底身体，但这有什么用处呢？他底心已经被你分去了一半了……我们三个人都错了，都陷在这不能自拔的悲痛的境地里。

瑞珏：大表嫂，你误会了……我已经厌倦生活了。我在生活里得不到什么东西了。……我无论什么时候都记着我已经走上了飘落的路了。你还是在开花结实的时间。

这些话语中由于出现了"更甚于""陷在……境地""飘落"等带有书面语色彩的词语而显得比较雅致，整个对话更加有味，有浓重的感情色彩。

语言中浸润着文化含量，小说内容大量表现文化，是《家》的一个突出贡献。作家精心地描写高府的建筑，它是这条街上有着黑漆大门和一对石狮子的好些个公馆中的一个"更大的"。巴金细致地写其屋檐下的纸灯笼，门前的大石缸和门墙上的木对联，门内的大天井，石板铺砌的过道，上房和左右两面的厢房以及石阶，高老太爷、觉新等各房的住房，交代得一清二楚，将一所南方官宦、大户人家的大宅院写出来了。尤其是花园写得令人赞叹：月洞门，假山，山洞，石桥，梅林，葡萄架与枯藤，曲折上斜的石子路，湖，湖中的亭子……这些不仅为人物活动提供了舞台，使读者深感物质环境的美好与精神环境的恶劣构成强烈的反差，而且本身就具有独立的审美价值。在这里，小说语言为人们创造的已经远远超出情节、人物乃至文学的意义，成为园林艺术、建筑美学的一部分。这些原本极普通的文字，散发着浓郁的文化芳香。北京和上海都修建了大观园，成为一大景点。成都若能利用某个大宅院，改建扩建成一所能够反映清末民初建筑与园林风格的"高公馆"，肯定也会成为一个著名的文化景观，还会有助于推动人们去进一步阅读巴金的作品。第十三章《合家欢》吃年夜饭的摆设、规矩、座次、吃喝，构成了活生生的封建礼法的画图。第十八章《龙灯》，撇开高家主仆残忍地戏弄玩龙灯的穷人这一面不谈，从表现民俗的角度而言，颇有四川地方色彩。舞龙各地多有，但却未闻用花炮向舞龙人身上射者，冬日光身舞龙恐亦为他处所无。整个过程写得极为细致传神。尤其是写舞龙那段：

> 龙跟着宝珠舞动，或滚它底身子，或掉它底尾巴，身子转动得很能如意，摇摇头，摆摆尾……

用了两组字数相等（六字与三字）、结构相同（或＋动宾结构）的短句，节奏上给人以欢快的舞动感。梅的入殓和高老太爷丧事的文字也都超越了情节与人物层面，深入到了文化层面，给读者提供了更多的知识和思考。

许多人读过《家》后都有这样的感觉：巴金显然是将觉慧作为第一主角和结构重心，但是最动人的第一艺术形象却是直到第六章（全书共四十章）才出场的觉新——虽然也有一些人认为"书中最激动人的形象是觉慧"[1] ——曹禺显然发现了这个现象，在改编为话剧时将结构重心作了转移，觉新上升为第一主角，他和瑞珏的戏成了主线。造成小说《家》的第一主角和成功的第一艺术形象不统一的原因是多方面的，主要是由于觉新在多数最感人的事件中始终处于矛盾中心的位置，结构重心实际上已经与小说开始时有所偏离。但是语言因素也起了相当重要的作用。一部优秀的小说应当高出读者的认识，或将读者感觉到但是未能准确把握与表达的思想，用精彩的语言提炼出来，成为优美的旋律甚至华彩乐段。《家》中有不少警句，深刻而有味，其中相当一部分来自觉慧的话语，这是觉慧形象赖以确立并激动人心的一大原因。但觉慧话语的调子基本上处于同一高度，总是那么激昂、愤懑，语气、调式变

---

①唐弢主编：《中国现代文学史》（二）192 页。

化较少。他虽然和以高老太爷为代表的封建势力的矛盾最为尖锐，但是却往往并不处于作品中多数最感人的情节的中心，因而觉慧语言的情感内涵显得比较浅直，有力度而缺少厚度。而觉新的话语和心理语言则充满心灵的剧烈撞击，情感曲线波动大而复杂，比较有味。

1980 年 12 月 14 日巴金在他的《关于〈激流〉——〈创作话语录〉之十》中说："我写《家》的时候，喜欢使用欧化的句子。"① 这种欧化句子的一个重要表现是作主语的名词的定语特别长：

> 这许久都在为思念那困居在家中的母亲和弟弟感到苦恼的梅也暂时被这景色分了心。

修改这类句子，使它民族化，更富于表现力，更好地为读者所接受，是巴金多次修改的重点之一。这个句子 1953 年人民文学出版社重排新版被改为：

> 梅这许久都因为思念困居在家中的母亲和弟弟感到苦恼，此刻也被眼前的景色暂时分了心。

初版主语"梅"位于长达三十六字的句中的第二十六字，句子主干是"梅分了心"。新版不仅将"梅"置于第一字，突出了主语，而且将它分为两句，长的那句也只有二十四字，短的仅十四字。这种句式比较符合中国人的阅读习惯。两个句子的主干分别为"梅感到苦恼"和"（梅）分了心"，内容重点作了移动，也更切合人物此时此地的话语实际。我在这里提到《家》的欧化句子的修改经过，一方面是为了向巴金老人这种对读者也对自己高度负责精益求精的精神表示由衷的敬意——这正是我们有些当代青年作家所缺乏的——另一方面也是为了表明，现代小说语言正是这样在中西文化的不断撞击下，在先驱们的不懈探索中发展、成熟起来的。

巴金对《家》的修改时间跨度长约半个世纪：第一次应在 1932 到 1933 年，即由连载到改为出版单行本时。1980 年 11 月又作了一次修改，"改动最

---

①香港《文汇报》1981 年 1 月 10 日，转引自《中国当代文学研究资料巴金专集（2）》685 页，江苏人民出版社 1982 年 1 版。

少，可能是最后的一次了"①。历次修改的原因和时代背景不完全一样，效果也有差别，并不都是越改越好。如第十章《爱》写觉慧被祖父下令软禁于家中，在花园与鸣凤邂逅。觉慧问她为什么怕和他说话，初版中鸣凤说道：

> 不是的，长大了，常常在一起，旁人就会说闲话。这公馆里说闲话的人又多。我倒不要紧的，这是为你。你总该当心一点不要忘了主子底身份。我是不要紧的，我本来就生成这样贱的命！

1953 年人民文学出版社的新版中除了个别字及标点的改动外，主要是将最后两个分句删去了。同一章鸣凤说道：

> 要是我生在有钱人家，我怎么会遇见你呢？……你不晓得我现在是很满足的了……

新版均删去。我觉得，初版的那些文字似乎更符合 20 世纪 20 年代初期象鸣凤这样的少女的道德观念、认识水平和话语实际，修改后的某些"落后"想法固然是消失了，但是作品的真实性和历史感也随之降低了，实在是得不偿失，非常可惜。在 1953 年《〈家〉新版后记》中巴金表示："我改的只是那些用字不妥当的地方，同时我也删去一些累赘的字句。"他写于 1957 年的《〈巴金文集〉前记》中又谈到，"我的作品中思想性和艺术性都薄弱"，"不管我的作品有多少缺点，或者我犯过多少错误……"② 这些文字多少透露了一些巴金当时由于政治大气候而受到了某种直接或间接压力的消息，从中我们可以发现一些他之所以删改的非艺术原因。这种情况我们在其他一些作家比如茅盾、老舍等人的作品中也能见到，只不过巴金改动得最多。小说研究完全可以建立一门小说修改学，其中中国现代小说修改学一定能够成为特别发达的一个分支。

三 形如水、味如诗的沈从文小说语言

沈从文（1902—1988），原名岳焕，从文为笔名，湖南凤凰县人。十五岁

---

① 《中国当代文学研究资料巴金专集（2）》，江苏人民出版社 1982 年 1 版，686 页。
② 《序跋集》403、404 页。

高小毕业后即参加湘西靖国联军当兵，后任司书，十八岁时在警察所当过办事员。二十一岁时来北京找出路，一面在北京大学旁听，一面练习写作。1925 年后发表了不少小说，由于其题材的独特性和语言风格自成一家，很快就成为文坛引人注目的人物。沈从文来自湘西穷乡僻壤，自称"乡下人"。1949 年至 1979 年几乎在文坛沉寂三十年之久，以至有的中文系大学生都不知道这位在"其他作家"中一笔带过的沈从文竟创作过这么多小说——吴立昌认为，"别的不说，其作品数量之多，就冠盖现代文坛"① ——而且他的许多作品经得起反复咀嚼。像他这样，作品随着时间的消逝而不仅丝毫光辉不减，而且无论是文学价值、文化价值都更加增值者，在 1949 年前的作家中仅数人而已。对沈从文的研究，中国内地实际上在 20 世纪 70 年代末之后才真正开始，中间还有一些反复。其中更显薄弱的是小说语言研究，而这是沈从文对现代文学、现代汉语的最大贡献之一。不论对沈从文的作品或其人的总体评价如何，仅就小说语言而论，他是 20 世纪为数极其有限的几位大师之一。中国现代小说史上语言高手辈出，而沈从文应当位列鲁迅、老舍、茅盾、巴金等几位组成的圣手行列。一般文学史都将沈从文放在"京派作家"中。从作家生活的地域、文友的圈子、发表的刊物，尤其是作品的整体风格来看，这自然是可以的。不过从小说语言的角度而言，"京派"和"京味"并不是一个概念。沈从文小说的语言有京味，但是由于作品的描述对象多是湘西穷乡僻壤的人与事，而不是北京的故事，人物说的不可能是京白，没有大量的典型的北京风物，因此缺乏构成京味小说的基本条件。与其说沈从文写的是京味小说，不如说是湘味小说。

　　也许沈从文的下面这段话有助于人们找到打开其小说语言宝库的那把主要钥匙：

　　　　我文字风格，假若还有值得注意处，那只因为我记得水上人言语太多了。②

　　沈从文所说的"水上人言语"，我以为一方面表现为湘西沅水流域的乡音

①《"人性的治疗者"沈从文传》3 页，上海文艺出版社 1993 年 1 版。
②《废邮存底·我的写作与水的关系》。

土语和带地域色彩的风物人情的描写，更主要而且难度更大成就更著的则是，那秀丽、明澈、流畅、涤人脏腑的流水般的语言风格。从这个意义上来说，沈从文的语言风格在当时是独一无二的，即使时至以他为师者众多的今日，也还没有人完全达到他的水平。发表于1930年的《丈夫》这样开头：

> 落了春雨，一共有七天，河水涨大了。
>
> 河中涨了水，平常时节泊在河滩上的烟船妓船，离岸极近，船皆系在吊脚楼下的支柱上。
>
> 在楼上四海春茶馆喝茶的闲汉子，伏身在临河一面窗口，可以望到对河……也可以知道船上妇人陪客烧烟的情形。因为那么近，上下都方便……于是楼上会了茶钱从湿而发臭的甬道走去，从那些肮脏地方走到船上了。
>
> 上了船……

在这四个自然段中，我们很容易就注意到，每段的末句与下段的首句在文字上相同或相近，只是词序有点颠倒："水涨了——涨了水"，"在楼下——在楼上"，"走到船上——上了船"。这些词语多为表示环境行为变化的，由于衔接得紧凑，有点像修辞格中的顶真，因而带有标记性和引导作用。尤其是短短三百字竟分成了四段，在阅读中便造成了一个个小的停顿，给读者一种略有曲折却依然十分流畅的动感，仿佛流水在清澈的小溪中经过一个个浅滩潺潺而下。这种"顶真"式的分段有助于突出后一个词语及其领起的句子，因停顿更长而比仅用标点隔开更显出强调的作用：

> 那些船，排列在河下，一个陌生人，是数来数去永远无法数清的。
>
> 明白这数目，而且明白那秩序，记忆得出每一个船与摇船人样子，是五区一个老"水保"。
>
> 水保是个独眼睛的人，这独眼……

沈从文在这里是要突出写水保此人。他把前两句切割成了四句——"船"后和"人"后本都是可以不断开的，这样就显出"数清"之不易。再加上"水保"顶真，于是这个人物就更容易受到读者的注意。

湘西多水，沈从文爱写水。他的小说语言正如1937年发表的《贵生》开头所写的那样："秋天来溪水清个透亮，活活的流。"即使在一般叙述中，我们也不时能感到这种"清个透亮"的朴素、简洁、明净，和"活活的流"的节奏分明的流动感："五老爷要贵生做长工，贵生以为做长工不是住围子就得守山，行动受管束，不大愿意，就自己用镰刀砍竹子，剥树皮，搬石头，在一个小山坡下，去溪水不远处，借五老爷土地砌了一重小房子……"他很少用二十字以上的长句。在表现比较明快的情绪时，他爱用短句或结构相同相近的句子："他欢喜喝一杯酒，可不同人酗酒打架，他会下盘棋，可不象许多人那样变棋迷。间或也说句笑话，可从不用口角伤人。为人稍微有点子憨劲，可不至于傻相。"但这绝不意味着沈从文小说语言句式的单调，或只在某些句型中才有这种流水感。他的句型多变，但文气贯通，畅达无阻，恰似溪河转折，水流跌宕：

> 做水保的人照例是水上一霸，凡是属于水面上的事他无有不知。这人本来就是一个吃水上饭的人，是立于法律同官府对面，按照习惯被官吏来利用，处置这水上一切的。但人一上了年纪，世界成天变，变来变去这人有了钱，成过家，喝点酒，生儿育女，生活舒适，这人慢慢的转成一个和平正直的人了，在职务上帮助了官府，在感情上又亲近了船家，在这些情形上面他建设了一个道德的模范。他受人尊敬不下于官，他做了许多妓女的干爹。

这段近二百的文字，前六句与末两句均自由洒脱，中间则采取顶真、三字或四字的相似结构，以及"在……了"两个相同句型，使整个语段显得句式多样，音节铿锵。由于有的部分节奏自由，有的则整齐有规律，令人读来有一种忽快忽慢时而舒缓时而跳跃的流动感。而且能领略到叙述人仿佛就在身边讲故事的味道，有一种亲切感。宋代大文学家苏轼自评其文云："吾文如万斛泉源，不择地而出，在平地，滔滔汩汩，虽一日千里无难；及其与山石曲折，随物赋形，而不可知也。所可知者，常行于所当行，常止于不可不止，如是而已矣。"（《东坡题跋》卷一）用这段话概括沈从文的小说语言，也大体相宜。

许多人读沈从文的小说都感到它像散文，即使具有悲剧意味的也似乎并不那么沉重，文字自由、洒脱，而其真正的沉重则往往比那些表面悲痛的作品更令人回味。不少段落像诗，整个作品洋溢着浓郁的诗情、诗味，飘逸着灵秀之气。如果小说风格也可以按儒、道、佛来分别的话，那么沈从文的小说显然属于道家。形如水，味如诗，灵气飘逸，是沈从文小说语言的基本特色。1934 年问世的《边城》是沈从文的主要代表作，它开启了中国现代小说史上诗化小说的先河。20 世纪 80 年代中期一些青年作家，尤其是湘籍作家的作品中，我们可以清楚地看到它的影响。

人们最容易在写景中感受到这种诗味。沈从文至少是 20 世纪前半期中国现代小说史上最重视写景语言并取得突出成就的大家，他出色的写景语言极大地丰富了中国现代小说语言宝库。《边城》第一节：

> 小溪流下去，绕山岨流，约三里便汇入茶峒大河。人若过溪越小山走去，则只一里路就到了茶峒城边。溪流如弓背，山路如弓弦，故远近有了小小差异。小溪宽约廿丈，河床为大片石头做成，静静的河水即或深到一篙不能落底，却依然清澈透明，河中游鱼来去皆可以计数。

柳宗元写《永州八记》的那个永州就在湖南，离沈从文的故乡凤凰县不远，沈从文不会不受到这位大散文家的影响，上面这段文字的简练、清丽、恬淡，尤其是末句，就有点柳宗元《小石潭记》的味道。从沈从文不少小说中都可以看出其语言追求简洁、明澈和意境，读来令人有物我两忘之感，表明它和我国古代散文，尤其是山水游记之间的血肉联系。他写景的重心是水，他写景最拿手的也是写水。他笔下的水总是那么清浅、纯净、平缓。

第二节写酉水（白河）：

> 若溯流而上，则三丈五丈的深潭皆清澈见底。深潭中为白日所映照，河底小小白石子，有花纹的玛瑙石子，皆看得明明白白，水中游鱼来去，皆如浮在空气里。两岸多高山，山中多可以造纸的细竹，长年作深翠颜色，逼人眼目。近水人家多在桃杏花里，春天时只需注意，凡有桃花处必有人家，凡有人家处必可沽酒。

细致的观察，明净的景物，贴切的比喻，简短的句子（沈从文写景的句子多不长，很少超过十五字。这里十六个分句中只有一句十三字，两句十字），尤其是那些带着生命活力画龙点睛式的话眼——"浮""逼"——使这些写景文字创造出了诗画一般的优美意境，使景物充满着勃发生机。它不是平面之画，而是立体的流动之画。他使用的定语少、短而准确有力，比如写水清，连"三丈五丈"的深潭、河底"小小"的白石子和玛瑙石子上的"花纹"都看得清。真称得上是"字不在多，传神则行"。这些文字中并没有作者直接的歌颂赞美之辞，但作家对家乡和描写对象的深情却浸透在字里行间。这种娓娓道来、不作铺张的写景语言方式完全是中国式的。沈从文在《边城》中对写景可谓不吝笔墨，但又绝不为写景而写景。景物描写除了为故事、人物创造背景和舞台，制造氛围，渲染文化外，还常常将它与人物心理活动，包括潜意识的流动，巧妙地结合起来。沈从文将中国古代诗歌中的传统手法移植过来，利用组合式文字构筑意象，以有形表现无形，以象征、暗示为读者开拓思考回味的空间。当翠翠发现有人来为她说媒时，她——

> 从山中黄鸟杜鹃叫声里，以及伐竹人咬咬一下一下砍伐竹声音里，想到许多事情。

> 雨后放晴的天气，日头炙到人肩上背上有了点儿力量。溪边芦苇水杨柳，菜园中菜蔬，莫不繁荣滋茂，带着一分有野性的生气。草丛里绿色蚱蜢各处飞着，翅膀搏动空气时皆习习作声。枝头新蝉声音已渐渐宏大。西山深翠逼人竹篁里，有黄鸟与竹雀杜鹃鸣叫。翠翠感觉着，望着，听着，同时也思索着。

沈从文以毛竹长成伐下，小鸟求偶和鸣，新蝉长大和草木茂盛，暗示少女身心发育，性意识的萌动和对爱情的向往。特别是最后四个分句，总共只有十五个字，却用了四个"着"，令人感到翠翠所受到的触动时间之长之深。读者因而也印象深刻。这种以景示事达情的写法，雅致而别具韵味，给读者提供的是诗情诗味。欧阳修《六一诗话》引梅尧臣关于诗家造语的话说："若意新语工，得前人所未道，斯为善也。必能状难写之景，如在目前，含不尽之意，见于言外，然后为至矣。"司马光《续诗话》指出："古人为诗，贵于意在言外，使人思而得之。"沈从文小说语言的"语工"并不在于精雕细刻，大段铺陈，而是以不多的文字于平易自然中，勾勒出一幅幅人们既熟悉（生活中易见）又陌生（没想到是这样）的美丽画图。沈从文的小说，尤其是《边城》中有不少段落具有这样的品格。

十三节写在月下的高崖上，祖父给翠翠讲她母亲的故事，翠翠问了许多，心情沉重。接下来是一段完整的写景文字：

> 月光如银子，无处不可照及，山上篁竹在月光下皆成黑色。身边虫声繁密如落雨。间或不知道从什么地方，忽然会有一只草莺"落落落落嘘！"啭着她的喉咙，不久之间，这小鸟儿又好像明白这是半夜，便仍然闭着那小小眼儿安睡了。

初看，它是一段动静结合的优美写景，在小说的情绪节奏上起停顿舒缓的调节作用。结合下文再看，便会悟到它还表现了翠翠专心致志地谛听和听后心绪的杂乱。接下去祖父讲到她母亲与父亲相识前的对歌。这一节末两段是：

> 翠翠问："后来怎么样？"

> 祖父说："后来的事长得很，最重要的事情，就是这种歌唱出了你。"

妙的是，这第十三节就到此为止了，翠翠听了这个回答的反应和感受，作家竟然一字未写。而这恰恰是十分重要的后续情节和阅读情绪冲击点。笔拙的作者常常会絮叨一番，将读者本来可以"思而得之"的东西和盘托出。甚至还唯恐读者低能而交代再三，不仅是点破点透，简直就是嚼碎了喂你。沈从文却采用古典诗词手法，留下空白，让读者自己去拼接、联想、补充，慢慢地咀嚼和品味。这也可算是"不著一字，尽得风流"了。

浓与淡，刚与柔，是两组各自对立的美学范畴。将二者统一起来历来是文人们追求的一种很高的境界，诗、书、画皆然。沈从文小说中的人物之情和浸润在一叶叶中的作者之情，都十分浓郁，但是无论是人物的情感表达方式或是作者的叙述方式，都浓而不烈；景物描写则通常都比较淡雅，却淡而不浅。其小说的文字不仅几乎见不到重彩，也难以发现浓墨。沈从文出色地将写意与写实结合了起来，在淡雅的笔墨中成功地刻画出一个个栩栩如生的人物。老船夫、翠翠、二老、大老、贵生、妓女老七和她那几乎麻木不仁的丈夫，全都感情细腻、丰富，脾气温和，但在节骨眼上也不乏刚强。他们柔而不俗气卑鄙，刚而不粗暴无赖。就像他笔下的溪河，清浅平缓，但是有时也会有激流险滩。从语言上看作者不用大段热烈的内心独白或激昂的话语，文字较少，慎用暖色调，几乎不用烈性词语。

妓女老七的丈夫由麻木到人性复苏，决定回乡下去："男子一早起来就要走路，沉默的一句话不说，端整了自己的草鞋，找到了自己的烟袋。一切归一了，就坐到那矮床边沿，像是有话说又说不出口。"老七问他，一次是"'……'摇摇头，不作答。"往后三次的问则全是"……"的回答。当老七把自己卖身的钱塞到男人手中时，"男子摇摇头，把票子撒到地上，把两只大而粗的手掌捂到脸孔，像小孩子那样莫名其妙地哭了"。这个男子既没有骂人或控诉，更没有打老婆，但他的沉默与痛哭给读者带来的心灵震撼力却远过之，因而同船的男孩与老鸨"都逃到后舱去了"，老七也跟他回了家。沈从文没有用许多文字大写那个男人对妻子遭到蹂躏的痛苦与思想斗争——尽管他本来就知道妻子在干着卖身行当——只是极其有限地点一下，"男子摇头不语"，"男子留在后舱不出来，大娘到门边喊过两次不应"。虽然人们很难从文字上直接发现，但是这个男人原来几乎已经完全消失了的男性阳刚之气终于回归，却不难体味出来。沈从文这种把一些重要内容隐藏在极少文字之后的写法，犹如中国画的空白，不仅有助于拓宽读者思考的空间，增加回味，而且特别适合于表现某些特殊内容。当两个喝醉了酒的兵士在前舱要嫖老七时，作家只是写道："这一个便在老七左边躺下去了，另一个不说什么，也在右边躺下去了。"过了一会儿，那个"虽一切丑事做成习惯，什么也不至于红脸"的大娘即老鸨，"悄悄地回到前舱，看到新事情不成样子，伸伸舌头，骂了一声'猪狗'，仍旧又转到后舱来了"。再没有任何描述。至于在四个警察的陪同下来查船的巡官，在查船后让一个警察来告诉老鸨，"巡官要回来过细考察"老七，如何"考察"，沈从文一个字也没有写。只在后面暗示这个巡官连那两个猪狗兵士都不如，因为他不会给钱。嫖妓女，而且是两个士兵同时蹂躏一个弱女子，紧接着又来一个白嫖的巡官，要是在某些作家笔下，不论是同情也罢，欣赏也罢，总要费许多笔墨。尤其是 20 世纪 80 年代以来，这种内容正是某些人的"卖点"。但是在沈从文笔下，脏事不脏写，事脏文不脏，着实难得。这种文品和人品都令人敬佩。

沈从文在谈到作品的情感时说：

> 我文章并无何等哲学，不过是一堆习作，一种"情绪的体操"罢了。是的，这可以说是一种"体操"，属于精神或情感那方面的。一种使情感"凝聚成为渊潭，平铺成为湖泊"的体操。一种"扭曲文字试验它的韧性，重捶文字试验它的硬性"的体操。①

沈从文是有意识地在精心锤炼小说语言，以多样化的叙述与话语方式表达各种情感形态。有些文字也许不大符合常规用法（"扭曲"），虽然可能被某些人讥为"不合文法"，其实这是作家的创造性运用，现代汉语在某种程度上正是许多作家不断地适当"扭曲"原有语言用法的结果。"重捶"则是严格地反复提炼。这种情感和语言形态不是汹涌怒涛与滚滚江河，而是以洁净深沉和清澈平静为特征的"渊潭"与"湖泊"。但它们并不是静止的一潭（湖）死水，而是"活活的流"水。沈从文说：

> 水和我的生命不可分，教育不可分，作品倾向不可分……三十年来水永远是我的良师，是我的诤友，给我用笔以各种不同的启发。②

> 我感情流动而不凝固，一派清波给予我的影响实在不小……我认识美，学会思索，水对我有极大的关系。③

他的许多作品的故事都发生在水边，主要人物的职业、命运、甚至个性都与水息息相关。他们的情感也有水的无比柔顺和能够冲决一切的巨大力量。即使从语言角度考察，沈从文小说语言"水"的特点，除了上面已经讲到的似水的流动、清澈、明净和柔中有刚外，其犹如汩汩泉水的"话眼"，也很值得称道。《边城》第二节写道：

> 由于边地的风俗淳朴，便是作妓女，也永远那么浑厚……恩情所结，则多在水手方面。感情好的，互相咬着嘴唇咬着颈脖发了誓，约好了"分手后各人皆不许胡闹"，四十天或五十天，在船上浮着的那一个，同

---

① 《废邮存底·我的写作与水的关系》。
② 《一个传奇的本事》，《沈从文散文选》313 页，湖南人民出版社 1981 年 1 版。
③ 《从文自传·我读一本小书同时又读一本大书》，同上书 11 页。

在岸上蹲着的那一个，便皆呆着打发这一堆日子，尽把自己的心紧紧缚定远远的一个人。尤其是妇人，情感真挚痴到无可形容，男子过了约定时间不回来，做梦时……必见男子在桅上向另一方面唱歌，却不理会自己。性格弱一点儿的，接着就在梦里投河吞鸦片烟，强一点儿的便手执菜刀，直向那水手奔去。

这段文字颇能代表沈从文如何将情感、情绪这种相对抽象的感觉、心理，变成形象具体和节奏明快、变化众多的文字"体操"。尤其是两个"咬"，还有"浮、呆、缚、奔"等词，顿时使整个语段提神、提气，读来令人荡气回肠，击节赞叹。"浮"不但与"船上"合，而且暗示思念烦躁不安之状；用"蹲"而不用站，顿时使读者明白，"岸上"的那个站立已经很久很久，但仍不愿离去。这些水上人水边事，似水柔情与山洪般的冲决，其痴其呆在极富表现力而又有水的特征的几个字的定语和动词中，化作了使人难忘的艺术形象。中国古代小说与戏曲中也不乏多情重情人格高尚的妓女形象，她们多貌若天仙，通琴棋书画，是有身份的妓女，爱的也多是公子哥儿式的人物。沈从文笔下的则是生活在穷乡僻壤最底层的这种女人。他一反历来小说写妓女必大写容貌如何艳丽，服饰如何华美等的惯例或俗套，决不在此浪费笔墨。有的如上文所引，连姓名都没有，即使《丈夫》中的老七也着墨不多。而是用几个细节，几句话，尤其是几个经过"凝聚""重捶"甚至"扭曲"了的字（"句眼、话眼"），着力刻画人的精神、气质和个性，塑造出鲜活感人的艺术形象。

看得出来，沈从文的"扭曲文字"和"重捶文字"不仅是一般地锤炼文学语言，还有打破常规，熔铸新词，采用新的语言形式的意思。沈从文似乎对小说开头与结尾的文字设计格外精心。《边城》一开头就给人以新鲜感：

由四川过湖南去，靠东有一条官路。这官路将近湘西边境到了一个地方名为"茶峒"的小山城时，有一小溪，溪边有座白色小塔，塔下住了一户单独的人家。这人家只一个老人，一个女孩子，一只黄狗。

作家在标明这个城、溪、塔都"小"的同时，还突出这户人家的"单独"，不说这家只有祖父与孙女二人，而采取"一个……一个……一只"的方式，连续四个"一"，以显其格外的孤寂。而且"一只黄狗"也计算在"这人家"之内，更显出这个家庭结构的简单，令人印象深刻。相邻的句子中重点词语重复本乃作文所忌，但在某些情况下却能收到"特犯不犯"的意外效果。这种方法沈从文在《边城》中显然是有意识地多次使用，对于塑造人物形象颇具助力。第七节端午节前三天祖父叫翠翠端午去山那边看赛船。翠翠说："我走了，谁陪你？"爷爷说："你走了，船陪我。"翠翠皱着眉毛苦笑说："船陪你，嗨，嗨，船陪你。"祖父一时无话，翠翠又跟他到屋后菜圃道："爷爷，我决定不去，要去让船去，我替船陪你。"由于祖孙长期独居城外，少有与人交谈的机会，相依为命，至亲至爱。且老者年已七十，小者方十三四，说话或迟缓或稚嫩，因而语汇少而易重复。这里连用了四个"陪你"，但主语与语气有别，表现出翠翠虽不善言辞却极其孝顺，而且透露出性格中坚定的一面。适当的重复更适于表现孙女的孝敬、撒娇和祖父的慈爱。第十节端午当天祖孙关于去不去和十三节关于把渡船拉回来等几段话，都有这个特点。沈从文在翠翠的肖像描写中改变历来直接形容或借助比喻的写法，而将她置于日常所处的环境与行为中写，从而使比喻也带上了环境特点，人物的肖像神气具有了环境的独特色彩：

> 翠翠在风日里长养着，故把皮肤变得黑黑的，触目为青山绿水，故眸子清明如水晶。自然既长养她也教育她，故天真活泼，处处俨如一只小兽物。人又那么乖，如山头黄麂一样，从不想到残忍事情，从不发愁，从不动气。平时在渡船上遇陌生人对她有所注意时，便把光光的眼睛瞅着那陌生人，作成随时皆可举步逃入深山的神气，但明白了人无机心后，就又从从容容地在水边玩耍了。

三个"故"把翠翠的外貌、气质和风日中的青山绿水融为一体，两个"如"将她的天真乖巧和纯洁善良具象化，使绿水青山更具活力。而"举步逃入"又进一步表现出她那黄麂式的胆小与稚嫩灵巧。翠翠简直已经不是一个普通的农村女孩，而是山溪旁的一个极其可爱的小精灵。

文化色彩特别浓郁，是沈从文小说经得起反复品味与研究和其在文学史上独树一帜的重要原因。中国现代小说史上像沈从文这样，作品具有这么高文化学价值的作家，屈指可数。其作品文化内容与叙事、与人物塑造的关系，语言方式在文化传递中的形式，都是很有意义的课题。沈从文1932年发表的中篇小说《凤子》这样描写故乡凤凰城："……试将那个用粗糙而坚实巨大石头砌成的圆城作为中心，向四方展开，围绕了这边疆僻地的孤城，约有五百左右的碉堡，二百左右的营汛。碉堡各用大石块堆成，位置在山顶头，随了山岭脉络蜿蜒各处走去；营汛各位置在驿路上，布置得极有秩序。"这些一百八十年前的东西，随着历史的变迁，"碉堡多数业已毁掉了，营汛多数成为民房了，人民已大半同化了"。沈从文偶尔才用比较长的定语，通常总是以极简洁的文字写出事物的主要特征，又往往以数字让人感到真实准确，连用三个"了"，则流露出一些历史沧桑感。接着作者用了一千多字介绍这些碉堡、营汛，以及民族、山水形成的风物民情：

> 春秋二季农事起始与结束时，照例有年老人向各处人家敛钱，给社稷社神唱木傀儡戏。旱叹祈雨，便有小孩子共同抬了活狗，带上柳条，或扎成草龙各处走去。春天常有春官，穿黄衣各处念农事歌辞。岁暮年末居民便装饰红衣傩神于家中正屋，捶大鼓如雷鸣，苗巫穿鲜红如血衣服，吹镂银牛角，拿铜刀，踊跃歌舞娱神。

这些文化性叙述，尤其是一些定语和名词，使文字平添了不少地域特色，为故事的展开和人物活动提供了色彩绚烂的舞台和奇丽多姿的天幕，也为人物个性植入了历史与民族的文化基因。农民在家中贴财神像，歌舞时吹牛角和拿刀，并不稀罕。但是"装饰红衣傩神于家中"，牛角"镂银"，刀是"铜刀"，寥寥数字，便使得这些细部获得了独特的艺术生命。据此，人们在阅读时的联想往往得以伸展到久远的年代、广大的地域与独特的习俗中去，从而获得远远超越情节本身的韵味深长的审美享受。《边城》半个多世纪以来之所以如此脍炙人口，就因为它不仅是一部诗化小说，也是一部文化小说。这部大约六万字的中篇小说所写的文化内容之多，就密度而言，恐怕至今除《阿Q正传》外尚无其他作品出其右。作者惜墨如金，总是着力却简约地用极少的文字写出景物、行为的主要特征，从而使这些文化性内容带上鲜明的地域色彩。溪河摆渡在江南本极平常，但这个渡口的小船既非撑篙，亦非摇橹，而是以铁环挂在连接小溪两端的废缆上牵船过岸。这对不少南方读者来说，也会感到新鲜。茶峒山城的描写不仅写出其依山临水，而且从城墙、船运、涨水等几方面突出其活力和独特的生存方式，并且为下文的上街、串门、观看赛船等情节预设舞台：

> 茶峒地方凭山依水筑城，近山的一面，城墙如一条长蛇，缘山爬去。临水一面则在城外河边留出余地设码头，湾泊小小蓬船，船下行时运桐油青盐，染色的梧子。上行则运走棉花，棉纱，以及布匹杂货及海味。贯串各个码头有一条河街，人家房子多一半着陆，一半在水，因为余地有限，那些房子莫不设吊脚楼。河中涨了春水，到水进街后，河街上人家，便各用长长的梯子，一端搭在屋檐口，一端搭在城墙上……从梯子上进城里去……

作家用"爬"字接长蛇似的城墙，就使本来静态的城墙产生了动感。用了两个"一半……一半"和"一端……一端"的句型，几笔就勾勒出小山城的狭窄逼仄和半水半陆的河街景色。沈从文笔下的文化性叙述既不掉书袋，炫耀才学，也不用生僻冷奥的字眼，而是十分平易质朴，娓娓道来，使读者犹如跟随一位熟知当地风情的亲戚好友同游。他在写于 1934 年 4 月 24 日的《边城·题记》中说，自己在写作中奉行"朴素的叙述"①。这样朴素却极富艺术渗透力的文字在《边城》全书的二十一节中几乎每节都有。河街上的各种店铺、龙船的形式，比赛的领赏，追赶鸭子的竞赛，用毛竹筒或镂空棕榈树根拌洞硝和矿炭钢砂制作烟火及其施放，送婚迎亲队伍的组成及规矩，新碾坊中水碾子工作的情形，带封点心亲自去求婚和站在河岸上唱歌求爱的习俗，兄弟俩爱上了同一个女人以唱歌来公平竞争，老船夫放血自疗，乡间老道士为死者举行的绕棺仪式等等，不下十余处。所有这些文化性内容，都是情节和人物生命活动乃至命运的组成部分，用语十分讲究——依然是平易朴素——颇耐咀嚼。如迎婚队伍摆渡那段：

> 远远有吹唢呐的声音，她知道那是什么事情……为了想早早的看到

---

① 《中国新文学大系（1927—1937）·小说集五》83 页。

那迎婚送亲的喜轿，翠翠还爬到屋后塔下去眺望。过不久，那一伙人来了，两个吹唢呐的，四个强壮乡下汉子，一顶空花轿，一个穿新衣的团总儿子模样的青年，另外还有两只羊；一个牵羊的孩子，一坛酒，一盒糍粑；一个担礼物的人。一伙人上了渡船后，翠翠同祖父也上了渡船，祖父拉船，翠翠却傍花轿站定，去欣赏每一个人的脸色与花轿上的流苏。拢岸后，团总儿子模样的人，从扣花抱肚里掏出了一个小红纸包封，递给老船夫。这是规矩，祖父再不能说不接收了。但得了钱祖父却说话了，问那个人，新娘是什么地方人，明白了，又问姓什么，明白了，又问多大年纪，一起皆弄明白了……

　　一连串准确的数字不仅为读者提供了更加具体的形象，而且暗示老祖父和翠翠出于某种心理都看得极其认真仔细。所有的人和东西都在量词的助力下更为可感可信。寥寥三两个字的定语，如"扣花"，立即使事物带上了地域色彩。一连三个"问……明白了"和"又问……明白了"，生动地显示出老祖父为小孙女婚事操心之切，和老年人说话短而且慢的特点。

　　沈从文很重视小说结尾语言的余味不尽，他许多作品的结尾用语很明显地都是经过精心设计的，而且都具有看似平常却颇耐咀嚼的共性。《丈夫》中的妓女老七竟然也跟着丈夫回乡下是大大出乎读者意料之外的，但是作者只是看似淡淡地交代了两句："水保来请客吃酒，只有大娘五多在船上。问大娘，才知道两夫妇皆回去了。"对这样重要的变化，沈从文却故意轻描淡写，目的显然不仅是要给读者一个意外，而且是要引发人们重翻前文。这时读者就会发现，作者在前面往往只用极少的文字构成的细节，表现老七对自己的丈夫其实是相当有感情的。丈夫人性的复苏是明写，是渐进式的；而老七则是暗写，是爆发式的。《边城》的结尾是长短形式都大不一样的三个自然段：

　　可是到了冬天，那个圮坍了的白塔，又重新修好了，那个在月下唱歌，使翠翠在睡梦里为歌声把灵魂轻轻浮起的年轻人，还不曾回到茶峒来。

　　……

　　这个人也许永远不回来了，也许"明天"回来！

　　这个意味深长的省略号和最后的两句话，令人怅惘和遗憾的心头平添了几分沉重。但是作者又分明让人有所期待和企盼。在两个表示推测语气的"也许"句中，前一个节奏缓慢而无望，而后一个则短促而显得坚定和有信心。而且还不止于此，人们的求善心理期望着有一个有情人皆成眷属的结局，因此会激发起重翻与回味的兴趣，以便在两个"也许"中确定一下究竟哪个更可能成为现实。

　　沈从文在《烛虚·小说作者和读者》中说：

　　　　我只想造希腊小庙。选山地作基础，用坚硬石头堆砌它。精致，结实，匀称，形体虽小而不纤巧，是我理想的建筑。

　　这段话有助于我们更好地认识他的小说语言风格，虽然这里所言不止是语言问题。"精致"，所以才这么有味耐读；"结实"，因此才会在经历了几十年的贬抑后更显其生命力的旺盛；"匀称"，这才有从头至尾始终闪烁着的光彩，朴素而有华。正因为沈从文对自己的创作有这么高的要求，有这种下硬功夫和精益求精的创作态度，才使他那"理想的建筑"终于成为中国现代文学高峰上的一座令人驻足赞叹的神庙。对沈从文其人及作品的评价历来分歧很大。20 世纪 70 年代末以来已经好得多了，但是我们对他和他的作品的认识还相当肤浅，在小说语言研究方面尤其不足，而沈从文小说的语言本身就是一座真正的金矿！

　　叶朗指出："小说的民族化，在现代和当代也仍然是中国小说健康发展所必须解决的重大问题。"此言很是。他引述清末民初人王钟麒话说："一本小说，如果想要在社会上起大的作用，有两个条件：（一）所写事实'能适合于社会之情状'；（二）所用体裁'能适宜于国民之脑性'。"叶朗接着指出："这两个条件，一个是从小说的内容方面来说的，一个是从小说的形式方面来说的，都是说的小说的民族化要求。王钟麒的意思就是说，一本小说要想在社会上产生巨大影响，从内容到形式都必须民族化。"①

　　我想补充的是，小说民族化的关键和难点是语言的民族化。

---

①《中国小说美学》270 页，北京大学出版社 1982 年。

四　鲁迅《故事新编》的冷峻与讽刺语言

鲁迅的《故事新编》包括八篇小说，其中《补天》的写作与发表都是在1922年，《奔月》和《铸剑》则写于1926年而发表于1927年。另外五篇分别写于1934年与1935年，除《出关》于1936年发表外，其余都在1936年1月初版时问世。1928年至1935年期间鲁迅没有发表过新小说。注意到这个事实有助于我们认识20世纪50年代关于《故事新编》体裁的一场争论，从而更好地理解这些作品的思想艺术特色和语言风格。

《故事新编》"长期以来被当作历史小说集来评论……五十年代中期出现了认为……是讽刺作品的新观点"。从上海开始，京、津等地报刊展开了争论，焦点是这部小说集的"主要作品是针对现实的讽刺作品，还是历史作品"？李桑牧认为，"是讽刺作品和历史小说的合集，其中的主要部分则是针对黑暗现实的讽刺作品……鲁迅的这些讽刺作品是一个新的创造，它的最根本的特征是利用古籍的材料，有时是史实，有时是神话传说，借以筑成'历史'的掩体，而在掩体后面则伏藏着强大的直接抨击现实的战斗火力"①。虽然对于《故事新编》的体裁究竟如何定义、定名尚未一致，但对于它鲜明的现实性和讽刺手法基本上取得了共识。只要注意到鲁迅从以写小说为主到为以写杂文为主这个转变，我们就不难理解何以鲁迅在《呐喊》和《彷徨》之后的第三个小说集《故事新编》中，思想情绪的目标选择与语言选择（风格）上会如此不同。

鲁迅于1935年底为这些作品结集出版时写的《序言》中说，他早在1922年写第一篇《补天》（原题《不周山》）的中途，就因某个伪道学者的言论使他"感到滑稽"，从而使他改变了原来的一些写法，"从认真陷入了油滑的开端。油滑是创作的大敌，我对自己很不满"。所谓"油滑"，当系反语，实际上是指讽刺与幽默之类，针对某些环境或对象时使用时，效果尤佳。"不满"也不可当真，至少不可全信，因为作者自己认为后来的几篇"仍不免有油滑

① 《〈故事新编〉的辩论和研究》第1页，上海文艺出版社1984年1版。

之处"。以后鲁迅又几次提到此书"内容颇有些油滑，并不佳"（《致王冶秋》），"除《铸剑》外，都不免油滑，然而有些文人学士，却又不免头痛"（《致黎烈文》）。可见，"油滑"不仅是作者有意为之，也是包括语言特色在内的艺术风格的主要表征。

关于鲁迅对"某个伪道学者"的讽刺与批判是否妥当的问题，学术界有不同意见。不过鲁迅讽刺的对象多有典型性，虽评一个，却指一批。因此具体影射某人可能不妥，但讽刺的群体现象却依然是有意义的。何况这篇小说讽刺的重点并不是"某个伪道学者"，而是理水的"大员"。就语言形式运用的本身来进行探讨，从鲁迅首次使用"油滑"中我们也许可以悟出些什么。那是象征伪道学者的"古衣冠的小丈夫"对女娲说道："裸裎淫佚，失德蔑礼败度，禽兽行。国有常刑，惟禁！"他说此话时，不是站在女娲身前，更非身后或身侧，"却偏站在女娲的两腿之间向上看，见伊一顺眼，便仓皇的将小片递上来了"。写他们的话语，鲁迅用的是文言，以突出其道貌岸然；第三与第五两个分句分别为三字与五字，以显示其正经与气愤。"却偏"二字有力地一转，而"一……便"这个句型则显出其变脸之快，"仓皇"二字则充分揭露了这伙人内心的肮脏和恐慌。读者可以看出，若非女娲发现了他们，这些伪君子还会继续"向上看"下去，干那"禽兽行"的勾当。因为他们最感兴趣的正是他们表面上最憎恶的"裸裎淫佚"之类。很明显，鲁迅的所谓"油滑"，实乃通过幽默而强烈对照的文字，形成鲜明反差，以滑稽形象表现丑恶，达到既深刻揭露，又使文风活泼可读性强的目的。这种情况在《理水》中尤多。"大员"们来到洪水滔滔老百姓只能吃树叶、青苔的重灾区，"坐在石屋的中央，吃过面包，就开始考察"。第一天他们听吃着奇肱国用飞车运来的面包的"学者"们说什么"榆叶和海苔……味道也不坏"之类的胡说八道。第二天，说是因为路上劳顿，不办公，也不见客。第三天是学者们公请在最高峰上赏偃盖古松，下半天又同往山背后钓黄鳝，一直玩到黄昏。第四天说是因为考察劳顿，不办公，也不会客。

鲁迅在这里连用两个表示引述语气的"说是"和"不办公……也不……"结构，中间嵌入的两句则用"公请"和"一直玩"等几个字，活画出这批

"大员"置民众水深火热于不顾、借机享乐的丑恶嘴脸。在讽刺与揭露中鲁迅经常引用一些对手的原话或意思，与人物身份构成时代反差，也容易令人产生幽默感。《奔月》中作者借羿与逢蒙的对话和嫦娥飞升后羿与女乙女辛所说的几句话，如"以老人自居，是思想的堕落"，《采薇》中的"海派会剥猪猡"，"为艺术而艺术"等，都能在让读者感到"当时的人根本不可能这样说"的同时，体会到作者故意调制的一种滑稽味道。而鲁迅正是有意要让人感到某些词句、细节的完全不可能来扩大这种讽刺效果。如羿叫嫦娥为"太太"；大禹时居然有"水利局"，"学者"们说着英语，当时竟然已有大学和幼稚园并因水灾而关了门；《非攻》中木匠店主人向墨子介绍公输般的住址，"朝东向南，再往北转角"，故意很绕嘴且有点矛盾。有些成分没有什么实质性意义，但是能使阅读气氛轻松，并使讽刺现实的主题在略显滑稽的外衣下被适当掩盖起来，这在当时环境下是很有必要的。有些，如"学者"们说英语、吃面包之类，则显然与主题相连。有些"油滑"则需在字面下细察方能体其真味。如《采薇》写到武王伐纣时，队伍前面抬着文王木主。这的确是"博考文献，言必有据"（《序言》），并非鲁迅杜撰。《史记·周本记》："九年，武王……为文王木主，载以车，中军。武王自称太子发，言奉文王以伐，不敢自专。"但鲁迅一反普通历史小说描绘、铺排、渲染的写法，而是改变形式，加以夸张：

> 首先是一乘白彩的大轿，总该有八十一人抬着罢，里面一座木主。

车载改成了轿抬，而且人数多达八十一，更妙的是下文接着说：

> 现在的周王是孝子，他要做大事，一定是把文王抬在前面的。

这个"抬"字证明，作者将"载"改为抬乃有意为之，为的是讽刺蒋介石当时事事总要抬出孙中山来，以示自己乃三民主义嫡派真传。对"油滑"切忌从字面上去理解，否则鲁迅就不会将它作为这部系列小说的基本语言风格。况且"油滑"的形式也是多种多样的，其中有的便是以某种滑稽的语言形式出现——这和写大学、幼稚园关门，将细节置于某种语言环境中才能产生滑稽效果不同——即句子本身便足以令人忍俊不住。《采薇》写走过去的一排甲士之多：

约有烙三百五十二张大饼的工夫。

张数之多、之精确、之不可信，反而使读者领略了作者的智慧、幽默与语言创造力。

鲁迅在《序言》中说，这些小说"其中也还是速写居多"。这也是本书语言的另一个重要特点。鲁迅在《故事新编》中继续保留了《呐喊》和《彷徨》语言的精练，但因系"速写"，往往对人物肖像、心理、话语、动作以及环境等所用文字更为简约，走的是以简求明求深刻的路子。尤其是在表现人物态度坚决、性格坚强时，常用四、五字甚至两、三字的短句或极短句。《铸剑》第一节的最后眉间尺听从母训改变了优柔的性情，决心为父报仇，三个自然段总共三十个分句中有十五个都在五字以下，共计五十七字，只相当于两个长句。平均句长不足四点一字，令人感受到了他们母子两人誓死如归的决心与气概。黑色人向眉间尺要求借头与剑，见他有些狐疑，说了六句话，其中四句皆三字，一句五字，显得十分坚定。《理水》中大禹说他的同事都同意他采取"导"的方针，官员们——

跟着他的指头看过去，只见一排黑瘦的乞丐似的东西，不动，不言，不笑，象铁铸的一样。

三个否定句总共仅六字，将"铁铸"的神态勾勒得令人难忘，韵味十足。这类速写式的简短语言结构也常与"油滑"的基本风格相结合，在进一步强化讽刺揭露的同时，洋溢着一种由强烈对比、反差、反衬形成的滑稽情调。《采薇》中周武王的将士们本来正"有好几把大刀从他们的头上砍下来"，因听姜太公说伯夷、叔齐是义士，命放了他们，于是武将收刀：

一面是走上四个甲士来，恭敬的向伯夷和叔齐立正，举手之后就两个挟一个，开步走向路旁走去。

到的背后，甲士们便又恭敬的立正，放了手，用力在他们俩的脊梁上一推，两人只叫得一声"阿呀"，跟跟跄跄的颠了周尺一丈路远近，这才扑通的倒在地上。

鲁迅不写甲士们的心理活动与话语，表情仅用"恭敬"二字，却用了两次，显然是让它与作为重点写的动作进行对比。写动作的文字都是两、三个字的"砍下来""立正""举手""一推"之类的动词或动补结构，语气急促、干脆，貌似严肃庄重，必恭必敬，却在对比中透出虚伪与滑稽来。《出关》中老子终于写完了五千言，"声明他立即要走"。鲁迅接着写道：

关尹喜非常高兴，非常感谢，又非常惋惜，坚留他多住一些时，但看见留不住，便换了一副悲哀的脸相，答应了……

于是给了他一些充公来的盐和饽饽之类，并声明这是"优待""老作家"。鲁迅连用了三个排比型四字结构"非常"什么，极显兴奋感激之情的真诚，突然以一个"换"字一转，立刻将关尹喜的虚伪"脸相"揭露无遗。

《故事新编》在文体和语言风格上的创造与开拓，是鲁迅对中国现代文学一个杰出贡献，它开创了一种新的文体，新的写法，尤其是语言上的影响会超过这部小说的任何其他方面。20世纪80年代以来文艺创作的宽松环境使讽刺文学有了空前的繁荣，许多作家都学习鲁迅的这种"油滑"文笔，且结合自身或题材特点有所发展，有的已卓然成为大家。有的通篇"油滑"，有的则全文"认真"而在个别地方捎带着"油滑"一下，往往都取得了很好的艺术效果。

五　追求"把白话的真正香味烧出来"的老舍小说语言

老舍（1899—1966）的艺术语言，尤其是小说语言，对中国现代的民族共同语普通话的发展，有着重要影响。他在20世纪二三十年代创作的小说生动地表明，以北京口语为基础的"国语"，具有几乎无限的表现力，完全可以创作出一流的艺术精品来。他开创的京味艺术语言路子，形成了一个别具特色的京味小说流派，一直延续至今。在历史的悠久、特色的鲜明、队伍的宏大等诸方面，其他任何流派都难以比肩。几乎所有作家都或多或少地受到他的语言风格的影响，从中汲取了自己所需要的语言养料。从文学语言对创作的影响来说，中国现代小说史上当推鲁迅和老舍最为深远。

（一）从"玩玩"到"细写"，从"谑"到谐

老舍的第一部作品长篇小说《老张的哲学》写于1925年至1926年，发表于1926年的《小说月报》。在新文学第一个十年长篇小说极少的情况下，

十分突出。笔者在撰写本书的过程中也曾打算像写鲁迅、郁达夫、叶绍钧、王统照那样，将老舍分置于两个时期，以便比较完整地表现当时的小说语言水平。但是最后放弃了这个想法，而将他放在第二个十年，这样共时受了一些损失，但历时则会更有收获。因为很少有作家如老舍那样，自《老张的哲学》起几乎每年都有大作品问世，而且是那么自觉地在修炼自己的语言功夫和整个小说艺术技巧。将他20世纪二三十年代的作品连起来分析，有助于看出老舍小说语言的成长与成熟过程，也能从一个著名作家小说语言的运用上看到新文学在那十几年间的长足进步。

如果撇开小说的整体思想艺术价值不谈，就单纯的小说语言技巧而言，那么《老张的哲学》在当时已经达到了相当高的水平，表现出了北京口语的独特魅力和艺术创作的巨大潜力。

《老张的哲学》一开始就显示出老舍独树一帜的语言风格，使他和当时的其他作家的小说语言有明显的区别。其基本特征是：以北京市民口语的语汇和语言习惯为主要的语言表现方式，以谐谑为情绪基调，以评书式贴近讲述为基本叙述形式：

> 营商，为钱；当兵，为钱；办学堂，也为钱！同时教书又当兵，则财通四海利达三江矣！此之谓"三位一体"，此之谓"钱本位而三位一体"！
>
> ……
>
> 老张也办教育？
>
> 真的！他有他自己立的学堂！（第一章）

读这几行，我们可以清楚地感受到，20世纪20年代老北京茶馆里说书人带着丰富表情与手势的那口京片子的浓郁韵味。从"老张"开始，老舍尝试着把北京口语中的许多极富生命力表现力的语料和句型写入小说，变下里巴人为阳春白雪，使之登上大雅之堂。如为了迎接新到任的学务大人，老四对老张说的话中有许多北京市民的常用口语："……反正得（děi，需要）预备，改天见！""成不成？""……来着"，"找补，……得几百不？""答应我不能？""这么着"等等。不过最能体现京味的儿化语音当时还没有显示在文字上。使用频率极高的京味词语如"您"和"咱们"也还没有用文字形式从"你"和"我们"中分化出来。老舍在 1935 年至 1936 年写的《老牛破车·我怎样写〈老张的哲学〉》中说：

> 我初写小说，只为写着玩玩，并不懂何为技巧，哪叫控制。我信口开河，抓住一点，死不放手，夸大了还要夸大，而且津津自喜，以为自己的笔下跳脱畅肆。

大概最讨厌的地方是那半白半文的文字。以文字耍俏本来是最容易流于耍贫嘴的，可是这个诱惑不易躲避；一个局面或事实可笑，自然而然在描写的时候便顺手加上了招笑的文字，以助那夸张的陈述。[①]

老舍常常故意丑化他不喜欢的人物，尤其是在肖像描写上爱用漫画式的夸张手法，直接涂抹以露骨甚至令人恶心的文字来达到"招笑"的目的。当老张——

> 受教员检定的时候，确经检定委员的证明他是"脊椎动物"……两道粗眉连成一线，黑丛丛的遮着两只小猪眼睛。一只短而粗的鼻子，鼻孔微微向上掀着，好似柳条上倒挂的鸣蝉。一张薄嘴，下嘴唇往上翻着，以便包着年久失修渐形垂落的大门牙，因此不留神看，最容易错认成一个夹馅的烧饼。（第一章）

对孙八爷、学务大人等亦然。当时老舍主要不是"不懂何为技巧"，其实他已经掌握了相当娴熟的写作技巧，只是显然缺乏一个比较正确的艺术观，只为"玩玩"而写。因此不能将当时在欧化和半文半白探索路上许多语言稚嫩的作家望尘莫及的语言技巧，用来表现比较积极的思想，刻画人物形象，更没有解决如何在语言上将生活中的丑转变为艺术美的问题。

发表于《小说月报》1927 年 18 卷 3—11 号（9 号未刊）的第二部长篇小说《赵子曰》，在创作精神上和语言风格上可说是《老张的哲学》的姐妹篇。老舍后来说：

> "老张"是揭发社会上那些我所知道的人与事，"老赵"是描写一群

---

① 《老舍文集》，人民文学出版社 1990 年 1 版，第十五卷 167 页。

学生。不管是谁与什么吧，反正要写得好笑好玩……所以这两本东西是同窝的一对小动物。

《赵子曰》的文字还是——往好里说——很挺拔利落；往坏里说呢，"老张"所有的讨厌，"老赵"一点也没减少。①

老舍的这一自我解剖十分真实准确。不过《赵子曰》在运用北京口语方面有了明显的发展，开始在有些词语上体现儿化（"干瓢儿的""一个劲儿"等），"您"也出现了。特别值得注意的是，老舍尝试着把具有北京人说话礼貌、委婉特色的语言写入小说，进一步加强了京味。萧乾在《北京城杂忆》中指出：

> 京白最大的特点是委婉。

其重要表现之一便是有时在话语中使用导语进行一些铺垫：

> 导语就是在说正话之前，先来上半句打个招呼。②

第一章中武端说话有几处先用"你猜怎么着"铺垫。他注意表现下层市民说话的礼貌。第七章仆人李顺接过赏钱谢道："那有这么办的，先生！"接过后又道："谢谢先生！给先生拜年了，这是怎么会说的，真是！"显得格外过意不去。白云观茶棚小贩喊叫："这边您哪，高瓴眼亮，得瞧得看！"表现出十分客气、热情、会说话。不过，《赵子曰》和《老张的哲学》一样，依然重在讽刺、挖苦和夸张，虽然程度已经明显降低，不过谐谑的重点还是"谑"，有些戏弄的味道。所以这一特点决定了以礼貌委婉为特征的京白不会太多。

发表于1929年《小说月报》的《二马》，是老舍在伦敦教书期间写的三部长篇小说的最后一部。作者在《我怎样写〈二马〉》中说：

> 从"作"的方面说，我不但读得多了，而且认识了英国当代作家的著作。心理分析与描写工细，是当代文艺的特色；读了它们，不会不使我感到自己的粗劣，我开始决定往"细"里写。

他接受朋友的意见，改变以往文白相杂的情形。他认识到，

---

①《老舍文集》人民文学出版社1990年1版，第十五卷，170页。
②《北京晚报》1985年11月11日。

　　　　所谓文艺创作不是兼思想与文字二者而言么？那么，在文字方面就
必须努力，作出一种简单的，有力的，可读的，而且美好的文章，才算
本事。在《二马》中我开始试验这个。请看那些风景的描写就可以明白
了。他决心要在自己的小说里把白话的真正香味烧出来。①

　　老舍这里所说的"白话"，并不是一般意义上的"国语"，实际上是指
"京白"。《二马》在老舍小说创作上是第一个里程碑和重要的转折点。尽管现
在看来它在思想性上还有许多缺陷，但也比前两部已经有了很大的进步。小
说首次表现了理想和理想人物马威。艺术上的变化一是"细"，除描写外，主
要就是努力用真正的京味语言创作。《二马》一开始的三个自然段就表现出这
一语言风格的变化：

　　　　马威低着头儿往玉石牌楼走。走几步儿，不知不觉就楞磕磕的站住
一会儿。抬起头来，有时候向左，有时候向右，看一眼。他看什么呢？
他不想看什么，也真的没看见什么。他想着的那点事，象块化透了的鳔
胶，把他的心整个儿糊满了；不但没有给外面的东西留个钻得进去的小
缝儿，连他身上的筋肉的一切动作也满没受他的心的指挥。他的眼光只
是直着出去，又直着回来了，并没有带回什么东西来。他早把世界忘了，
他恨不得世界和他一齐消灭了，立刻消灭了，何苦再看呢？

　　　　猛孤丁的他站定不走啦。站了总有两三分钟，才慢慢的把面前的东
西看清楚了。

　　　　"啊，今天是礼拜。"他自己低声儿说。

萧乾在《北京城杂忆》中指出：

　　　　名物词后边加"儿"字是京白最显著的特征，也是说得地道不地道
的试金石。

《二马》中儿化文字的大量出现和一些富于表现力的方音词语与习惯用语
的使用表明，老舍终于完全认定，北京口语具有高度的艺术表现力和强大的
艺术生命力，决心以北京口语为基础创立自己的小说语言风格。这一点在人

――――――――――――――――――

①《老舍文集》第十五卷173—175页。

物话语和心理语言中表现得尤为明显。小说第四章第九节老马与伊牧师对话中，老舍写到老马的心理说：

> 洋鬼子真他妈的死心眼儿，他非把你问得棱儿是棱儿，角儿是角儿不可！

但是北京口语中的儿化字实在是多，如果每一个都用"儿"标出，阅读效果也未必就一定好。老舍显然也意识到了这个问题，他试着有区别地使用，因此在儿化字的用与不用上，就和现在有点不一样。像"（几）步""（低）声"现在就极少用。第一个"头"后加了"儿"，第二个就不再加。如今在"（那）点"和"慢慢"后有些人往往加"儿"，但是老舍没用。《二马》语言风格的另一个重大变化是，"老张"和"老赵"中的漫画化、故意丑化进一步大大减少，谑继续向谐转变，戏弄、玩笑式的的文字转化为层次较高的幽默。老舍小说语言的风格至《二马》已经基本形成。

《老张的哲学》《赵子曰》，特别是《二马》，语言上都达到了同时期的一流水平，而且风格独树一帜。但是出色的小说语言并没有使作品成为杰作。这是因为写前两部时作者的目标只是"要写得好笑好玩"，目标的无聊导致了才华的走形，决定了作品不可避免的平庸结局。《二马》虽然在思想性上有了很大进步，但是——

> 写这本东西的动机不是由于某人某事的值得一写，而是在比较中国人与英国人的不同处，所以一切人差不多都代表着什么；我不能完全忽略了他们的个性，可是我更注意他们代表的民族性。因此，《二马》除了在文字上是没有多大的成功的。（《我怎样写〈二马〉》）

由此可见，《二马》是某种理念的产物，因而无论是情节、人物、思想，都有许多不大成功之处。所有这些从另一个方面证明，尽管语言对小说极其重要，但不论多么出色的语言，如果整个作品缺乏深刻的思想，精彩的情节与细节，没有生动的人物形象，那么仍然不可能成为杰作。

（二）"真正的香味"不仅仅来自语言

这种情况到短篇小说《月牙儿》问世才有了根本的改变，他追求的"兼思想与文字二者"的优秀作品从此源源不断。《月牙儿》发表在《国闻周报》

时虽然已经是 1935 年 4 月，但它却脱胎于 1931 年写成而毁于翌年"一·二八"事变日寇炮火中的长篇小说《大明湖》。当时他在济南教书，耳闻目睹许多当年"五三惨案"的材料，思想感情上触动很大。"《大明湖》里没有一句幽默的话，因为想着'五三'。"重要人物中"有一个是非常精明而有思想的人"，不少人物都"领略着国破家亡的滋味"。作品"在思想上似乎是有些进步"。(《老牛破车·我怎样写〈大明湖〉》)该书稿被毁，又无底稿，于是老舍将他自己"忘不了"的"最有意思"的这一段回忆出来，写成了《月牙儿》。正因为有这样一个从创作到再创作的反复构思提炼的复杂过程，

> 有长时间的培养，把一件复杂的事翻过来掉过去的调动，人也熟了，事也熟了，而后抽出一节来写个短篇，就必定成功，因为一下笔就是地方，准确产生调匀之美。(《老牛破车·我怎样写短篇小说》)

所谓"调匀之美"就是思想与文字二者兼得，艺术表现的各种成分、手段、配比都恰到好处，各得其所，就是思想性与艺术性融为一体之美，即艺术品的成熟之美，也是小说语言手段多样、风格趋于定型之美。这个"思想"不仅是指对社会、生活的认识，也表现为语言艺术观念。正因为小说语言艺术观念的提高，所以才能正确地使用"文字"，即语言艺术技巧，并创造出新的技巧。

将小说语言自觉地为塑造艺术形象服务，可以看作是老舍小说创作中的一个重要转折点与飞跃。从《月牙儿》的血统上我们可以肯定《大明湖》已经开始了这个转折与起飞。早于《月牙儿》发表的一些作品，如 1934 年 10 月的《上任》[①] 就已经可以明显地看到这个重大变化。行伍出身，和黑道上人物关系很深的尤老二从李司令那里弄了个稽察长的官，找了四个当过大小土匪的当伙计。他既想立功受赏，又怕黑道报复。作家并不在故事上多作渲染，情节推进并不快，而是在花钱送走两批共十二个土匪这两件事上，着力表现尤老二的两难处境与矛盾心理，刻画了一个官匪一体时代的畸形儿。几个土匪，尤其是那个手下有三百来号人，亲自下山给钱接枪，让尤老二别再干的

---

①原载《文学》第三卷第四号，见《中国新文学大系 (1927—1937)·小说集三》。

钱五，一段百余字的话语充分显示出他的威势、干练、善言和义气，形象立刻活了起来。在这些作品中，仅仅为"好笑好玩"而任意丑化夸张的文字看不见了，语言变得简练准确，富于表现力。《月牙儿》在这方面的进展在于不仅有生动性，而且添了深刻性。老舍常常用一两句看似平常的叙述或评论作为点睛之笔，使人物形象超越了自身，带上了普遍意义。二十三节写胖校长的侄媳来找女主人公。这个被"我"称作"小磁人"的美丽少妇并不想和丈夫的情妇吵闹，而是哭着拉着她的手，"只口口声声的说：'你放了他吧！'……我答应了她，她笑了"。表现出她的善良、温顺和软弱。老舍没有到此为止，而是点了一句："她似乎什么也不懂，只知道要她的丈夫。"于是这个少妇就具有了典型意义。"只知道"三字令人悲哀地意识到，传统文化中的某些陈腐观念，已经使许多女性的人格意识乃至女性意识彻底丧失，价值观念完全被扭曲。她们不仅继续受到旧制度旧礼教的压迫与束缚，而且还自觉地去适应这样的角色，心甘情愿地处于被损害的位置，满足于少受一些损害。三十节再次写到"小磁人"，她的丈夫"又弄了别人……一去不回头了"。但她仍不觉悟，还在到处找他，"她得从一而终"。老舍让她自己说她"没有自由"。这样就深刻揭示出人物心灵深处的精神创伤，因为她不是不知"自由"为何物的村妇，而是有文化的"由恋爱而结的婚"的城市女人，但她却不懂得女性的自由应当靠自己去争取。在《月牙儿》中，老舍在炼字和运用多种类型的句式来表现人物的心理方面，作了成功的尝试。写"母亲"主要是通过行为，文字虽少，却极传神，动词尤为贴切。如写她"抱着（丈夫的）坟头去哭"，写出其悲痛欲绝。为人洗衣服养不活母女二人，"她常常把衣裳推到一边，楞着，她和自己说话"。写女儿主要是以"我"的心理活动为主。二十一和二十二两节可以明显地看出由于心情不同带来的语言形式上的重要区别。前一节写她被校长的侄儿引诱而不知，误堕情网，享受着初恋的甜醪。老舍不仅以大量的比喻——春风、春云、月牙、春星、柳枝、蛙鸣、春水、嫩蒲等等——写"我"的心情的幸福欢快，而且在这一节的二百四十四字中，仅二十七句，句均九字，最长的一句二十三字，最短的五字，仅四句。由于大量美好事物的比喻和句子较长，因而显得情绪欢乐而节奏舒缓。紧接着的下一节，"我"因已经委身于他，在无比幸福的同时又生怕受骗，心情极度矛盾与烦躁：

> 我后悔，我自慰，我要哭，我喜欢，我不知道怎样才好。我要跑开，永不再见他；我又想他，我寂寞……

这节共二百二十字，多达四十个分句，平均句长为五点五字。最长的句子也仅十字，最短的仅二字。由于句子很短，而且连续运用结构相同的"我"字打头的主谓句（这里引出的前九句中便有八个），因而就格外显得语气急促，情绪激动，心情矛盾，焦躁不安。

从《月牙儿》开始，老舍显然自觉地以运用警语来加强作品的思想深度。不过老舍的这种警策性文字和许多作家习用的议论性语言有一些区别：一是这些文字虽然表现了十分深刻的思想，具有相当的穿透力，但是情绪并不激烈，既不剑拔弩张，更不装腔作势。二是这些文字通常都较短，点到为止，作者并不就此借题发挥，大谈对人生、社会的主张，更不借此卖弄才学。三是这些警语全是大白话，没有任何貌似高深故充哲理的成分，完全符合人物的文化程度，和整个作品的平民化语言风格相一致。由于它牢牢地建立在作品整体价值的基础上，"龙"本身已经具备了旺盛的生命力，作家轻轻点"睛"，便能腾飞。因而短短几句平常的文字便使一段一节提神提气，众多这样的警语便使整个作品更加光彩夺目。四是由于《月牙儿》采取第一人称叙述方式，因此这些个人感受式的警语带有鲜明的人物经历与个性色彩，显得更加真实亲切，使读者在阅读时感到距离很近，比通常以作者感受的形式具有更大的感染力：

> 我觉得世界很小，没有安置我与我的小铺盖卷的地方。（17节）
>
> 男女彼此织成了网，互相捕捉。（29节）
>
> 肚子饿是最大的真理。（31节）
>
> 世界就是狼吞虎咽的世界，谁坏谁就占便宜。（33节）
>
> 钱比人更厉害一些，人是兽，钱是兽的胆子。（33节）
>
> 狱里是个好地方，他使人坚信人类的没有起色。（43节）

老舍在《老牛破车·言语与风格》中写道：

> 风格与其说是文字的特异，还不如说是思想的力量。思想清楚，才
> 能有清楚的文字。①

正因为老舍回国后对社会、人生和文艺的认识发生了很大的变化，因而才会以极简练平易的文字表现出深刻的思想，从而导致小说语言风格的这一重大发展。

（三）自觉地以言语方式多角度、多手法地创造小说语言

1936 年至 1937 年先后发表的长篇小说《骆驼祥子》和中篇小说《我这一辈子》，标志着老舍的小说语言已经达到了炉火纯青的境界。这两部小说表明，老舍已经结束了《二马》开始的试验，最终确立了自己的小说语言风格定位，完全用纯正的北京口语创作，并以成功的作品实现了用京白"把白话的真正香味烧出来"的宿愿。在这两部小说中，老舍不再是试验性地小心翼翼地将一些儿化词、方音字和京味说法用上，而是干脆完全用京白叙述、对话和描写心理，进行评论。只要是出于情节或塑造人物需要，北京市民口语中的几乎所有词汇、句型都被老舍举重若轻地以恰当的文字表示出来。因此老舍的小说不仅是阅读（看）的精品，读者通过"文字—想象—形象"获得审美享受；而且还是朗读（听）的艺术，读者在欣赏故事情节、人物形象的同时，还能强烈地感受到语言美，它那鲜活、生动、传神和富于音乐性的节奏与韵味。这种语言的艺术感染力和生命力在新中国成立后由于普通话的推广，尤其是广播和电视的普及，得以大大加强。任何同时代作家的小说都没有像老舍的小说那样听起来那么有滋有味。最为难得的是，老舍是用非常普通的文字，通过他那生花妙笔的神奇调配，塑造了许多令人难忘的艺术典型，表达了深刻的思想。他的儿子舒乙在《老舍的艺术世界·序》中说：

> 他能用最简单最现成的字、词和文法，去描写最复杂的事物，证明
> 了口语体的万能。有人专门作了统计，一个只认识一千多个普通汉字的
> 人，大致相当一个三、四年级小学生的识字程度，便可以不费劲地把十
> 几万字的长篇小说《骆驼祥子》念下来，而谁都知道，《骆驼祥子》的文

---

① 《老舍文集》第十五卷 262 页，人民文学出版社 1990 年 1 版。

字通篇都是那么多彩、活泼、俏皮、漂亮。①

这种极其出色的语言风格的形成除了作家本人高超的艺术修养外，关键在老舍具有自觉的艺术语言意识，而且他把创造艺术语言看作是作家的一项任务：

我们创造人物，故事，我们也创造言语!②

语言对于作家老舍来说已经不是作为工具来"使用"——不论它前面加不加上什么"严肃、慎重、巧妙"之类——而是作为一项高超的艺术本身来"创造"!虽然不少作家的小说语言都相当出色，但是像老舍这样以自觉、严谨、高尚和创造性的小说语言观指导自己的创作，长期孜孜不倦地追求自己作品的艺术语言定位，却十分罕见。

老舍在他的小说语言应是"简单的，有力的，可读的，而且美好的"标准中，显然将"可读"置于一个关键性位置。也就是说，老舍是自觉地以言语方式在创造小说语言。老舍说，他是读着写的，特别是写到人物的对话，是耳、口、手并用的，口中念着，耳朵听着，手才写下来。他不仅一般地读着写，而且还"高声地读"③，写出后还常常读给朋友听，特别是请在北京生活过的人听，以检验其艺术效果，并向他们请教如何更富于表现力，如何将有声的语音变成可读出声来的文字。从他在伦敦写《老张的哲学》和《赵子曰》开始，他就用这个办法。到了写《二马》时，"写几段，我便对朋友们去朗读，请他们批评"。他请教一位北京人最多，因为他"自然更能听出句子的顺当与否，和字眼的是否妥当"。(《我怎样写〈二马〉》)而老舍最杰出的代表作和使他本人最满意的作品《骆驼祥子》的出色语言，正是他虚心学习和精心创造的结晶。他说：

……文字要极平易，澄清如无波的湖水。因为要求平易，我就注意到如何在平易中不死板。恰好，在这时候，好友顾石君先生供给了我许多北平口语中的字和词。在平日，我总以为这些词汇是有音无字的，所

①《老舍的艺术世界》(孙钧政著)，北京十月出版社1992年第一版3页，186页。
②《文艺的工具——言语》(1944)，《老舍文集》第十五卷526页。
③《老牛破车·言语与风格》(1936)，《老舍文集》第十五卷259页。

以往往因写不出而割爱。现在有了顾先生的帮助，我的笔下就丰富了许多，而可以从容调动口语，给平易的口语添上些亲切、新鲜、恰当、活泼的味儿。因此《祥子》可以朗诵。它的言语是活的。（《我怎样写〈骆驼祥子〉》）

老舍不仅是一位伟大的语言艺术大师，而且是一位罕见的艺术语言理论家。至少直到他去世为止，还没有任何一位中国作家像他那样，对艺术语言（小说、话剧等多种艺术样式）发表过这么多精湛的见解。这些深刻的思想也如他的小说一样，都是用极其平易浅近的语言表述的，丝毫没有故作高深地用一些令人费解的术语和迷宫式的长句，来阐述其实本来并不复杂难懂的观点。由于老舍作品的语言风格独树一帜，美而味浓，因此他的艺术语言观就比一般评论家的理论具有大得多的说服力。以老舍为代表的杰出作家们以自觉的艺术语言观指导自己的创作，并且在小说语言上取得了长足的、全面的、广泛的、稳定的成绩，这是中国现代小说语言艺术意识确立的主要标志。

在这两部小说尤其是运用第三人称的《骆驼祥子》中，老舍把说话口气为主要特征的小说叙述方式，发挥得淋漓尽致。有时候干脆就直截了当地以"介绍""说"这样的词语面向读者，使对方产生近距离的听觉感。小说开头这样写道：

> 我们所要介绍的是祥子，不是骆驼，因为"骆驼"是个外号；那么我们就先说祥子，随手儿把骆驼与祥子那点儿关系说过去，也就算了。

这个以平实口语词汇为材料的说话口气式的开头，决定了《骆驼祥子》的整体语言风格。紧接着下面的各段便介绍起来。各段的首句是：

> 北平的洋车夫有许多派……
>
> 比这一派岁数稍大的……
>
> 有了这点简单的分析，我们再说祥子的地位，就像说——我们希望——一盘机器上的某种钉子那么准确了……

这是一种标准的讲述方式。由于是讲述，所以句子不能长，否则讲的人吃力，听的人也不容易明白；讲述的词语不能艰深，更不可深奥，否则便难以达意。由于讲述已经带有说话的特点，只不过听说的对象不是另一些人物，而是读者，因而人物话语必定大为减少。令人吃惊的是，老舍几乎是采用某种议论文首括式的写法来"说"祥子。在第一节后半部分，他接连在五个自然段中以"他如何如何"来开头：

> 他不怕吃苦……
>
> 他的身量与筋肉都发展到年岁前边去……
>
> 他没有什么模样……
>
> 他确乎有点像一棵树……
>
> 他决定去拉车……

紧接着的六段中以"他"开头或将祥子置于第二个分句介绍的各占一半。这是一种十分典型的传统的"讲述"型叙述方式。因为在艺人说书时，这种带有总括性介绍的起领句，有助于文化水平不高的听众对下面故事的理解。在某些作家与评论家看来，这是一种落后与过时的写法。据美国著名批评家布斯（Wayne. C. Booth，1912—）指出："自福楼拜以来，许多作家和批评家都确信，'客观的'或'非人格化的'或'戏剧化的'叙述方法自然要高于任何作者或他的可靠叙述人直接出现的方法。"在不少人看来，现代的"艺术的'显示'"，肯定要高于传统的"非艺术的'讲述'"。布斯不同意这样简单化的判断。他认为："小说只有作为某种可以交流的东西才得以存在。"因而作者必须选择适合于这一交流的手段与自己独特的方式，并以此来吸引读者。"作者创造读者……使他们看到以前从未看到的东西。"只有这样，他的作品才会成功。"每一部成功的作品都以自己的方式显出是自然的人为的。"[①]老舍正是以他独特的讲述方式"创造"——赢得了读者。他不像多数传统小说那样旁观者式地讲故事，而是充满感情，从而对读者造成一种强烈的阅读情绪拉力：

> ……他下了决心，一千天，一万天也好，他得买车！……他对自己起下了誓，一年半的工夫，他——祥子——非打成自己的车不可！是现打的，不要旧车见过新的。（一节）

---

① 《小说修辞学》，华明、胡苏晓、周宪译，北京大学出版社 1987 年版 10、441、63 页。

在这里读者会明显地感觉到，作者虽然以第三人称写祥子，是在"讲述"，但是却将祥子的心理活动真切、生动地表现了出来，成了"显示"。三五个字组成的短句和几个感叹号和破折号，使祥子心头斩钉截铁的话语响亮地回荡在读者耳旁。传统与现代被老舍用浸透情感的语言巧妙地结合起来。其秘诀在于省略了人称转换和过程交代，而是直接由"讲述"进入"显示"：

> 由这里一跑，他相信，一步就能跑回海甸！虽然中间隔着这么多地方，可是他都知道呀；一闭眼，他就有了个地图：这里是磨石口——老天爷，这必须是磨石口！——他往东北拐，过礼王坟……（二节）

用破折号表示插入的十个字是祥子心头的思忖，即没有变成声音的话语，而前后则是叙述人的讲述，它在人称、情绪、节奏上都不一样。老舍在这里省略了交代性的"这时祥子想"等字样，语流极自然地作了过渡，显得更为紧凑，也更有感染力。这样，小说既保留了由第三人称带来的全知式叙述的方便，又同时兼有第一人称自述式的真实与亲切感。这种消解了叙述语言、心理语言、人物话语界限的写法，在 20 世纪八九十年代为不少中青年作家所喜用，成为一个重要而普遍的小说语言现象。

这两部小说，尤其是《骆驼祥子》，除了继承发扬了以前作品的优点之外，语言上的一个重大进展是，彻底解决了市民口语与高雅文学语言之间的矛盾。当然，这个问题老舍一直在进行着探索，在不断前进。但是，即使在《月牙儿》这样出色的作品中，仍然有一些文字虽然高雅却不够口语化，尤其是某些景物与心理描写。到《骆驼祥子》时，这种痕迹就不复存在。入选一些教科书的第十八节祥子遇雨那三千字，充分显示出纯京白在写景、写感觉上的巨大表现力。他用极普通的文字形容、比喻和描写，使本来十分平常的字在巧妙的组合中成为句眼，使文章洋溢着一股灵气：

> 六月十五那天，天热得发了狂。太阳刚一出来，地上已像下了火。一些似云非云、似雾非雾的灰气低低的浮在空中，使人觉得憋气。

一个"狂"字，一个"下"字，把本来容易写成静态的天气一下子写活了，本来只是感觉的热，现在变成了一个浩大的着了火的场面。感受与现实都被推到极致。老舍喜欢以类似结构的文字从不同角度强化某种情绪。在这一节中，他先分别写街上"病了似的"柳树的叶子、枝条，马路上"干巴巴的"白光，便道上尘土飞起的"毒恶的灰沙阵"，以及狗、骡马、小贩们和拉车的人们被酷热煎烤得狼狈不堪：

> 那些拉着买卖的，即使是最漂亮的小伙子，也居然甘于丢脸，不敢再跑，只低着头慢慢地走。每一个井台都成了他们的救星，不管刚拉了几步，见井就奔过去；赶不上新汲的水，便和骡马们同在水槽里灌一大气。

在这里尽是些"即使、最、居然、只、不管"等表示极点、无条件的词语，多数句中的结构与词语都有讲究，都可玩味，皆非闲笔。在这四百余字的街景描写中无一字提及祥子，表面上似乎游离了主要人物命运。但紧接着的一段以"连祥子都有些胆怯了"开头，一个"连"字，不仅将上下两段勾连得紧凑无间，而且突出了祥子这个车夫的非同寻常的品格与能耐。显然，小说语言表现力的强弱主要并不在于文字本身的雅俗、书面或口语，而在于对文字的如何使用，即组织——能否使文字恰到好处地处于充分尽职最能发挥作用的位置上。

文学作品中的性内容历来较难处理——当然那些格调低下的作家不在此列——既然涉性，就难免会有些具体文字。但如果多、俗、丑，必然会有损于整个作品的艺术品位。老舍在《骆驼祥子》中对涉性内容主要采取叙述人评论或人物评论（心理活动）的方式，而不是通常的叙述人客观介绍、描写的办法，更没有对性器官、性行为、性感觉的直接描述：

> 她（指小福子）还有许多说不出口的事，在她，这是蹂躏；在虎妞，这些是享受。虎妞央告着她说……听了一遍，还爱听第二遍。（十七节）

> 更使他难堪的，是他（指祥子）琢磨出点意思来：她（指虎妞）不许他去拉车，而每天好菜好饭的养着他，正好像养肥了牛好往外挤牛奶！他完全变成了她的玩艺儿。（十六节）

> 祥子很羡慕这些车夫……可是……（他）空长了那么高的身量，空有那么大的力气，没用。他第一得伺候老婆，那个红袄虎牙的东西，吸人精血的东西；他已不是人，而是一块肉。（十五节）

这些从文字到节奏到儿化字，全是纯口语、大白话，没有任何书面语色彩。从单句看极其平常，但组合成为句群，置于文章的规定情境中，就产生了令人颇可咀嚼的艺术语言。这些话本来分别是小福子和祥子的心理活动，即心理语言，也是作者的叙述，可又带有一点评论的色彩。在这里，老舍天衣无缝地把心理语言、叙述语言和评论语言巧妙地结合了起来。读者从中不仅能够见出人物的灵魂和人生体验，而且感受到作者鲜明高尚的情感倾向。性内容这一难于表现的艺术难题，在老舍笔下的通俗语言中获得了很高的艺术品位。

老舍的小说语言与其说创造了一种独特的艺术风格，不如说开拓了一类新的语言表述方式，正是内在的方式决定并外化为读者能够感受到的风格。如果拿 1936 年的《骆驼祥子》和十年前的《老张的哲学》比较，我们可以看到老舍在语言使用的情感淬火和语词的选择及其组合上，发生了多么巨大的变化。在创作"老张""老赵"和"二马"时，单纯从语言能力来看，老舍已经处于时代前列，但是那些作品却都未能入流。而在老舍对社会、人生的认识接近或达到时代的高峰，对小说功能的观念端正和技巧的整体上成熟，对小说语言艺术品位的理性体认有所提高并进一步完善了语言表述方式，艺术精品终于出现了。它再次证明，驾驭语言能力对小说家来说无疑是十分重要的，但不是首要的，更不是唯一的。只有从思想到艺术观念、艺术表现的诸方面都达到了相当的高度，出色的小说语言才能化为优秀的小说。

六　小说语言地域风味——京味、川味、徽味——的探索者

在这些努力追求小说语言民族化的作家中，许地山是值得一提的一位。和他几年前的《缀网劳蛛》相比，许地山小说的语言明显地是在向京味方向发展。尽管严家炎的《中国现代小说流派史》和香港司马长风的《中国新文学史》都没有将他列入"京派小说"作家的名单，这也没有什么可奇怪的，因为"京派小说"和"京味小说"本不是一个概念，虽然它们之间有一些联系和交叉。"京味小说"的主要标志是语言，是用北京口语创作。许地山的作品虽然还没有达到老舍那样地道的"京味小说"的境界，但他的一些作品的

语言显然是在有意识地追求京味。发表于 1931 年 6 月《小说月报》第二十二卷第六号的《归途》，小说写的是一个丈夫战死后生活无着几乎被迫卖淫的妇女，从北京城里回西直门外四十里的老家途中打死了人，结果自己也自杀的故事。开头第三段就很典型：

> 她蓦然听见王姥姥这些话，全身直像被冷水浇过一样，话也说不出来。停了半晌，眼眶一红，才说："我还该你底钱哪。我身边一个大也没有，怎能回家呢？若不然，谁不想回家？我已经十一二年没回家了。我出门的时候，我底大妞才五岁，这么些年没见面，她爹死，她也不知道。论理我早就该回家看看，无奈……"她底喉咙受不了伤心底冲激，至终不能把她底话说完，只把泪和涕来补足她所要表示的意思。

这些话语完全是北京口语，尤其是"该"（欠）、"大"（铜钱，又叫"大子儿"）、"论理"（按理说），都是典型的北京话的词。这种词还有不少：

> 王姥姥虽想撵她……她总得想法子。

> 说是呢！

> 粉也没了，只剩下些少填满了匣子底四个犄角。

> 这也许是她找不着主底缘故罢。

> 怎么就抹了脖子啦！

这里，"撵、说是呢、匣子、犄角、主（丈夫）、抹了脖子（自刎）"都是北京口语中常用的字眼和说法——当然，这绝不是说，只有北京口语中才有这些词汇。而是说，一些在北京生活过的作家认识到北京话的艺术魅力和艺术表现力，于是努力将北京口语中的一些词语和说法用到小说中来——许地山发表于 1934 年七月《文学》第三卷第一号的《春桃》中继续保持着这个京味，而且京味词语更多："取灯儿"（火柴）、小家雀（麻雀，雀读作"巧"）、"没言语"（没说话）、"得"（děi，需要）等。春桃有一段话语很有代表性：

> 这年头那一个乡下都是一样，不闹兵便闹贼，不闹贼便闹日本，谁敢回去？还是在这里捡捡烂纸罢。咱们现在只短一个帮忙底人，若是多一个人在家里替你归着东西，你白天便可以出去摆地摊，省得货过别人

手里，卖漏了。

这里的"闹兵、闹贼、闹日本"和"归着"等都是典型的北京口语说法。《归途》中儿化词只有"大妞儿"一个，《春桃》中则出现了"窑姐儿、取灯儿"，尤其是"今儿"这样的常用儿化词，表明许地山已经开始意识到儿化词语在京味语言中的特殊作用。不过北京口语中的一些词语究竟用什么字眼写出来，许地山等作家还没有完全解决。如"归着"一般写作"归置"。又如"念洋书的人越多，谁都想看看洋报，将来好浑浑洋事"，"浑"后来都写作"混"。大量北京口语准确地文字化，是老舍完成的。

艾芜（1904—1992），原名汤道耕，四川省新繁县人。他从1925年夏到1930年底离家出走，由成都到昆明，到滇南，直到缅甸，一路步行，流浪飘泊达五年之久，行程数千里。这期间他做过杂役、伙计，与小贩、轿夫、驮队为伍，经常处于饥寒交迫之中。他以这段极不平常的经历写成的带有自叙传色彩的短篇小说集《南行记》，在1935年底出版后引起了广泛的好评。除题材新颖和具有作者影子的飘泊者"我"善良崇高的人格与坚韧不拔的个性魅力外，写作技巧出色与语言的富于特色，也是成功的重要原因。艾芜虽然早在飘泊途中就写过一点散文与小说，但他真正成熟的作品却诞生于1931年底来到上海以后。发表于《文学月报》1932年12月的《人生哲学的一课》已经显示出他驾驭小说语言的不凡功力。小说开头这样写一个一文不名的青年来到陌生的城市：

> 昆明这都市，罩着淡黄的斜阳，伏在峰峦围绕的平原里，仿佛发着寂寞的微笑。
>
> 从远山峰里下来的我，右手挟个小小的包袱，在淡黄光蔼的向西街道上，茫然地踯躅。
>
> 这时正是一九二五年的秋天——残酷的异乡的秋天。
>
> 虽然昨夜在山里人家用完了最后的一文钱，但这一夜的下宿处，总得设法去找的，而那住下去的结果将会怎样，目前是暂时不用想象。
>
> 铺面卖茶的一家鸡毛店里，我从容不迫地走了进去。

从这个简短的开头中我们已经能够发现，艾芜的小说语言具有明显的散文风格，他吸收了西方小说写景语言的长处，却保留了中国散文写景讲究精练和传神的优秀传统。以昆明的"寂寞"，写出了"我"心中的无限悲凉。正因为这种无助的"寂寞"，才不会注意秋天的美丽景色，反而觉得异乡的"残酷"，只能一路"茫然地踯躅"。作家故意将这本来可以合成一段的文字不长的内容，分成了五段，其中两段都是一行。这样一切割，延长了阅读的停顿，大大加重了读者对人物"寂寞"心情的感受，仿佛看到他在街头充满疲惫与失望"茫然地踯躅"。一些方言词语的运用（"幺师""饿饭讨口"等）也为作品生色。不过和艾芜后来的作品相比，这篇《人生哲学的一课》在标题语言的提炼，某些议论语言的过于直露上，还显得不完全成熟。1934 年发表的《山峡中》则显示出艾芜驾驭小说语言技巧的圆熟与独特风格的形成。这篇讲述"我"和一伙被黑暗社会逼迫成为盗贼者在一起生活的故事，集中写的是其中的一夜一日。看来构筑一个精彩的开头，而且是以富有特色的写景语言首先着力渲染环境，为即将展开的故事营造一个合适的舞台和背景，是艾芜一些小说的成功的模式：

> 江上横着铁链作成的索桥，巨蟒似的，现出顽强古怪的样子，终于渐渐吞蚀在夜色中了。
>
> 桥下凶恶的江水，在黑暗中奔腾着，咆哮着，发怒地冲打崖石，激起吓人的巨响。
>
> 两岸蛮野的山峰，好象也在怕着脚下的奔流，无法避开一样，都把头尽量地躲入疏星寥落的空际。
>
> 夏天的山中之夜，阴郁，寒冷，怕人。
>
> 桥头的神祠，破败而荒凉的，显然已给人类忘记了，遗弃了，孤零零地躺着，只有山风江流送着它的余年。
>
> 我们这几个被世界抛却的人们……

艾芜仍然采取尽可能地多分段的办法，将本来可以写在一段中的内容故意切割成了五段，使读者延长了阅读的停顿，放慢了阅读速度，从而加深了对于江、桥、水、山、夜、祠的注意。而"古怪、凶恶、蛮野、阴郁、怕人、破败、荒凉、遗弃、孤零零"的带有明显恐怖色彩词语的使用，以及"巨蟒"

之类的比喻，就把即将展开的"这几个被世界抛却的人们"的故事及其命运，作了强烈的暗示，渲染了一种充满险恶的氛围。尤其是第四段，总共只有"夏天"等十三个字，却切为四个分句，后面的三词六字用两个逗号切成了三句，更加给人以一种阴森恐怖感。

　　和艾芜同岁、同学并且在小说创作上齐名的沙汀（1904—1992，四川安县人），也许因为在四川的时间更久之故，不像艾芜在外飘泊多年——当然，主要还是由于沙汀有意识地运用——所以他的小说语言中有着比较浓郁的川味。这里不仅有地方色彩很重的风物，如作者特意用引号标出的"倒罐"（泡菜坛子），更有不少川语词汇和说法："莫就这样""太倍工""傲一手""办交道""真够活""端起猪头还找不着庙门"（《祖父的故事》）；"盐巴""一差二误""打早火""当得阵""人穷水不穷""告化婆子""看一转""犯天煞""个老子"（《兽道》）等。沙汀很注意人物话语的提炼，因此他笔下的人物虽然说话不多，但是却很有个性。《祖父的故事》中的那个"沉闷而骄傲，不多说话，一开口却又是硬枝硬杆的"蒋木匠老头儿，应邀来到一位小有财产的顾客家改装第一进五间房子的门面，一出场就以几句话语给人留下了深刻的印象：

　　　　"说呀，做什么呵？"

　　　　祖父把他的计划告诉了他，并且惊问道：

　　　　"哼……你的老大呢？"

　　　　"他不得闲。"

　　　　"你去叫他来吧，我的事情急呢。"

　　　　"我家里就不要人了么！"

　　　　祖母插嘴道："你家里的生活可以搁一下呀！"

　　　　"搁一下，——你们才这样说！"

　　沙汀就这样通过"他这毫无通融的口气"，写出了这个"倔老头子"的倔犟劲。下面还有几处对话，蒋木匠也总是说话短促，爱用带有不满情绪和反问语气的话回答，生动地写出了这个被生活压得心绪有些变形的老头的个性。

　　不少读过沙汀写于1936年的短篇小说《兽道》的人都有一个感觉，它有点像鲁迅的《祝福》。小说叙述一个早寡而为人帮佣的魏老婆子（从情节来看，也就是四十多岁），由于正在坐月子的儿媳妇被乱兵们轮奸自杀，新生儿小孙子又接着病死，她终于疯了。按说故事和《祝福》完全不同，人们之所以会产生这样的感觉，很重要的原因是某种语言手段的相似带来的。祥林嫂在第二个丈夫病故和儿子被狼吃了后，再次来到鲁四老爷家。这时她的精神已远不如以前。鲁迅写道：

> "我真傻，真的，"祥林嫂抬起她没有神采的眼睛来，接着说，"我单知道下雪的时候野兽在山坳里没有食吃，会到村里来；我不知道春天也会有……"

这样的话语小说中出现了两次。"她就只是反复的向人说她悲惨的故事……后来全镇的人们几乎都能背诵她的话，一听到就厌烦得头痛。"于是后来在祥林嫂说"我真傻，真的"时，别人接着她原来说过的话，打断她，走开去。再以后她只是刚说"我真傻"，别人就不耐烦了。人们已经听厌了这个"阿毛的故事"，于是又来"逗她说话"，"嘲笑她"，问她："你那时怎么后来竟依了呢？"类似的文字又出现一次："你那时怎么竟肯了？"

《兽道》中的魏老婆子在儿媳妇上吊后抱着婴儿来到主人家，哭诉那些野兽的暴行：

> 当她弯了头去安抚那尖声哭叫着的婴儿时，姑母突然挪长了脸，插嘴道："你也是唷，你该给他们说她是在月子里呀！"
>
> "我还要怎样说呀！"老婆子叫喊了，"我说，'她身上不干净，她才生了娃儿，'我说我跟你们来哩！……"
>
> 姑母惊叫了一声，老婆子于是突然感到失口似的不响了……

后来在她被亲家母责骂和挨打时，被住在对门的兵太太怂恿小儿子嘲弄时，以及发疯以后，"我跟你们来哩"这两句话，又先后出现了四次。这个善良而又苦命的"半老的女仆"，在经受了儿媳妇和小孙子的死亡之痛后，本来还可以凑合活下去，但是她终于在"闲人们""认真的鉴赏""哄笑"她的这两句话中，在"脾气大"的儿子的不谅解中，疯了。这种重复使用与事件经过、人物命运关系特别密切的个别话语，具有强大的心灵震撼力，成为人物和作品的重要标志。

吴组缃（1908—1994，安徽泾县人）发表于 1933 年和次年的两个著名短篇小说《菉竹山房》和《一千八百担》，可以清楚地看出这位青年作家娴熟地驾驭小说语言的过人才华和精益求精的追求。而正是许多小说家的这种永不满足于现状的精神，才使中国现代小说仅仅用短短的二十年时间就走完了西方小说家一百年的路程。用小说中的话说，《菉竹山房》的"故事似一个旧传奇的仿本"，也有点像"我"给新婚妻子讲的《聊斋》故事中的某些篇章。这个仅仅只有四五千字的短篇，艺术上最突出的成就也许就是语言，主要特色是带有古代散文美的精练的文人白话。小说一开头就给人以一种非常紧凑的语言感受：

> 阴历五月初十日和阿圆到家，正是南方的"火梅"天气：太阳和淫雨交替迫人，其苦况非身受者不能想象。……

这种比较高雅的小说语言，由于包含一些文言或书面语色彩重的词语（"交替、其、苦况"），形成了和一般的市民白话或文人白话不同的艺术风格。《菉竹山房》中有许多这样的词句："因为家人长者都讳谈它"，"这小姐尚有稍些可风之处"，"也觉得是重入梦境，作了许多缥缈之想"，等等。这种文字比较适合文化层次较高尤其是喜欢古文者的口味。当然这种文字也不是越多越好。但是吴组缃着力地进行这方面的探索和取得的成绩却是很值得重视的。《菉竹山房》的写景语言令人想起柳宗元的山水散文，不仅写得细致流畅而富有层次，而且意境优美：

> ……沿着荆溪的石堤走，走的七八里地，回环合抱的山峦渐渐拥挤，两岸葱翠古老的槐柳渐密，溪中黯赭色的大石渐多，哗哗的水激石块声越听越近。这段溪，渐不叫荆溪，而是叫响潭。响潭的两岸，槐树柳树榆树更多更老更葱茏，两面缝合，荫罩着乱喷白色水沫的河面，一缕太阳光也洒不下来。沿着响潭两岸的树林中，疏疏落落点缀着二十多座白垩瓦屋；西岸上紧临着响潭，那座白屋分外大，梅花窗的围墙上面露探着一丛竹子，竹子一半是绿色的，一半已开了花，变成槁色——这座村子便是金燕村，这座大屋便是二姑姑的家宅菉竹山房。

小说中的新媳妇阿圆的感觉是，"从前只在中国山水画上见过的景致，一朝忽然身历其境，欣跃之情自然难言"。可见吴组缃是有意识地将中国绘画语言的手法移植到小说中来。其中以"拥挤"形容山峦，以"缝合"形容树木之密，以"露探"表现自梅花窗的围墙上伸出的竹子，均极传神。类似的炼字在写屋子和室内时也还有几处，从而使整个作品充满浓郁的民族风味。

由于题材有别而写法迥异，这在小说创作中并不罕见，但是《一千八百担》和《菉竹山房》的创作时间仅差十个月，语言风格竟完全不同，却各有特色和长处，这只能证明吴组缃对小说语言的积极探索精神和不凡功力。从语言角度而言，《一千八百担》是一篇难得的徽味小说。徽味小说在当时是凤毛麟角，现在至少在全国范围内也还没有成气候，因此进行语言研究就格外有价值。这篇小说语言上最大的特点是人物话语十分发达，故事、个性几乎完全建立在话语上。小说叙述皖南一个有几千户人家其中宋姓就有一百八十多房两千多家的大村子，多数宋氏代表聚集宗祠，商议如何使用去年存下的从家族义庄收来的租子一千八百担稻谷。由于几个有身份者各自心怀鬼胎，足足等了几个小时会也没能正式开起来，饥民已经拥入祠堂来抢粮。小说副标题为"七月十五日宋氏大宗祠速写"，其实长近三万字，写了各色人等二十余个，有几个相当有个性。宋氏义庄管事宋柏堂老奸巨滑，利用职权谋取私利，却装出一副公平的姿态。为了怕族人识破自己的诡计，昨天准备了半夜的开会辞腹稿，直到上午还在心中不断默诵。作者为了表现宋柏堂怕漏馅而精心准备努力回忆，在这千把字中用了近六十个省略号和十几个表示停顿和考虑的"呃"。这"呃"前半部分较少，后半部分几乎是一句一个，表明他想尽量按照事先准备好的腹稿讲，以免别人发现他的不公。此地的人似乎有个说话爱将重点句子重复的习惯：

"好大的雨！好大的雨！啊哟！……"（商会会长子寿）

"劳步，劳步。湿了你们的脚，湿了你们的脚。"（宋氏义庄管事宋柏堂）

"殷百万，数一数二的乡绅，数一数二的乡绅！"（豆腐店老板步青）

"你这话，我相信，我相信。"（讼师子渔）

"老叔，就这个话，就这个话。……"（熙公分老二房逸生）

"那不管，那不管。"（区长绍轩）

"抵制日货，那是个笑话，那是个笑话。"（小政客石堂）

其中有几个人，如子寿和步青，特别爱重复已经成了他们说话的重要特色。

由于人物很多，吴组缃除了在每人出场时对他的身份、年龄、长相、打扮、习惯动作、重要经历等方面作比较具体的介绍外，尽量将每人的话语写出特点来。叔鸿是个大学毕业生，中学教员，尽管有时说话很长，却条理清楚，用语比较文雅，有的他还用通俗说法重新说一回。第三节：

"这个世界是谈不得情义的：我与人以德，他却报我以怨……这且不谈，自从我先大人——我父亲过世……"

四十多岁的渭生"除做郎中还兼通阴阳，是个有名的风水家"，他说起话来往往带有鲜明的职业特色：

"这场雨，甘霖是甘霖，只是炎威不杀，元阳太旺。——还是个'秋老虎'。古人说：'江海以濯之，秋阳以曝之。'为什么不说'夏阳以曝之'？……何况这场雨没断雨脚，義和就来高临，阴阳相克，人最容易中邪。……藿香丸是离不得身腰的。"

住守祠堂的双喜"是个五十多岁的小厮，头上盘着条细小的辫子，眼睛时时沉着，象在打瞌睡"。他的这条辫子就足以表明他有些地方比一般人还要老派。当宋柏堂问他是否各房都请到了，他说：

"我是——小的是照帖子请的。"

然后在该用"我"的时候，他一律用"小的"。当宋柏堂命他在正厅里安排几张桌子椅子时，他连连答应：

"是是。小的就去摆。"说着话，向后退着走。

"辫子""小的""向后退着走"，这九个字，就把一个不忘前清、充满奴性的小人物写活了。

《一千八百担》在称谓的讲究上，也许可以为语言学家和民俗学家提供一些难得的资料。中国传统的称谓十分注意辈分，由于这篇小说是写如何处理家族义庄田产收入的问题，因此这个有着两千多家宋姓的大村子的各房各辈的人出场，使读者有机会生动地了解到中国农村这种巨型家族的上下左右的关系与称谓。小说第六节大家吃完点心，有人问几时才能开会：

> "快了！快了！"柏堂嗒动着舌头，喝着茶说，"这里是铭公分，昌公分都到齐了；熙公分差三个；铎公分差两个；彦公分差四个；锡公分也齐了；彬公分……"

> "我们姓宋的八大分——"商会会长子寿嚼着满口烧卖，浑着喉咙说，"一百八十多房，二千多家，——别个都是顶房头，到了会也是做菩萨；……只要月斋老先生一到，凡事都行了。……"

这个"分"就是辈分，第三节叔鸿说"三老爹年尊分长，利也不给，本也不还"可证。"分"下为"堂"，"堂"下为"房"，"房"下才是"家"。第三节开头写道：

> 外面格笃格笃地一阵皮鞋响，又夹着几双钉鞋，和好几个人说话的声音，闹得正堂里嗡嗡然。

> "我说怎么找不到人，原来你们在这里！……"

> 说话的是博学堂大房步青……接着进来的是审问堂二房庆甲……第三个是明辨堂四房子渔……第四个是慎思堂三房叔鸿……第五个是笃行堂五房景元……这是铭公分大五房的五位代表。

这些宋氏人们彼此的称谓也与众不同。在称呼比自己年纪小些或略大者时，在名字后面加个"官"字：柏堂官、肃堂官、景元官、子寿官等等。不叫名字而称呼名分时，往往也加"官"：侄郎官、贤侄官、老弟官。而作者在叙述语言中对上了些年纪者则在名字后加"老"：

> "毫无目的，毫无目的，——"步青老摆着脑袋说。

> 敏斋老独自在沉思，不曾注意鑫樵老的话……

这篇小说的徽味自然离不开皖南的许多地方风物的描写和具有地方特色的说法。这里久旱不雨时的求雨方式就别具一格，闻所未闻，以至于作者用了四百多字的一个罕见的注释来说明这个风俗。此地的祭祖也格外频繁，不仅有每年两大祭，而且"那时候（几十年前）祠堂里是每月三小祭"。遇到荒

年，家族中人就可以买"公稻"，即义庄中的"积谷""照市价对折"卖给大
家。大家在祠堂等着开会时，双喜领着两个杨柳春茶楼的伙计送热腾腾的点
心来时，是用竹盒担子挑着的。还有雨天穿钉鞋。有的说法很特别，如骸骨
叫"黄金"，有一种马褂连长衫的衣裳叫"接衫"，因此作者自己加了七个注。
吴组缃也像许多别的作家那样，适当地使用一些比较容易明白的方言词语，
使地方风味更加浓郁：

　　"他到你府上连找了几次，你老哥财忙，都不在家——"

　　"老弟，莫走气门，莫走气门，犯不着，犯不着！"

　　"殷楚江纵然不在了，他几千亩田总是长翼膊也飞不掉的。"

作品中还用了不少俗语、俗谚，使人物话语富于变化：

　　"火烧纸马店，迟早要归天的。"

　　"柏堂是个正直君子，人精明，把稳，他是个要骑住卵子才肯过河
的。他是个天在铜钱眼里打秋千的。"

　　"义庄这一千八百担谷，如今是板凳座上的鸡子。"

　　"我说话，你莫插嘴！我和你老哥豆腐贴对联，两不黏！"

　　正是这些难以计数的富于特色的称谓、民俗、俗语俗谚和地方风物，在
作品中运用得十分自然，因此这篇小说成了中国现代小说史上风格独特的一
件佳作。

　　以自己熟悉的语言而非百分之百的纯粹"国语"，写身边的题材，追求地
方风味，在当时已经成为许多作家的共识，并且在小说创作上取得了良好的
成绩。被文学史家称作"东北作家群"的一些青年作家的作品之所以在 20 世
纪 30 年代前期蜚声文坛，除了具有鲜明时代性抗日题材的巨大感染力和饱满
的爱国热情之外，小说语言带来一种充满强烈的白山黑水地域色彩的艺术冲
击力，也是一个重要原因。

　　端木蕻良（1912—1996）虽然在天津和北京上过中学和大学，但是在他
笔下驰骋的依然是他少年时代就最熟悉的辽北浑河流域的田野、草原、山岭
和森林，他在自己的小说语言中有意识地追求一股子东北味，在人物话语中
特别明显。《鹭湖的忧郁》中来宝和玛瑙的对话：

　　"来宝哥，你今年多大了？"小的问着。

　　"二十三了，不小喽。"那一个一团稚气的答。

　　"我今年十六，妈说我明年就不拿'半拉子'钱了……。"

　　"你呀，你还是少作一点儿罢，别心贪，这年头儿啥年头，你身子骨儿软，累出痨病腔子一辈子的事。"

　　"可是怎办呢，爹老了，去年讨了三副力母丸也不见好……我要讲年造一年赚一百呢，就活便开了。"

　　"你得讲得出去呢，不用说你，就我呗，这年头没有人要，谁家敢说出一百块钱要人，到上秋粮食打出一百块钱了吗？……何况你又瘦瘦的……"

　　"我勤俭点呵，多出点活呵。"

　　"哎，就别管明儿个，'到那河，脱那儿鞋！'……呃，可是偷了酒来了，你喝吗？好酒呢！"他从裤腰底下掏摸了半天，掏出一只"酒闭"来，又是一卷干豆腐。

对话中有不少儿化字词，但是又不完全是京腔，有一些典型的东北味的词语，如"啥""痨病腔子""活便""上秋"等，加重了地域色彩。作者显然已经考虑到，这里面有一些方言词语读者也许不好懂，因此特意加了单引号或双引号，以期引起特别的注意而有助于理解。也许是这篇著名的作品刊出后听到了读者的反映，发表于 1937 年的《浑河的急流》中他使用了更多的方言语汇，其中有十七个加了夹注。加上题材造成的地域风物词语，因此这篇小说的东北味更加浓郁。端木蕻良小说语言上的一个突出之点是，写景语言的人格化。他总是把人物的情绪或自己的感受融入所写的景物，从而使笔下的景物和整个作品的基调保持一致，提供了浓重的氛围和便于人物行为思想展开的舞台。《鹭湖的忧郁》的开头历来颇为人所称道：

　　　　一轮红澄澄的月亮，像哭肿了的眼睛似的，升到光辉的铜色的雾里。
　　这雾便热郁地闪着赤光，仿佛是透明的尘土，昏眩的笼在湖面。

"眼睛"一句，比喻奇特，为小说的悲剧故事先点了"睛"。将"昏眩"这种感觉直接作为状语，比"令人如何如何"效果更加强烈。在上面所引的那段对话之前，有一段写景：

> 这时月亮已经升起来了，一切的物象都清晰的渐渐的化作灰尘和把握不迭的虚无。暗影在每个物什的空隙偷藏着，凝视着人。那棵夜神样的大紫杨，披下来的黑影，比树身的体积似乎大了一倍，窒息的铺在水面上。一块出水尖石，在巨荫里苍霉的发白。全湖浸淫着一道无端的绝望的悲感。

"窒息"和"无端的绝望的悲感"之类，从通常的语言学角度而言，那都是"不合文法"的，是当时欧化语言的反映。但是从总体上看，这些词语用得都不生涩拗口，而是给人以新鲜和贴切的感觉。正是许多作家这种大胆的试验，中国现代小说语言才不断前进。这类"不合文法"的句子在作品中的比重极小，主要用在写景方面。起主体作用的是口语化了的文字，在话语中尤其突出。写丛大妈叫女儿回来吃饭：

> "水芹子咽，回家波……吃饭咧来……嗳……"
> 反复着这草原地带的风情柔媚的呼人方法。

读到此处，人们不禁被这拉长了而又越来越细的呼叫声所叹服。几个省略号用得尤其传神。这里的"咽、波、咧来"等语助词与今不尽相同，比如后来别人就以"啵"代"波"，但是端木蕻良的这种探索具有开拓性意义。看来端木蕻良是试图以华北（东北）口语为主，把情绪化和十分注重比喻的西方小说语言手法、精炼的古代散文语汇，和某些生动而又并不艰涩拗口的方言词语（写景语言中少而叙述语言和人物话语中多）结合起来，建立自己的小说语言风格。几种不同的语言技巧和材料，分别有重点地用在叙述、对话、写景、心理活动上，比较自然。这表明一些青年作家努力试图将中西方小说语言技巧融会贯通起来的努力，也反映了以老舍为代表的京味小说语言的影响在不断扩大，"京味—北方味"成为小说语言中的主流的趋势正在不断加强。

七　西方现代主义小说语言移植的试验

和许多努力追求小说语言民族化的作家不同的是，一些青年作家则在大量阅读翻译小说的基础上努力将西方小说语言技巧拿来为己所用，有不少人也取得了可圈可点的成绩。穆时英（1912—1940，祖籍浙江鄞县，出生于上海）就是代表人物之一。他发表于 1931 年 11 月《现代》第二卷第一期的短篇小说《上海的狐步舞》，是一个在写法和语言上都十分特别的作品，完全可以称之为"20 世纪 30 年代的先锋小说（或'实验小说'）"，而且其先锋与实验的前卫性、独特性至今都还极少有人能够与其比肩。正如它括号中的副标题"一个断片"所提示的那样，小说所写的是上海某个夜晚具有不同身份的人们天差地别的生活，而且也只是一点"断片"，即速写。穆时英没有把主要笔墨用在故事情节的铺叙和细节的营造上，甚至几乎没有主要人物——之所以说是"几乎"，因为还是有两三个人物的文字略多，但是作者显然并没有去精心刻画，而是将精力主要用在了小说语言的特殊调配上。这篇实际字数大约只有五、六千的小说，在语言上同时也是写法上最大的特点竟然是写作本来最忌讳的重复！

　　而穆时英在这篇小说中却是故意重复！不仅故意整句整句重复，整段整段地重复，而且还存心几段几段地重复！他显然是要以故意重复来创造一种特殊的阅读感觉和效果。小说开头第一句是：

　　　　上海。造在地狱上面的天堂！

　　小说最后一句是：

　　　　上海，造在地狱上的天堂。

　　只比开头少了一个不影响内容的"面"字，有可能是脱漏了，也可能是为了使语气更加肯定。但是改变了两个标点符号却显然是有意的。第一个"上海"后用句号，是出于写"断片"的需要，突出作品地点。而且穆时英可能是有意识地借用电影剧本的写法，第二段"沪西"二字用逗号断开，第三段"林肯路"后用句号，可以证明他也许有这种想法。最后这个"上海"后用逗号而非开头那样用句号，可以使前后两部分联接更加紧密，而以句号结尾则使这个结论更为肯定。穆时英不是一般地进行数量的重复，他竟然如同古代回文诗似的整篇地倒过来：

　　　　蔚蓝的黄昏笼罩着全场，一只 saxophone 正伸长了脖子，张着大嘴，呜呜地冲着他们嚷。当中那片光滑的地板上，飘动的裙子，飘动的袍角，精致的鞋跟，鞋跟，鞋跟，鞋跟，鞋跟。蓬松的头发和男子的脸。男子的衬衫的白领和女子的笑脸。伸着的胳膊，翡翠坠子拖到肩上。整齐的圆桌子的队伍，椅子却是零乱的。暗角上站着白衣侍者。酒味，香水味，火腿蛋的气味，烟味……独身者坐在角隅里拿黑咖啡刺激着自家儿的神经。

舞着：华尔兹的旋律绕着他们的腿，他们的脚站在华尔兹的旋律上飘飘地，飘飘地。

儿子（周按：名刘小德）凑在母亲（周按：小德后母，年龄与他相仿）的耳朵旁说："有许多话是一定要跳着华尔兹才能说的，你是顶好的华尔兹的舞伴——可是，蓉珠，我爱你呢！"

觉得在轻轻地吻着鬓角，母亲躲在儿子的怀里，低低的笑。

一个冒充法国绅士的比利时珠宝掮客，凑在电影明星殷芙蓉的耳朵旁说："你嘴上的笑是会使天下的女子妒忌的——可是我爱你呢！"

觉得轻轻地在吻着鬓角，便躲在怀里低低的笑，忽然看见手指上多了一只钻戒。

紧接着下一个自然段是个过渡段：

珠宝掮客看见了刘颜蓉珠，在殷芙蓉的肩上跟她点了点脑袋，笑了一笑。小德回过身来瞧见了殷芙蓉，也 gigolo 地把眉毛扬了一下。

紧接着下面的六个自然段依次是：

舞着，华尔兹的旋律绕着他们的腿，他们的脚踏在华尔兹上面，飘飘地，飘飘地。（改动了一个标点一个字。）

珠宝掮客凑在刘颜蓉珠的耳朵旁，悄悄的说："你嘴上的笑容会使天下的女子妒忌的——可是，我爱你呢！"（"珠宝掮客"定语缩短，女人名字改变，"可是"后多了一个逗号。）

觉得轻轻地在吻着鬓角，便躲在怀里低低的笑，把唇上的胭脂印到白衬衫上面。（末句文字略有变化。）

小德凑在殷芙蓉的耳朵旁，悄悄的说："有许多话是一定要跳着华尔兹才能说的，你是顶好的华尔兹的舞伴——可是，芙蓉，我爱你呢！"

　　觉得在轻轻地吻着鬓角，便躲在怀里，低低地笑。（省略二人的姓名身份。）

　　独身者坐在角隅里拿着黑咖啡刺激着自家儿的神经。酒味，香水味，火腿蛋的气味，烟味……暗角上站着白衣侍者。椅子是凌乱的，可是整齐的圆桌子的队伍。翡翠坠子拖到肩上，伸着的胳膊。女子的笑脸和男子的衬衫的白领。男子的脸和蓬松的头发。精致的鞋跟，鞋跟，鞋跟，鞋跟，鞋跟。飘荡的袍角，飘荡的裙子，当中是一片光滑的地板。呜呜地冲着人家嚷，那只 saxophone 伸长了脖子，张着大嘴。蔚蓝的黄昏笼罩着全场。

这真是一篇典型的"语言游戏"！不过，读者通观全篇就会发现，这个"游戏"是包含着积极意义因而是有价值的。将这两部分进行比较就能发现，在那个过渡段之后，基本上是反方向的，因此前面的那个第一大段移到了后面几段的最后。而更有意思的是，这最后一段本身也完全反了过来，末句成为首句，首句叨陪末座。其中还有个别句子也反了一个个儿："蓬松的头发和男子的脸"到后面成了"男子的脸和蓬松的头发"。作者这样别出心裁，显然是要极力营造一种和小说标题《上海的狐步舞》以及舞场中正在跳着的华尔兹相应的环境和氛围。从直观上看，这种反方向的文字安排，给阅读造成了一种旋转的感觉，和小说中的"舞着，华尔兹的旋律绕着他们的腿"的场景是一致的。人物话语及动作的重复则有助于揭露那些醉生梦死者的无聊与无耻，和后面所写的工人生命得不到保障构成强烈对比，从而突出小说的主题："上海，造在地狱上面的天堂！"再深一层，"舞着"的那两段，每段的"华尔兹的旋律"和"腿或（脚）"的那半个分句也是反着的，而最后一段完全倒过来，则意味着舞曲或旋转往相反方向的改变。而"飘动"变成"飘荡"，则以袍角和裙子的摆幅表明，舞曲的速度更快，人们更加疯狂和肆无忌惮了。

　　穆时英在这篇小说中对语言运用下了许多功夫，不少词语，尤其是动词用得非常贴切、传神：

　　电梯十五秒钟一次的速度，把人货物似地抛到屋顶花园去。

电梯把他吐在四楼……

写火车在黑夜中飞驰而去：

铁轨上的枕木象蜈蚣似地在光线里向前爬去……

新鲜的比喻所造成的强烈的动感，使本来不动的枕木给读者带来一种新的视觉冲击，留下了深刻的印象。这篇小说中有二十处外文词语，多为英语，还有一处法语。除个别地方可以营造环境气氛外，多数都没有必要。喜欢在作品中夹杂一些外文，也是当时的一种风气。

和刘呐鸥、穆时英一起被认为是 20 世纪 30 年代中国新感觉派代表人物的施蛰存（1905—2003，杭州人），他的一些作品在写法和语言运用上也极有特色。他的短篇小说《梅雨之夕》（1933），就力图将西方小说的技巧、语言运用手法和中国自身的语言手段结合起来，因而留下了一些值得注意的历史印记。这篇七八千字的小说只有一个极其简单的情节：一个带伞的下班回家的已婚男子，在一场大雨中看到一个没有雨具而在屋檐下被淋湿的少女，对她颇有好感，于是后来送了她一段路。如此而已。但是，"作者却有本事把人物心理过程写得极为曲折细微而又富有层次"。（严家炎：《中国现代小说流派史》）小说全文几乎都是在写各种各样的感觉：不仅写了我的"自感"，还写了我猜想别人的感觉，即感觉的感觉——"他感"；不仅写了清晰的感觉，也写了不肯定的和变化了的感觉以及感觉的残存。（倒数第二段："这是我在伞底下伴送着走的少女底声音？奇怪，她何以又会在我家里？"）因此，为了使读者跟着"我的"感觉走，小说中有大量的引导性词语：感觉、觉得、介意、想着、意识、无意识、好像、或许、假设、奇怪、看来等等。其中仅仅是"感觉""觉得"就有十几个。施蛰存还充分发挥了标点符号的作用，特别是用了许多问号和疑问词"呢、么、吗、吧"等，来突出"我"的感觉和怀疑，总共有七十多处，即平均不足百字就有一个表示疑问的词语或问号，从而大大加强了心理活动的强度。施蛰存这篇小说有一个语言现象有必要指出：这里既有比较精炼的文人白话——"也不失为一种自己底娱乐"，"觉得朦胧得颇有些诗意"等；也有一些吴语——"我才觉得天已完全夜（黑）了"，"时光已是很晏（读作'暗'，意为'晚、迟'）了"；还有些书面语——"天色早已重又晦冥下来，但我并没有介意"；甚至还有个把京味语言——"这些也有着份儿"。这种"中西合璧"的语言现象，反映出当时不少青年作家对小说语言现代化进行的尝试和努力。

| 第六章 |

小　结

一　20 世纪对小说语言影响最大的两个因素

　　正像 20 世纪的中国社会变化的深刻远远超过历史上任何时期一样，在这段时间里，小说语言变化之大也是空前的。尽管这个变化至今依然在继续和深化，但是它的主要方向和基本格局实际上在新文学的第二个十年（1927—1937）期间已经形成。在新文学的前两个十年中，有两个因素对中国现代小说语言的走向影响最为巨大：一个是包括白话文运动在内的"五四"新文化运动和与此有关的推广国语运动，另一个则是西方小说语言艺术意识与手法对中国小说家的影响。总括起来说，正如中国社会本身就是中外文化冲突与融合的产物一样，中国现代小说及其语言同样也在这种冲突与融合中不断进行着蜕变。

　　由于自古以来中国小说的地位一直十分低下，尽管早在几百年前就已经出现了以《水浒传》《红楼梦》为代表的一批优秀作品，但真正有才华有见识的文人很少去写小说。于是，出现伟大长篇和成熟短篇比中国晚得多的欧洲，优秀小说大量涌现的 19 世纪，中国小说的数量虽然不少，却几乎没有出现什么像样的作品。虽然 19 世纪末 20 世纪初，一些进步知识分子力图提高小说的地位，以促进国民的觉醒，但当时的小说作者技巧高超者寥寥。要么有技巧而思想境界不高甚至卑下，要么空有一腔热情而未入小说法门。这是因为创作优秀小说必需的两个基本条件当时还不具备。这就是作家对社会人生有深刻的认识和对小说技巧的熟练运用。这两个问题初看起来各不相干，似乎并无联系，但是它们都在"五四"时期才突出起来并终于得到解决。这就提醒我们，其实这是一个问题的两个方面：它们都是中西方文化冲突与融合的产物。

为了挽救民族危亡，大批中国有识之士奔赴国外寻求救国的思想武器和实际本领，从而出现了一大批思想境界大不同于以往文人的新型知识分子。也是因为他们，翻译了大量西方小说，学习了包括小说语言手段在内的小说技巧，特别是对小说语言艺术观念有了革命性的认识，在小说中创造艺术语言成为自觉的追求。小说语言成熟的重要标志之一是，语言水平成为批评家关注的重点之一。于是，中国社会出现了前所未有的新式小说家、评论家和读者群。这些小说家和评论家本身就是具有进步思想站在时代前列者，他们的观念情操与认识水平和那些失意政客、落魄文人、花界褒友、职业帮闲大不一样。而读者也以如雨后春笋般出现的新式学堂学生及渴望了解新思想、新文艺的青年为主，和旧小说以小市民为主要对象大不相同。大量翻译小说大大拓宽了人们文学的与生活的视野，同时也极大地提高了人们的欣赏水平和艺术要求，包括对小说语言的期待。当新思想在小说中向旧传统发起猛烈冲击的时候，小说语言却没有否定原有白话。相反，它对原有白话给予高度评价，并明确而坚定地在原有白话的基础上，吸收文言和西化语言中的一切有用成分，进行着吐故纳新、创造重组。正像国语运动本质上是一场思想运动——它是19世纪末以来为拯救民族危机，提倡普及教育，增强民族凝聚力的一个重要副产品——那样，小说语言革新也首先是一个思想问题。也是从提高民智、反对旧意识、传播新思想的角度着眼的。但是作家们很快就认识到，小说语言和小说内容在"新"的问题上并不处于同一层面。于是在白话的前提下，人们各有侧重，从而形成了各异其趣的语言风格。不过大致说来，在原有白话的基础上学习西方小说语言技巧或文言语汇，进行改造、充实、重组，一般都取得较好的成绩。相反，如果欧化（或日化）语言过重，则很难获得好的效果。事实上，从20世纪前三分之一时期那些最优秀的小说家的作品来看，其语言都是民族化的。其区别仅仅是色彩的浓淡或各自的风格略有不同而已。广为人知的传世之作都是具有深刻社会意义和出色语言的，而语言出众内容情节却一般的作品则除了少数研究者外，很少为人所知。这也证明，尽管语言对小说来说是极其重要的，但和体现了一定思想的故事情节相比，它毕竟还是第二位的。

二　中国现代小说语言的基本风格类型

至 20 世纪 30 年代中期，中国小说界已经出现了一批具有自己独特语言风格的作家，他们创作了许多技巧比较复杂、艺术水准相当高的作品，特别是一批语言十分精彩堪称经典之作的长篇小说和中篇小说，这是中国小说完成现代化和成熟的重要标志。至此，中国现代小说语言基本上形成了三种主要风格：

第一种是以鲁迅为代表的书面语色彩较重的白话。这类小说语言特别精练，文化含量高，艺术浓度大，经得起反复品味和分析，对作家的艺术修养要求很高，尤其是要有非常扎实的古文功底。但是这类小说语言主要是叙述（事）语言和议论语言，人物话语、心理语言和叙述语言中的环境描写语言都很少。随着小说艺术的发展和人们对小说艺术要求的多样化，小说语言种类的平衡发展就成为必然。

第二种是以茅盾、巴金、沈从文为代表的知识分子白话。所谓"知识分子白话"，并不是只描写知识分子的生活，也不是在写农民、工人时不用他们的口语。而是指整个语言比较雅致、简洁，即使是下层人民的话语也是加工了的艺术口语。在叙事、状物、议论、对话、思考等各方面的文字，都比较有书卷气，但是书面语色彩不太重。这类小说语言无论是在叙述（事）语言、议论语言、人物话语方面，还是在心理语言或者环境描写（状物）语言方面，都能够大显身手。这是作家们最喜欢运用的一种类型。由于用的人最多，因此在雅致的高下、简练的程度、描写的粗细等方面各有不同。

第三种是以老舍为代表的基本上以北京话和北方话为主的市民白话。所谓"市民白话"，它和"知识分子白话"的主要区别就在于文字比较浅显，几乎完全不用比较生僻的字词。无论是叙述语言、议论语言、人物话语、心理语言还是状物语言，都非常口语化，书面语几乎完全消失。但是虽然是市民白话，并不意味着排斥高雅和简洁，更非低级。相反，在老舍等杰出作家的努力下，市民白话创作出了不少第一流的小说。

当时还没出现以农民口语为主的著名作家和作品，那要到 20 世纪 40 年代才出现，以赵树理为代表。所谓"以农民口语为主"，并不仅仅是指人物话语用的是农民口语，这在 20 世纪 20 年代就已经有一些作家进行了成功的尝试，而是包括叙述语言等一切小说语言在内。

后来中国小说语言的主要风格大体上就是这四大类。

当然，在实际创作活动中，不少作家都是从本人特点和作品内容的需要出发，博采众长，兼收并蓄，只不过可能比较偏于某个类型罢了。

需要特别指出的是，我在这里只是从总体上谈论中国现代小说家的语言风格的几个大类，而不是所有的风格类型。因为形成不同语言风格的因素还有很多，何况四个大类相互交错就会产生出许多新类型来。即使属于同一大类者，比如都是京味语言风格的，也会由于某些因素的不同，比如写老北京和新北京，而造成语言风格上的各自特色。

此外，我还想指出，一个作家形成自己独特的语言风格是一件很不容易的事，是创作成熟的表现，应当十分珍惜。但是有些当代作家似乎以保持一种风格为无能，动辄就表示要改变自己原来的风格。事实上许多自以为已经形成自己独特风格的作家，只不过是在自己的作品中略有特色而已，其中有些是题材、角度较有特点，而这种特点是比较容易做到因而也是比较容易改变的，艺术价值并不很高，所以还远远谈不上形成了属于自己的语言风格。"改变"的结果往往是，好不容易刚刚有点意思的原有风格丢弃了，而新的风格却不是那么容易形成，于是反而一无所有，得不偿失。